Anna Seghers

Die schönsten Erzählungen

Anna Seghers

Die schönsten Erzählungen

Mit einem Nachwort
von Gunnar Decker

aufbau
AUFBAU VERLAGSGRUPPE

Ausgewählt von Christina Salmen

ISBN 978-3-351-03495-5

Aufbau ist eine Marke
der Aufbau Verlagsgruppe GmbH

1. Auflage 2008

Einbandgestaltung Andreas Heilmann, Hamburg
unter Verwendung eines Fotos
von Millenium Images/LOOK-foto
Druck und Binden GGP Media GmbH, Pößneck
Printed in Germany

www.aufbau-verlag.de

Inhalt

Jans muss sterben

Niemand weiß, ob Jans Jansen an diesem Tag hinfiel, weil ihm schwindlig war, oder ob ihm erst schwindlig wurde, weil er hingefallen war. Er stolperte, fiel um und sprang jedenfalls gleich auf die Füße. Er griff sich an den Kopf, sein Finger war nicht einmal blutig, und er lief auf die Brücke, wohin er jeden Nachmittag zu laufen pflegte. Rittlings auf dem Geländer saßen ein paar Knaben, und Jans kletterte dazu. Es war aber heute keineswegs so großartig wie sonst, rittlings auf dem Brückengeländer zu sitzen. Nur weil er nicht den geringsten Grund wußte, es nicht mehr so großartig zu finden, blieb er sitzen. Aber die Brücke und das Wasser und die Ufer, alles war heute mit einem dünnen Staub von Langweile überzogen. Zwei, drei Knaben kletterten vorsichtig an der gefährlichen Seite des Geländers herunter, zwischen den Balken unterhalb der Brücke entlang und auf der anderen Seite wieder herauf. Mittags, wenn die Sonne durch die Ritzen der Bretter schien, konnte man im braunen Wasser unter dem Brückenbogen eine Spiegelbrücke sehn, und zwischen ihren Pfeilern, unbestimmt und glitzernd, kletterten behend die kleinen Knaben herum, die im vorigen Sommer bei diesem Spiel ertrunken waren, ohne es deshalb aufgegeben zu haben. Wer aber wieder glücklich heraufstieg, der brachte den Gefährten in seinen Augen kleine dunkle Punkte von überstandener Angst mit und in seinem verschwitzten Gesicht den

Glanz des Abenteuers, der eben nur da unten zu finden war. Doch heute hatte Jans gar kein Verlangen nach Glanz, er hatte indessen Heimweh, ein quälendes, die Kehle zuschnürendes Heimweh – sonderbar, denn das Haus, in dem er wohnte, lag höchstens zehn Minuten entfernt, mürrisch und vielstöckig über dem Fluß am Ende der Gasse, Jans konnte das Küchenfenster mit den Geranientöpfen unterscheiden.

Jans kroch herunter und schlenderte nach Hause. Die Haustür war so schwer und die Treppe so steil. Aus dem Hof, wo die Abfalleimer standen, kam ein sommerlich fauler fader Geruch. Jans spürte ihn auf der Zunge. Er stieg schneller, und auf einmal war ihm wieder schwindlig, und die Stufen schwammen. Die Türklinke, die er brauchte, gelber als die übrigen auf dem Flur, flimmerte so widerlich, daß er sich gar nicht entschließen konnte, darauf zu drücken. Er tat es schließlich doch und stand auf der Schwelle. Er war sieben Jahre alt, er hatte eine rote Hose an, seine Schuhe waren niedergetreten, seine Beine nackt, mit kreisrunden Malen und Schrammen auf den Knien.

Alles an ihm war goldbraun, durchgereift vom Sommer, seine Haut, seine runden glänzenden Augen, sein Haar, das in dichten struppigen Büscheln vom Wirbel abfiel. Seine Mutter, die am Herd stand und in einem Topf rührte, drehte sich bei seinem Anblick um, überrascht, weil er so früh am Abend heimkam.

Jans' Eltern waren noch junge Leute. Sie hatten früh geheiratet und waren gleichaltrig. Aber während Martin Jansen mit seinem rasierten Kinn, seinem blauen Arbeiterkittel immer noch einem aufgeschossenen gutmütigen Bengel glich, war Marie ein kräftiges junges Weib geworden –. Was hatte sie sich nur damals gedacht, als sie diesen Martin genommen hatte, der in die stickige, von Eltern und Geschwistern quälend übervolle Stube mit ein bißchen Zärtlichkeit und Lustigkeit hereingeschneit kam? für den es sich lohnte, das weiße Kleid zum Sonntag zu bügeln und der ihr manchmal in der Bude am Brückenkopf Veilchensträußchen kaufte? Hatte sie geglaubt, daß das neue Zimmer, in das sie gar nicht erwarten konnte einzuziehn, aus etwas andrem bestünde als aus einer Decke, vier Wänden und einem Fußboden? Hatte sie nicht geahnt, daß sein bißchen, durch allerhand Vorfreude hochgetriebene Lustigkeit sich bald abnutzen, daß es ihr mit seinen paar Zärtlichkeiten gehen würde wie mit dem Klang seiner Fußtritte, auf die sie früher ungeduldig gehorcht hatte und die sie jetzt gewohnt war ein paarmal täglich um dieselbe Zeit die Stufen heraufkommen zu hören? –

Und Marie war nicht dumm, sie war behend genug, alles gleich zu verstehn. Da gab es bald eine Liebelei mit einem hübschen Burschen, einen Stock tiefer. Doch ehe Martins Einwände noch etwas nützten, hatte der andere seinerseits eine Liebschaft mit einer jungen Magd aus der Nachbarschaft angeknüpft, und die beiden störten sich bald gar nicht daran, umschlungen im Hausflur zu stehen, wenn Marie mit ihrem Korb vorüberkam. Zuerst fühlte sie Stiche im Herz, aber dann war es ihr einerlei. Sie sah ihn, wie er war, gutmütig und zärtlich und gleichgültig, genau wie ihr Mann, einer wie der andre, nicht schlechter, nicht besser. – Es wäre ihr wohler gewesen, Jansen wäre jähzornig und unleidlich geworden, er hätte etwas an sich bekommen, um sich davor zu grauen und zu ekeln, aber da saß er friedlich mit seinen langen Beinen, lächelnd, meistens ein bißchen verlegen. Von ihm aus hätte ja keine Veränderung zu kommen brauchen, er begriff Mariens Erbitterung nicht. Er hätte ruhig seine Liedchen weitergepfiffen, seine Veilchensträußchen weitergekauft. Freilich, wie sich jetzt die Dinge anließen, hätte auch er es lieber gesehen, wenn Marie auch ihrerseits etwas abgeblüht und abgemagert wäre. Er hätte sie in ihrer ganzen Erbitterung hinter dem Küchenfenster gelassen und wäre seines Wegs gegangen. Aber wie konnte er seines Wegs gehn, wo Marie da oben saß, jung, duftend, gesund?

Die letzten Wochen, bevor das Kind kam, waren die schrecklichsten überhaupt. Der Sommer war heiß und die Arbeit hart für ihren schweren Körper. Jansen wurde ganz verstört durch diese fremde Marie mit veränderter Stimme und verschwommenen Gesichtszügen. Und Marie war fast erleichtert, als er endlich wirklich anfing, seines Wegs zu gehn und zu trinken, und sie etwas Handgreifliches für ihre Verachtung hatte. –

Und dann kam das Kind. Es lag da und schrie. Es war eigentlich nur noch ein Körper mehr in dem engen Zimmer. Aber wenn die Wände immer mehr zusammengedrückt und sie in einem Sarg umfaßt hätten, es wäre ihr einerlei gewesen. Es war aus mit ihrer großen Erwartung und ihren tausend kleinen Wünschen. Sie hatte etwas zum Lieben, alles war erreicht! Nicht nur wenn sie ihre Brust für das Kind frei machte, auch wenn sie ganz für sich ihre Zöpfe aufband oder etwa die welken Blätter von den Geranientöpfen pflückte – die sie nur in den ersten Wochen der Ehe gehalten und dann wieder abgeschafft hatte –, so tat sie es mit dem ständigen unbestimmten Lächeln der Liebenden. Wenn ihr

Mann eintrat, zog sie erschrocken ihr Tuch über Brust und Kind oder den Vorhang vor die Wiege.

Hätte sie sich nur mit einem Blick um ihren Mann gekümmert, sie hätte ihn nicht mehr wiedererkannt. Sein gleichmütiges Jungengesicht war seit kurzer Zeit blaß und mager und fast verhärmt wie bei Grüblern, und in seinen Augen lag der flimmernde Glanz von Träumern. Jetzt begriff er ebensowenig Mariens Ruhe wie ehemals ihre Erbitterung. Er, der jetzt alle Erbitterung, allen Zorn, alle Erwartung der Welt begreifen, ja überbieten konnte. Für ihn war nichts zu Ende, für ihn zog in diese nackte enge, nach Suppe und Wäsche riechende Stube die Hoffnung in ihrem glitzernden Kleid erst ein. Wenn sein Blick nur das Kind streifte, so erfüllte sich sein Herz mit verwickelten unsinnigen Plänen, mit abenteuerlichen leuchtenden Wünschen. Wenn sein kleiner Fuß mit eingezogenen Zehen unter der Decke herausschaute, überkam ihn eine Lust nach Zärtlichkeit, die es mit hundert Marien in ihrer sehnsüchtigsten Zeit aufnehmen konnte. – Aber er behielt alles für sich. Nur wenn Marie einmal herausgegangen war, tupfte er mit dem Zeigefinger eine Delle in das weiche Fleisch des Kindes. Oder er legte abends ein Spielzeug zwischen die Kissen, und Marie fand es am Morgen und betrachtete es eifersüchtig und argwöhnisch.

Jans wuchs. Er aß und schlief und spielte. Wenn er zwischen seinen Eltern am Tisch saß und seine Suppe auslöffelte, bemerkte er nicht, wie sie manchmal quer über den Tisch nach dem Brot langten, um sein Haar oder seinen nackten Arm berühren zu können. Später, wenn er des Morgens mit seinem Vater gleichzeitig wegging, dieser in die Fabrik, er in die Schule, war er froh, wenn das gemeinsame Stück Weg zu Ende war und er drauflosrennen konnte, während sein Vater noch einmal stehenblieb und ihm nachsah, jedesmal mit einem Zucken der Trennung.

Bei alledem, Jansen war einsilbig, und auch Marie war keineswegs erfinderisch. In was hätte sie ihre Liebe auch anders zeigen können als in einem gesparten kalbsledernen Schulranzen und Goldpapiergriffel oder in diesem merkwürdigen in die Augen stechenden Rot für Jans' neue Hosen? Und Jans wurde von Tag zu Tag brauner und kräftiger. Aber unter seinen Gefährten, die mit ihm auf dem Brückengeländer ritten, gab es noch mehr braune kräftige Knaben. Er hatte keine Zeichen in seine Stirn eingebrannt, er glich in nichts einem Ding, an das wilde Hoffnungen und verzweifelte Erwartungen geknüpft sind. –

Nachdem Jans an diesem Nachmittag eingetreten war, setzte er sich rittlings auf einen Stuhl und legte sein Gesicht auf die Lehne. Eine Mücke, ein glitzerndes Pünktchen, setzte sich auf seine Hand, und er war zu faul, sie zu verscheuchen. Sie kroch weiter, und wie sie lautlos unter seinen Ärmel wanderte, graute er sich plötzlich und rief laut: Mutter! Seine Mutter stellte gerade die Teller auf den Tisch und wollte etwas sagen, als sie Jansens Schritte auf der Treppe hörte und schnell die Suppe einfüllte. Auch Jans horchte, wie sein Vater den Flur entlangkam, und wurde wach und vergnügt dabei. Jetzt mußte etwas Neues eintreffen, jetzt hatte dieser heiße öde Tag, der aus irgendeinem Grund so ganz anders war als alle Tage, die er je erlebt hatte, endgültig ein Ende.

Martin Jansen trat mit seinem immer etwas verlegenen Guten Abend ein und hing die Mütze auf. Alle setzten sich stumm zu Tisch. Jans wollte genauso freudig und hungrig anfangen wie immer, als er aber zwei, drei Schluck genommen hatte, konnte er den Geruch, der aus der Suppe herauskam, nicht mehr aushalten und lehnte den Löffel an den Teller. Er sah zerstreut über den Tisch zum Fenster hinaus, wobei seine Mundwinkel kläglich herunterhingen; in diesem Augenblick sah Jansen zum ersten Mal am Abend seinen Jungen an. Und wie er so zufällig sein Gesicht auffing mit dem halboffenen verlassenen Mund und den trüben ins Leere fließenden Augen, schnürte sich sofort sein Herz vor Schrecken zusammen, und eine unsagbare Angst biß sich in seiner Seele fest.

Wie oft war Jans schon blutig und zerschunden oder hustend und durchnäßt heimgekommen! Jansen hatte gar nicht darauf achtgegeben! Er war immer so unerschütterlich fest in seiner Zuversicht gewesen. Ebensogut konnte die Erde bersten wie Jans etwas zustoßen, warum sich mit unsinnigen Gedanken abgeben? –

Und jetzt war die Erde geborsten. Das war nicht mehr das runde Jansgesicht, der Ort, an dem seine Zukunft verankert lag, der Schauplatz seiner Träume, das war ein fremdes unbekanntes Gesicht, wo alle seine Hoffnungen abprallten.

Wie konnte nur Marie nichts bemerken und in diesem schrecklichen Augenblick dastehen und Brötchen in die Suppe schneiden? »Iß doch«, sagte sie, und Martin zerrieb das Brot zwischen den Zähnen, während sein Herz im Takt dazu sagte »Gott im Himmel hilf! Gott im Himmel hilf!« –

»Ich kann nicht essen«, sagte auf einmal Jans mit erstaunter, kläglicher Stimme. Jetzt wurde auch seine Mutter aufmerksam. Aber ihr Herz blieb keineswegs vor

Schrecken stehn. Sie legte nur ihren Arm um Jans' Rükken und lächelnd und zärtlich, ihr Kinn auf sein Haar gestützt, nötigte sie ihn fertigzuessen. Als auf dem Grund von Jans' Teller das Bildchen unter einer dünnen Suppenschicht zum Vorschein kam, stülpte sie zufrieden alle drei Teller ineinander und trug sie weg, während sich Jans ihr nachdrückte und Jansen, den Kopf in die Hände gestützt, am Tisch sitzen blieb. Aber das pflegte er immer zu tun, und niemand gab auf ihn acht.

Plötzlich fing Jans zu weinen an. Kein Anlaß war da, er schluchzte und drückte sein Gesicht in Mariens Rock. Jansen hatte die Hände vom Gesicht gezogen und trommelte mit den Fingern auf den Tisch. Jans' ruckweises Schluchzen zuckte in sein Gesicht, und das leise Nachwimmern rieselte durch seinen Körper. Marie warf einen geringschätzigen Blick auf diesen Martin, der mit den Fingerspitzen auf den Tisch trommelte, schlug die Falten ihres Rockes um das Kind und wiegte es hin und her, bis das Weinen aufhörte. Jans hätte gern noch weiter geweint, es tat so gut, alle Langweile dieses öden mißlungenen Tages herauszuweinen, aber sein Kopf fing an, ihm weh zu tun, was die Freude am Weinen nicht aufwog. Auch legte ihn seine Mutter mit starken, behenden Armen aufs Bett, zog ihm Schuh und Strümpfe, Hemd und Hose aus und wickelte ihn in die Decke. Etwas Besseres hatte er lange nicht mehr erlebt. »Er schläft schon!« hörte er seine Mutter sagen. »Meine Mutter ist dumm«, dachte er. Marie fing an mit dem Geschirr zu klappern, und Jans kam es vor, als ob jemand mit den Nägeln über eine Schramme kratzte. Endlich war sie fertig. Sie trat noch einmal an sein Bett, aber Jans preßte die Augen zu, um nicht mehr gestört zu werden. Kaum drehte sie ihm den Rücken, als er die Augen wieder aufriß. Es ging gar nicht leicht, sie klebten zu, und es gehörte ein Entschluß dazu, sie aufzureißen. Die Dunkelheit brach an. Jans wunderte sich. Alle Sachen fingen an sich zu blähen und zu dehnen. Sie konnten es nicht mehr aushalten, länger mit festen, klaren Umrissen dazustehen, sie wollten nicht immer Töpfe und Stühle, Bretter und Haken bleiben, sie schwemmten über ihre Ränder hinweg und stellten sich, als ob sie ebenfalls lebendige Gesichter und Gliedmaßen hätten. Seine Mutter hatte sich ein neues Geräusch ausgedacht: sie raschelte. Er schielte herüber, da schlupfte sie aus ihren Kleidern, sie leuchtete weiß, arglos brachte sie alles zum Vorschein, was sie am Tag verborgen hielt und er in gewöhnlichen Nächten verschlief, sie hatte ihren Jungen betrogen, sonderbar und Grauen erregend sah sie in Wirklichkeit aus wie nur irgendein Fabelwesen, sie hatte nicht die geringste Ähnlichkeit mit einem rechten Menschen, sie sah gar nicht aus, wie eine Mutter aussehen muß. Dazu reckte sie jetzt ihre Arme und fing an zu schwanken und zu tanzen, und auch das große Bett schwankte und schwirrte mit und die Stühle und die Schuhe auf dem Boden und die Mütze an der Wand und Jans' kleines Bettchen, sosehr er sich sträubte. Als ob jemand diesem dummen Zimmer einen Fußtritt versetzt hätte, schwankte es hin und her, hin und her, nicht zum Aushalten. Da erblickte Jans seinen Vater, einen Schatten nur in der Dunkelheit, aber ein fester Schatten, der einzige Schatten in diesem Zimmer, der sich in dieser Nacht nicht darauf einließ zu schwanken. Nein, Jans' Vater war kein Tänzer, kein Abenteurer, er war Martin Jansen, ein langsamer, schwerfälliger Mensch, da saß er noch am selben Fleck, wo ihn das Unglück überrascht hatte, über den Tisch gebeugt, den Kopf in den Händen und starrte vor sich hin. Er war nachts nicht anders wie am Tage, er war Jans' Vater, und Jans wurde ruhig, und seine Angst wäre fast zu Ende gewesen, wenn er nicht diesen faulen faden Geruch auf der Zunge behalten hätte. –

Er kam von den Abfalleimern im Hof, Jans stand auf einmal wieder im Hausgang, er mußte die Treppen hinauf, aber sie waren so unermeßlich steil, daß es unmöglich war, heraufzukommen. Die Zunge klebte ihm, es war ein drückend heißer Nachmittag, dazu war es leer und still, eine ganz sonderbare Stille im Treppenhaus, eine Stille, in der das Herz vor Grauen saust. Auf einmal kam ein schriller Pfiff, und einen Augenblick später schnurrte blitzschnell ein verschrumpfter kurzhosiger Zwerg, ein altes ekelhaftes Männchen, das Treppengeländer herunter und purzelte über Jans' Füße, sein nacktes Bein streifend, ins Freie.

Jans riß die Augen auf. Seine Glieder waren noch ganz steif vor Grauen. Es war Nacht, aber obwohl es finster im Zimmer war, wurde doch noch geschwirrt und geschwankt, besonders ein schmaler Lichtstreifen, den die einsame Laterne im Hof an die Wand warf. Jans hatte Durst. Da drüben am Tisch saß sein Vater, aber so groß und feierlich saß er da, daß es unmöglich war, ihn wegen etwas Durst anzurufen. Saß Jansen da, weil es immerhin gut war, Nachtwache zu halten, wenn ein Krankes im Zimmer war, oder wußte er gar nicht, daß die Nacht über ihn hereingebrochen war? Vorhin hatte er einmal gewagt, einen Blick auf das Bett zu werfen, und er hatte gleich wieder die Hände vors Gesicht geschlagen und zwang nun seinen törichten Kopf, sich das Unvorstellbare vorzustellen, und sein armes Herz ohne Hoffnung zu schlagen. Aber er konnte es unmöglich begreifen, daß er in diesem Zimmer schlafen und essen, durch die Gassen gehn und in der Fabrik stehen sollte, ohne die Erwartung, ohne die Vorfreude von sieben Jahren. Er rückte an seinem Stuhl. Aber ohne Hoffnung hatte es keinen Sinn zu schlafen, keinen Sinn zu wachen, nein, er blieb schon sitzen. »Was tut nur mein Vater? Warum tut er das?« dachte Jans, »pflegt er das jede Nacht zu tun?« Und er wunderte sich, was sein Vater mit seinen Händen anfing, die er rang, daß die Finger krachten, und was für wunderliche Töne aus seinem Munde kamen.

Nach und nach wurde der Laternenstreifen blasser, und Vaters Mütze, Ofenrohr und Stühle und manches andre kamen wieder zurück, wie Schaumblasen in weißem milchigem Licht. Jans fiel es ein, daß der Tag anbrach. Aber er hatte gar keine Lust nach Tag, seine Augen klebten, er schämte sich vor dem Licht. Im Efeu im Hof fingen die Spatzen an zu pfeifen. Jans schämte sich noch mehr. Da sah er zu seinem Vater hinüber, der einzige, der mit ihm ausgehalten hatte. Aber gerade in diesem Augenblick streckte sein Vater die im Frühlicht ganz fahlen Arme über den Tisch, und ohne daß Jansen es wollte, glitt sein armes Gesicht auf die Tischplatte dazwischen und schlief ein. Und Jans dachte enttäuscht, daß auch sein Vater ihn doch noch in letzter Stunde im Stich ließ. Da fing sein Bett wieder an, diesmal gleichmäßiger und sachter, hin und her zu wiegen, und er hörte auf zu denken.

Das war die erste Nacht, die Jans in seinem Leben wachend verbrachte. Um halb sieben rasselte der Wecker, den Marie in eine Untertasse zu stellen pflegte, um mehr

Lärm zu bekommen, denn ihr Schlaf war tief und schwer. Marie gähnte und reckte sich, sie freute sich aufzuwachen, in ihrem frischen, ausgeruhten schlafdurchwärmten Körper. Auf einmal stutzte sie im Gähnen, sprang auf die Füße und lief an Jans' Bett. Sie bückte sich tiefer und versuchte ihn herauszuziehn, denn er hatte sich wie ein leidendes Tierchen in eine Bettgrube verwühlt. Wie sie aber seinen starren, glühenden Körper zu fassen bekam, von dem der Kopf wie ein Puppenkopf nach hinten baumelte, mit offenen blinden Augen, fuhr sie zurück, starrte ihn an, drückte seinen Kopf zwischen ihre Brüste und starrte ihn wieder an, wobei in ihre Augen dieselben kleinen Punkte kamen wie damals, als sie den flüchtigen Gefährten vom Stock tiefer mit seiner Liebsten im Hausgang erblickt hatte. Aber hier fing sie an zu bitten und zu betteln und zu streicheln, worauf Jans freilich nur ein wenig mit den Augen zwinkerte mit trüben argwöhnischen Blicken, unter seinen langen verklebten Wimpern. Da fielen Mariens Arme herunter, und sie sah sich hilfesuchend im Zimmer um. Sie erblickte ihren Mann, den Oberkörper quer über den Tisch, als ob die Tischplatte ein Brunnen wäre, in den er sich stürzen wollte. Sie packte ihn an den Schultern und schüttelte ihn hin und her, ganz wild vor Verachtung. Sie fuhr auch noch fort zu schütteln, als Jansen schon aufgewacht war, sein gewöhnliches verlegenes Lächeln um den Mund. »Jans ist krank!« schrie sie ihm ins Gesicht. »Du Lump! Du Gauner! Jans ist krank!!« Aber Jansen nickte nur, und Marie warf sich über Jans' Bett. Jansen blieb stehen, lang und hager, mit seinem verwirrten Lächeln. Feste Riegel hatte dieser Martin Jansen vor sein Herz gelegt, große Schätze von Angst und Qual konnte er darin beherbergen, ohne daß gleich alles herausbrach und alle behelligte. »Nimm deine Mütze«, fuhr Marie herum, »und mach, daß du fortkommst!« Und Jansen gehorchte, er nahm seine Mütze und setzte sie auf und klammerte sich nicht an die Bettpfosten seines Kindes, er ging in die Fabrik, er torkelte ein bißchen, aber es war doch noch der sicherste Weg. Halt, auf der Schwelle kehrte er doch noch einmal um. »Da draußen ruft dich jemand, Marie.« Marie lief hinaus, und Jansen sprang ans Bett, riß das Kind an sich und bedeckte es von oben bis unten mit Küssen. Die Tür krachte, und er legte es schnell wieder unter die Decke. »Niemand hat gerufen«, sagte Marie böse, »mach, daß du fortkommst!« Und kaum war er fort, als Marie aufweinte, sich nach Herzenslust und ohne Störung ausweinte. Manchmal, wenn sie das Kind mit trüben verweinten Augen anbettelte, kam wirklich in Jans' trüben Blick ein Ziel, ein Ausdruck von Trauer und Argwohn, als ob er an einer ganz andren weit geheimnisvolleren Krankheit litte als die, um deren Namen sich seine Mutter den Kopf zerbrach. Er drängte sich von ihr weg und versuchte sich in einen Winkel seines Bettes zu vergraben, und manchmal hob er den Arm, der über Nacht abgemagert, und deutete in die Luft, als ob es dort etwas viel Dringlicheres und Sonderbareres zu sehen gäbe als das nahe, rotgeweinte Gesicht seiner Mutter.

Der Morgen ließ sich an wie gewöhnlich. Die Sonne brannte auf den Hof, und Nachbarsfrauen hingen die Wäsche auf. Marie wollte ans Fenster, ihr Unglück herunterrufen. Aber plötzlich schüttelte sie den Kopf. Es war eine Schande, daß Jans, ihr schönes glänzendes Kind, krank war, es war eine Schande, Fremden zu zeigen, daß ihr Glück Flecke und Sprünge bekommen hatte. Da war es schon besser, seine Schande allein zu tragen, und sie nahm Jans' kleine zerschmilzende Hand in die ihre.

Es klopfte. Marie erschrak. Aber nur der Arzt trat ein – wo hatte ihn Jansen aufgetrieben? –, ein kleiner Mann mit zerzaustem Bart und fleckigem Anzug, da war er schon den ganzen heißen Morgen die Treppen der Vorstadt herauf- und heruntergelaufen. Marie sah ihm mit steigender Angst zu, obgleich er nichts andres tat als sich die Hände waschen und die Brille putzen, er war ja selbst ein geplagter verschwitzter Mensch. Wie er aber Jans befühlte und behorchte und mit kühlen Fingern bestrich, war es Jans, als ob man ihn langsam aus einem tiefen dunklen Wasser herauszöge, und ganz von weitem sah er zwei winzige helle Pünktchen – die runden Brillengläser des Arztes, in denen sich die Sonne fing. Er fühlte sich unbeschreiblich wohl und hatte Lust zu lachen – es war der Bart, der ihn kitzelte –, und er kicherte leise und tauchte wieder ins Wasser. Marie war bei dem Kichern ganz bleich geworden. Der Arzt stand auf. »Man muß abwarten«, sagte er, »man muß die Fenster verdunkeln und Aufschläge machen. Mehr kann man nicht machen.«

Am Abend tappte Jansen in das dunkle Zimmer. Er setzte sich an seinen gewöhnlichen Platz, heute war nichts gedeckt und gekocht, er war todmüde und hungrig, er stützte den Kopf in die Hände, und allmählich wurde die Dunkelheit, die ihn so gut versteckt hatte, durchsichtig. Er erkannte Marie zusammengekrümmt an Jans' Bett. Der Wecker rasselte, im Flur wurde eine Tür zugeschlagen, jemand rannte lachend die Treppe herunter, Marie erhob sich, um Wasser zu holen. Inzwischen trat Jansen an Jans' Bett. Marie kam zurück, den

Krug in der einen, ein Licht in der andren Hand, und mit einem bösen Blick verwies sie Jansen an seinen Platz am Tisch zurück. Aber Jansen zuckte nur geringschätzig mit den Schultern, er blieb, wo er war. Er versuchte Jans' Gesicht anzusehen, zuerst zog sich sein ganzer Körper vor Entsetzen zusammen, aber er biß sich auf die Lippen und zwang sich, das Gesicht zu betrachten, das kleine alte, verschrumpfte Gesicht, mit offenem Mund und offenen Augen, das sieben Jahre lang in Weinen und Lachen, in Zorn und Lust und manchmal sogar in Grausamkeit gezuckt hatte, aber immer in Leben und allen Möglichkeiten des Lebendigen, und jetzt ein Spott und Hohn, ein abgestorbenes Greisengesichtchen war. Die Uhr rasselte, und Jansen, der plötzlich heftig und unternehmend war, ging hin, stellte sie ab und ging wieder an seinen Platz. Aber jetzt war es so still, daß es niemand ertragen konnte. »Jans muß sterben«, sagte Marie leise vor sich hin. Jansen fuhr zusammen, was sie da sagte, hatte er ja seit vorgestern gewußt, vom ersten Augenblick an, aber wie konnte sie so schamlos sein, es auszusprechen? Sie sahen sich an, und sogar in Jansens Zügen bebte etwas wie Haß – wie wenn zwei Feinde in der gleichen Zelle eines Zuchthauses gebändigt werden. Jansen ballte die Hand. Er hätte vielleicht geschlagen, wenn nicht gerade Jans einen seiner wunderlichen Atemzüge ausgestoßen hätte oder vielmehr ein langes dünnes Pfeifen. Dann war es wieder still. Gegen Morgen zuckte Jans' kleiner steifer Körper zusammen, und Jansen sah eine große, glitzernde, sonderbar und beinah lächerlich anzusehende Schaumblase aus dem Mund seines Kindes, seines ehemaligen Sohnes aufsteigen. – Da stürzte Jansen aus dem Zimmer. Er glaubte nicht mehr an das, was er sah, es war ein unsinniger Traum, er brauchte sich das nicht gefallen zu lassen, er rannte aus dem Hause, kreuz und quer durch die Gassen, und stieß da und dort an. An einem Bäckerladen wurden die Läden hochgezogen, er sprang herein, kaufte ein Brot, biß schon im Laden die Spitze ab, und bis zur nächsten Ecke hatte er es ganz verschlungen. Wie aber sein Magen voll und sein Hunger vorbei war, blieb er stehen, und sein Gesicht überzog sich mit brennender Scham, weil er an einem solchen Morgen Hunger gespürt und etwas gegessen hatte.

In der Fabrik arbeitete er stumm und schnell, wie er aber wieder auf der Straße war, da schaukelte und torkelte er, lief ein paarmal an seiner Haustür vorüber und machte schließlich ganz kehrt – er konnte sich nicht entschließen, in das schreckliche dunkle Zimmer heraufzugehn und eine solche Wirklichkeit anzuerkennen. An einer Ecke gab es eine Schenke, dieselbe, in die er damals gelaufen war, als Marie im ersten Jahr ihrer Ehe angefangen hatte, schlecht und hart zu werden. Er setzte sich und versuchte, sich Jans' Gesicht vorzustellen, wie es vor der Krankheit gewesen war, wie es vor drei Tagen noch gefunkelt hatte, doch er konnte sich nicht mehr erinnern, wie sehr er sich abquälte. Er vermochte es kaum zu erwarten, bis man das Glas vor ihn hingestellt hatte, er hoffte irgendwie, es könnte ihm zu seiner Hoffnung verhelfen. Droben wurde er nicht vermißt. Solange sich Jans zusammenkrampfte, so lange stand die Zeit still, und sie bekam einen Stoß, wenn er zuckte. Es wurde wieder Tag, und Marie schien es, als ob Jansen eben erst die Tür hinter sich geschlossen hätte. Sie nahm ihren Krug und ging nach frischem Wasser. Jans regte sich unter der Decke. Auf einmal wurde sein Bett wieder herumgewirbelt, er zog die Beine ein, verbiß sich in einen Zipfel des Kissens und hing sich an das Bettzeug, um nicht herauszufallen. Aber das Wirbeln ließ nach, das Bett fing an, in ruhigeren, breiten Schwüngen hin und her zu wiegen, und stand endlich ganz still. Jans blinzelte; die Vorhänge waren zugezogen, aber kleine Sonnenflecke lagen zersprenkelt auf der Hand, auf dem Fußboden und hüpften in goldenen Sternchen um Jans' Bett. Und drunten auf dem Hof gab es Getrippel und Lachen, und Kinder – eine Mädchenstimme war darunter – klatschten in die Hände zu ihrem Singsang:

»Ich und du,
Müllers Kuh,
Müllers Esel,
Der bist du!«

Jans blinzelte noch mehr, er reckte den Hals vor Neugier und richtete sich auf. In diesem Augenblick trat seine Mutter ein. Sie stockte und kam am ganzen Körper zitternd näher. Sie fragte ihn mit fremder, bebender Stimme, ob er etwas trinken wolle, wobei sie ihm die Hand aufs Haar legte, und Jans nickte in seiner alten mürrischen Art, die er anzunehmen pflegte, wenn man zärtlich mit ihm war. Marie brachte eine Tasse Milch – ihr Gesicht wurde immer bleicher –, und Jans trank alles aus. Darauf war er müde, das Bett zitterte wieder, aber er hörte seines Vaters Schritte auf der Treppe und richtete sich noch einmal auf. Jansen zog sich mit schweren verwickelten Beinen das Geländer herauf. Er hatte gar keinen Gedanken, nur Angst, Angst, aber wie auch sein Herz klopfte – er konnte sich nicht mehr besinnen auf was. Er versuchte umsonst, seine mit jedem Schritt wachsende Feigheit zu bezwingen.

Seine Hand hüpfte um die gelbe Türklinke herum, und er klappte sie zehnmal auf und nieder, bis er dann die Tür aufriß.

Jans saß aufrecht in seinem Bettchen mit rotem, pfiffigem Gesicht. Da starrte ihn Jansen an, seine Mundwinkel verzogen sich zu einem verwirrten Lächeln, ja sogar noch über das Lächeln heraus in ein bitterliches Weinen. Marie machte sich auf einmal schnell in einer Ecke mit dem Geschirr zu schaffen, und sie drehte sich erst um, als Jansen fertig war. Aber der kleine Jans, dessen Kopf zurückfiel, betrachtete unbekümmert das Gesicht seines Vaters mit Neugierde und sogar ein bißchen Widerwille.

Am späten Abend trat Jansen ans Fenster. Er sah hinauf nach dem hohen dunstigen Himmel, er sah herunter in den Hof, wo gerade ein weißes Kätzchen von Ecke zu Ecke huschte. Er sah über die Mauern der Nachbarhäuser, die nach dem engen gemeinsamen Hof unbekümmert ihr Inneres entblößten, ihre schmutzigen, verwahrlosten Küchen und Stuben voll Weinenden und Lachenden und Schlafenden und Essenden und Betrunkenen. Und wer wollte, konnte von dort drüben in Jansens Stube sehen, sein weißes feuchtes Gesicht über den Geranientöpfen. Aber was machte es, wenn Tag für Tag der gleiche faule Geruch aus den Abfalleimern da unten kam – sein Sohn lebte, was machte es, wenn da drüben in den Abend ein Kind weinte, wie nur zerschlagene, wehrlose Kinder in der Dämmerung weinen – sein Sohn lebte, was machte es, wenn sich gegenüber zwei Weiber in einem frechen gemeinen Gelächter krümmten– sein Kind lebte. Die Menschen, die da drüben mürrisch ihre letzten Bissen zerkauten und sich erschöpft auf ihre schmierigen Betten warfen, sie wußten noch nicht, daß sein Kind am Leben geblieben war.

Vor drei Tagen war Jansen erst von seinem Berg abgestürzt und hatte mit zerschellten Gliedern drunten gelegen. Aber so verlockend war der Gipfel, daß schon ein kleiner Wink genügte, um ihn ohne Zögern seine zerschundenen Glieder zusammenraffen und von neuem heraufsteigen zu lassen. –

Am folgenden Feierabend machte Jansen einen Umweg in die Stadt. Er verschaffte sich noch Einlaß in einen Laden, der schon für den Sonntag aufgeräumt wurde. Er hatte seinen Wochenlohn bei sich, und er wählte die verwickeltsten und beweglichsten Spielsachen. Er nahm vorsichtig das große bucklige Paket aus Seidenpapier in Empfang und trug es abgespreizt nach Hause. Er kam aufgeregt in den Flur und machte die Tür auf. Da war das Zimmer dunkel, und ein süßlich dumpfer Geruch kam ihm entgegen. Und aus der Ecke aus dem Bett stieg ein dünnes Wimmern, ein langgezogenes Iiiiiih, das sogar einem Kichern ähnlich klang. Jansen tappte nach dem Tisch und legte das Paket mit den Spielsachen darauf.

Der Sommer ging weiter um zwei, drei überflüssige, ungezählte Tage, heiß und drückend wie jene, in denen Jans geboren worden war. Aber niemand hielt sich mehr in dem Zimmer mit Schelten und Fluchen auf. Jansen war ein friedlicher Mensch. Gewiß, es war noch nicht lange her, da waren ihm aus übergroßer Freude oder übergroßem Schmerz ein paar Absonderlichkeiten entschlüpft. Aber jetzt schlich er friedlich herum. Die paar Absonderlichkeiten, die ihm gewährt waren, er hatte sie längst verbraucht. Wäre es nach ihm gegangen, er hätte sich nicht einmal diese Strähne weißen Haares zugelegt, die so wunderlich zu seinem Jungengesicht aussah und die ihm gerade in diesen so gleichmäßigen und ereignislosen Sommertagen aufgedrungen worden war. Und Marie, da hockte sie auf Jans' Bett, die Augen leergebrannt von Nachtwachen, und wenn sie einmal eingeschlummert war und von Jans' hellem scharfem Wimmern aufgeschreckt wurde, so stöhnte sie wie die Gefangenen, die zu der Strafe der Schlaflosigkeit verurteilt sind. – Manchmal fragte ein Nachbar auf dem Flur oder ein Gefährte bei der Arbeit: »Nu, Jansen, dein Jans ist krank?« – »Ja, er ist krank«, erwiderte Jansen. – »Er wird schon durchkommen«, sagte der andere. – »Nein«, erwiderte Jansen, »ich glaube nicht, daß er durchkommt.«

Wenn abends Jansen nach Hause kam, so stieg nach der Leere des Tages eine Unruhe in ihm auf, eine unbestimmte Erwartung, er möchte hinter der Tür das Letzte antreffen und es wäre ihnen endlich gewährt, sich dem schrecklichsten endgültigen Schmerz hinzugeben. Aber das Zimmer war immer noch dunkel, und der süßliche Geruch war immer noch da, und Jans lag mit eingezogenen Beinen und offenem Mund und runden Augäpfeln, wie ein uralter verschrumpfter Zwerggreis,wie ein böser kleiner Zauberer, mit seinen dürren Fingern unverständliche Zeichen in die Luft malend und rätselhafte dünne Klagelaute pfeifend.

Und Jansen setzte sich an den Tisch und aß sein Nachtessen und zog sich aus und schlief seinen Schlaf.

Da weckte ihn eines Nachts Marie: »Steh auf, Martin, er stirbt!«

Jansen sprang auf die Füße. In seinem Kopf war es bei diesem Ruf auf einmal so hell wie damals, als Jans unvermutet lächelnd und aufrecht in seinem Kissen gesessen hatte, und jener Fleck mitten in ihm, der brach und öd gelegen hatte, fing bei diesem Ruf an um sich zu schlagen und zu stechen, daß er aufschrie. Er packte das Bett an, und Marie verwehrte ihm den Platz nicht. Aus Jans' Mund kam ein Blutfaden über sein Hemdchen und seine Decke gerieselt, aber Jansen konnte mit seinen flimmernden Augen gar nicht sehn, was in dem Bett vorging. Er bohrte nur sein Kinn in den Pfosten herein und preßte seine Knie in das Holz, als ob in diesem Augenblick das Bett der Feind sei, auf den es ankäme und den man bedrohen und bestechen müßte. Aber das Holz blieb hart und geduldig, und Jansen war erschöpft, und seine Hand, die sich gegen das Bett wund getrommelt hatte, streckte sich aus und berührte Jans' Haar und blieb darin hängen. Und auch Marie wollte noch etwas von diesem Haar haben, das sich noch warm und lebendig anfühlte. Ihre Fingerspitzen stießen aneinander, sie sahen sich an, und jedes stutzte bei dem sonderbaren Anblick des andren. Ihre Blicke wurden fester, und in dem Grund ihrer Augen schimmerte etwas Neues. Zwar war es nicht die Liebe, aber etwas, so ähnlich der Liebe, daß selbst Weisere als sie es hätten nicht unterscheiden können. Sie drängten sich ineinander, er strich ihre armen abgemagerten betrogenen Arme herauf und herunter, und seine Liebkosungen, die mit wehem Trost begonnen hatten, wurden zu einem närrischen Wenn-schon Denn-schon.

Am nächsten Tag wurde das fleckige Bettzeug abgezogen, und Jans bekam eine frische Decke, ein frisches Leintuch und ein frisches Hemdchen. Aber wenn er auch jetzt reinlich und feierlich dalag, so zuckte er doch noch manchmal etwas, und abends schluckste er sogar, wobei auf das frische Kissen ein paar Blutströpfchen spritzten. Da legte Marie ihren Kopf in Jansens Schoß, als ob das die einzige Bewegung sei, die ihr zu tun übrigbliebe, und der einzige Ort einer ewigen und unversiegbaren Zuflucht.

Jans hatte das Summen selbst gehört, er behielt ein leises Summen im Ohr. Gestern abend, wie das Blut aus seiner Kehle gekommen war, hatte er sich auf einmal so frei und leicht gefühlt, und er hatte gewünscht, daß es gar nicht aufhören möchte. Es war alles so frei und großartig, wie draußen auf dem Brückengeländer über dem strömenden Wasser, er gab sich einen kleinen Ruck und stieg in die Luft, er spreizte die Arme und stieß sich mit einem Fuß in die Luft ab. Er flog über den Tisch, aber seine Eltern, die immer so viel Wesens aus ihm gemacht hatten, erstaunten sich gar nicht, sie, die ihm immer mit begierigen Blicken gefolgt hatten, sahen in dieser ungeheuren Minute gar nicht auf, und die Minute war schnell zu Ende, und er wurde wieder schwer und fiel in sein Bett. Er öffnete die Lippen und sagte »Durst«, und seine Eltern fuhren auseinander und stützten abwechselnd seinen Kopf, während sie ihm Milch eingossen. Keines von ihnen war erbleicht, wie er ein Wort gesagt hatte, keines hatte mehr die Kraft, sich zu einer neuen Hoffnung zu rüsten. Wenn Jans sich regte, knüpften sie hastig ihre verschlungenen Finger auf, und es kam jetzt manchmal sogar am Tage vor, daß sie mit aneinandergelehnten Köpfen dasaßen.

Jans war also kein jäher schneidender Tod bestimmt, er sollte langsam mit dem Herbst absterben. Das sagte auch der Arzt, der noch einmal gekommen war, und er sagte auch, daß es keinen Sinn hätte, ihn immerzu in der dunklen Ecke im Hof zu lassen, daß man ihn ruhig zuweilen in den Lehnstuhl ans Fenster legen dürfte. So wurde Jans mitsamt seinen Kissen und Decken in den Lehnstuhl gepackt, um auch noch seinen Teil am Sonnenschein zu haben, der sich schon blasser und genügsamer über das Hofpflaster legte. –

Eigentlich machte sich Jans gar nichts aus dem Lehnstuhl. In der dunklen Ecke, da war er geborgen, da war seine Heimat, nicht in dem großen hellen Zimmer der Erwachsenen. Was den Sonnenschein anbelangte, so tat er seinen Augen weh, und die Spiele der Kinder, die da drunten im Hof vor sich gingen, entlockten ihm nicht im geringsten Neid oder Bewunderung. Er freute sich, wenn seine Mutter erst am Mittag dazu kam, ihn umzubetten, wenn er auch nichts andres tat als auf dem Rücken liegen und die Tapetenmuster zählen, die dummen, abgeblaßten Streifen und Girlanden.

Freilich, sobald er die Schritte seines Vaters auf der Treppe hörte, verfärbte sich sein kleines, blaß und faltig gewordenes Gesicht. Er wartete, ja, auf was wartete Jans? Sein Vater trat ja immer gleich an seinen Sessel heran, fuhr ihm übers Haar, faßte ihn unters Kinn, was er früher nur heimlich und schamhaft getan hatte; Jans aber wartete, er wußte nicht, worauf, und wie hätte er es wissen sollen? Und sein Vater wandt sich ab und drückte seinen Kopf neben Mariens Kopf über den Tisch, auf dem sie mit unbestimmtem verliebtem Lächeln kleine weiße Lappen vor ihm ausbreitete, und er wühlte mit seinen Fingern darin herum, leise erregt von frischer Erwartung, die ihre ersten Fußstapfen auf dem zersprungenen Tisch da vor ihm eingetreten hatte.

Diesmal fühlte sich Marie nicht gedemütigt und erdrückt von ihrem schweren Körper, und Jansen hatte keinen Anlaß, in die Schenke an der Ecke zu laufen. Sieben Jahre waren vergangen, das achte stand vor der Tür, und sie benahmen sich genau wie Menschen, die sieben Jahre älter geworden sind. Damals hatte es einmal so geschienen, als ob die vier Wände sich erstickend eng um sie legen würden, und während der sieben Jahre hatten sie Zeit gehabt, sich zu erweitern und wieder zusammenzuziehn und wieder zu erweitern. Und schließlich blieben sie stehen, nicht so verschwenderisch Platz lassend, daß man große Luftsprünge machen, aber doch daß man atmen konnte. Geduldig und still arbeiteten beide den Winter hindurch, wie man arbeitet, wenn eine kleine Freude bevorsteht, nicht das unsinnige Glück, das man zum Schluß doch nicht ertragen kann, sondern eine schlichte dem Raum angepaßte Freude.

Da war auch noch immer Jans, der hatte ja früher die Kammer mit seinem Sonnenglanz erfüllt, und jetzt war er ein armseliges Fünkchen, das seine Mutter in einer Hand tragen konnte. Manchmal sah sie von ihrer Näharbeit zu ihm herüber mit traurigen, älter und schwerer gewordenen Augen, und dann verschränkte sie angstvoll die Arme über ihren Leib, wo das Ihre noch so wohlverwahrt lag. Seit die abgeblühten Stöcke vom Fenster entfernt waren, saß Jans noch weniger gern dort. Stumm und zusammengesunken, mit vorgestreckter Unterlippe hockte er in seinen Kissen. Nur einmal, als drunten im Hof Jungen einen Drachen steigen ließen, bebte seine weißspitzige Nase, und seine Augen glitzerten. Als aber dieselben Knaben ins Zimmer gerufen wurden, drückten sie sich verlegen aneinander, und Jans saß in seinem

Sessel, stumm und ernsthaft, ein kleiner Greis, und sie wußten nichts miteinander anzufangen.

Warum ließen sie ihn nicht im Bett? Was hatten sie davon, wenn sie ihn ans Fenster brachten? Drinnen im Bett brauchte er nur die Augen zu schließen, und er sah die Brücke und den Fluß, blau und grün, Wolken und Sonne, und noch ganz andre Dinge. Aber hier mußte er immerfort den grauen stickigen Hof anstarren, und aus den Fenstern warfen manchmal die Leute sonderbare Blicke zu ihm herüber. Aber er beklagte sich nicht. Er sprach ja überhaupt fast nichts. Wenn er etwas sagte, waren seine Eltern ganz verwirrt und beinah erschrocken, da war es schon besser, nichts zu sagen.

Es kam auch etwas andres. Eines Mittags nämlich wehten aus der schweren trüben Luft, leicht und heiter, ein paar Flocken herunter, und gleich dahinter kamen noch andre, satt und schwer zuerst und gegen Mittag glitzernd und rieselnd. Jans drückte sein Gesicht an die Scheibe, von jetzt ab hatte er täglich 10000 Gefährten, diese kleinen Tänzer von irgendwoher, da tanzten sie auf Höfen und Fensterbrettern nach einer Musik, die niemand hörte. Das war so ein Tanz, daß Jans vom Zusehen außer Atem kam, und wenn er sich nach der Stube umdrehen mußte, so konnte er seine flimmernden Augen gar nicht umgewöhnen an Tisch und Lampe und seine Eltern, die schweren Klötze.

Es kam der Weihnachtstag, und Marie ließ ihn bis zum Abend im Bett liegen. Sie stellte den Tannenbaum in eine Scherbe und klemmte die Kerzen ein. Jans hätte ganz gut allein aus dem Bett kriechen können, er hatte sich schon öfters in der letzten Zeit, wenn seine Mutter das Kissen aufschütteln wollte, allein auf den Füßen gehalten. Aber so war es besser. Am vorigen Tag hatte Marie mit gesenktem Kopf ihren Mann gefragt: »Was schenken wir Jans?« Jansen hatte lange geschwiegen und plötzlich gesagt: »Ich habe etwas!«, und er hatte aus seiner Schublade ein Paket hervorgekramt. Er knüpfte den Bindfaden auf und wollte das Papier auseinanderschlagen, aber wie dieses weiße Seidenpapier, dessen feierliches ungewohntes Knistern ihm damals im Laden aufgefallen war, auch jetzt zu knistern anfing, schlug er schnell die Zipfel übereinander und knüpfte es wieder zu. Nein, viel Geld war nicht mehr übrig, da war die Miete gewesen und das Holz und das Weihnachtsgeschenk für Marie, aber es reichte noch, um ein Pferdchen zu kaufen oder einen Ball und einen Lebkuchen, und er lief schnell weg.

Am Abend saßen sie alle um den Tisch. Die kleinen Kerzen auf dem zerzausten Bäumchen zuckten und zwinkerten – Marie in ihrem schwarzen Kleid, das straff über dem Leib saß, mit den mageren Schultern einer Konfirmandin, Jansen in einem sonderbaren Kragen und Jans in seinen Kissen, still und winzig. Da sollten sie also warten, bis der Baum heruntergebrannt war, da war ihnen eine solche Pause gewährt, ein Inselchen in der Zeit, sie saßen ja von morgens bis abends über die Arbeit gebückt, und irgendein Glück, das sie sonst nur still und heimlich versuchen konnten, über das sollten sie sich jetzt in dieser Pause satt lächeln dürfen, oder irgendein Leid, das für die gewöhnlichen plumpen Tage nicht taugte, konnten sie in dieser Feierstunde ungestört ausweinen. Aber sie saßen und versuchten umsonst, ihren müden Herzen etwas Feierliches zu entwinden. Und alle – Martin, der mit hängender Lippe in die Luft träumte, und Marie, die unablässig die Fransen ihres neuen Tuches glättete, und sogar Jans, der mit mageren kranken Händchen an seinem Spielzeug herumgegriffen und es schließlich müde und hilflos liegengelassen hatte – wünschten, daß die Pause zu Ende gehn und die schlechte gewöhnliche Zeit wieder anfangen sollte und sie von ihrer traurigen Beklommenheit erlösen möchte. Aber der Baum brannte fort. Er war in der Welt, um zu brennen, und er nahm sich Zeit dazu und brannte, bis die Spitzen seiner Zweige versengt waren und Wachstropfen auf das Tischtuch fielen.

Je tiefer es in den Winter ging – auf den Schnee waren trübe feuchte Tage gefolgt, mit Nebel bis vor die Fensterscheiben –, desto mehr schrumpfte Jans zusammen. Die Ärmel der Wolljacke vom vorigen Winter schlotterten um seine Handgelenke herum. Vielleicht hätte Jans, der in seinem Sessel wie ein Pünktchen verschwand, das ganze Zimmer mit seinem Geschwatz und Getrippel füllen können, wenn nur einmal jemand in die Hände geklatscht und »Auf Jans!« gerufen hätte. Aber durch die Tür von Jansens Stube kamen keine solche Händeklatscher und Auf-Rufer. Im Gegenteil, wer da hereinkam, sah Jans immer von der Seite, auf eine heimliche und beinah falsche und genauso absonderliche Art an wie die Leute von der andren Hofseite, und Jans zog sich noch mehr zusammen.

Eines Tages wurde Jans' Sessel in die Stube nebenan zu Nachbarn gebracht, und er darin, als ob er nur irgendein Knopf an diesem Stuhl wäre. Eine knappe Woche blieb er in der fremden überfüllten Stube. Und obgleich die Nachbarsfrau lustig, beinah zu lustig, und der Mann ein Witzbold und die Kinder wild und alle zusammen eine an Gelächter und Streit und Ereignissen reiche Familie waren – solange Jans bei ihnen war, blieb ihre Lustigkeit einen Ton stiller. Nicht als ob er ein kleiner Junge, sondern ein geheimnisvoller ehrwürdiger Gast wäre, in dessen Gegenwart es nicht anging zu reden und zu spielen wie gewöhnlich, hörte Lachen und Schreien während seiner Anwesenheit auf. Und alle waren erleichtert, als er wieder herübergeholt wurde.

Am Fenster in der Wiege lag das Kind. Es war ein Mädchen, es hieß Anna, und das Zimmer schrillte von seinem Stimmchen und flatterte von seinen Wäschestücken. Es lag in der Wiege, die vor acht Jahren Jans besetzt hatte, sie war neu gestrichen und ihre Vorhänge neu gestärkt. Die seidnen Bänder, die damals die Vorhänge zusammengehalten hatten, waren diesmal fortgelassen. Aber das konnte Jans nicht wissen, und jetzt stand die Wiege am sonnigsten Fleck, am Fenster, und für Jans' Sessel war ein andrer Fleck bestimmt, zwischen Bettende und Tür. Aber Jans gab ihn lieber ganz auf. Wenn schon nicht am alten Platz, dann gar keinen. Er konnte ja jetzt schon ganz gut auf seinen eignen Füßen stehen und, wenn es sein mußte, obgleich die Schultern noch ein wenig zogen, aufrecht auf einem ganz gewöhnlichen Stuhl ohne Lehne sitzen.

Und er sah mit aufgerissenen Augen zu seiner Mutter herüber, die ihr Kleid öffnete und die Brust für das Kind frei machte. Jans sah ganz gut, ihr gewöhnlich blasses und ruhiges Gesicht änderte sich dabei. Freilich, sie lächelte nur eben, wie man beim Anziehen eines Schmukkes lächelt, während sie vor acht Jahren gelächelt hatte, als ob sie ihr eignes Herz, das sich aus einem unsinnigen Grund außerhalb ihres Körpers befunden hatte, wieder ihrer nackten Brust einfügen dürfte. Aber wie hätte Jans das wissen dürfen? Er fühlte einen Stich, wenn seine

Mutter ihr Kleid öffnete, und einen zweiten Stich, wenn sie das Kind an sich nahm. Dann drückte er sich an die Wand oder sogar zur Tür hinaus auf den Flur, wo er in letzter Zeit öfters auf dem obersten Treppenabsatz zu sitzen pflegte. Wenn aber sein Vater nach Hause kam, dann verfolgte er ihn mit den Blicken, wenn er an die Wiege trat und den Vorhang hochhob. Vor acht Jahren, da hatten Jansens Augen, auf denselben Punkt geheftet, einen finsteren heftigen Ausdruck bekommen. Jetzt wurde seine Miene nur gutmütig und fast belustigt. Aber Jans starrte ihn mit verbissener Aufmerksamkeit an.

Und auch bei den Mahlzeiten, wo er jetzt wieder zwischen den Eltern saß, tief über den Teller gebückt, schaute er von der Seite nach seinem Vater mit schnellen kurzen Blicken. Und Jansen, auch er streifte seinen Knaben auf die gleiche wunderliche Art, um dann, wenn Jans hastig erwartungsvoll den Kopf nach ihm drehte, schnell in seinem Essen zu stochern.

Was war nur mit Jansen? Sah er sie denn nicht, diese stummen kurzen Blicke aus den Augenwinkeln? war er älter geworden, wie alle gewöhnlichen einfältigen Menschen älter werden, ein müder schlechter Mensch, bei dem es gerade zu einem Blinkfeuerchen gereicht hatte, nicht böse, aber müde und gleichgültig? Ach nein, so einer war Jansen nicht. Er war kein Schwärmer, kein Blinkfeuerfänger; wollte Gott, es gäbe mehr seiner Art. Er hatte sie nicht vergessen, seine einzige Hoffnung, seinen einzigen Besitz. Wie hätte er je aufhören können, daran zu denken? Ach, jenen kleinen Jans, um den er gezittert hatte und um den er verzweifelt war und den er schließlich eines Nachts aufgegeben hatte und längst hinauf auf den Vorstadtfriedhof hatte ziehen lassen – den schrecklichen endgültigen Stein auf dem Grab –, den liebte er mit der ganzen heiligen Kraft, mit der man Verlorenes liebt, und was da noch bei ihm in seiner Stube war, neben ihm an seinem Tisch, das konnte er nur mit matten Händen streicheln, eine Spur des Verlorenen, die der nächste Windhauch verwehen würde, ein Ding, das an etwas Teures erinnert. – Und wie sehr sie es auch vermieden – es kam doch vor, daß ihre Blicke einander begegneten, und dann hakten sich ihre Augenpaare, die nur darauf gelauert hatten, ihrem großen und ihrem kleinen Herrn zu entschlüpfen, ineinander fest in dem gleichen Gram und dem gleichen Vorwurf.

Freilich nach einiger Zeit hatten sich ihre Blicke schon daran gewöhnt, nicht mehr so ungeschickt aneinanderzustoßen. Jans schob sich immer öfters auf den Flur, er zog von einem Treppenabsatz auf den andren, die Gasse hatte wieder angefangen ihn zu locken mit ihrem Schutt, ihrem Lärm, ihren Pfützen. Er sah ein Stück durch den Türrahmen, sehnsüchtig und furchtsam. Was hatte es auch für einen Zweck, da droben zu warten und zu warten und mit soviel Aufmerksamkeit eine Sache zu verfolgen, von der er ja wußte, wie sie war und wie ihr Ausgang war. Er wußte endgültig, daß sein Vater bestimmt zuerst an die Wiege trat und die Decke zurückschlug und die kleine Anna herausnahm. Gewiß war es im tiefsten Herzen auch Jansen lieber, nicht mehr aus der Ecke die Augen auf sich gerichtet zu fühlen und sorglos und unbehelligt das Kleine an sich zu drücken. – Marie war diesmal gar nicht eifersüchtig, sie nickte ihm sogar aufmunternd zu und brachte das Kind auf seinem Arm in eine bequeme Stellung. In Jans' Gegenwart hätte er sich zum Beispiel geschämt, die Backen aufzublasen und allerlei Geräusche mit seinen Lippen zu machen, und er hätte ganz bestimmt nicht mit geschlossenen Augen so ausgiebig sein Gesicht an Annas Köpfchen drücken können, wobei er jene leise sein Herz aufwärmende Zärtlichkeit spürte, nach der er sich sogar während der Arbeit sehnte und die einzig und allein an diesem runden flaumigen Ding zu finden war.

Nein, Jans suchte nicht mehr den Blick seines Vaters aufzufangen. Im Gegenteil, er tat alles, um ihm auszuweichen. Eines Tages war er wirklich vor dem Hause gelandet. Da stand er auf einmal, den festen Boden unter sich und die freie Luft um sich, und alles, was er schon längst vergessen hatte, das erkannte er jetzt wieder, und je besser er es wiedererkannte, desto mehr wuchs seine Verlegenheit. Er hätte sich vor Scham verkriechen mögen vor dieser Gasse, vor diesem Laternenpfahl, an dem er heraufgeklettert war, vor dem immer noch an der gleichen Stelle aufgeschütteten Sandhaufen, den Plakaten an der Bretterwand, dem gerissenen Pflaster, wo aus dem wohlbekannten Riß ein dünner Wasserfaden hervorquoll und, sich verbreiternd, die Trottoirkante entlangfloß. Aber alle diese Dinge behielten ihre festen klaren Umrisse und wurden keineswegs durch Jans' plötzliches Erscheinen in Verwirrung gebracht. Und Jans nahm sich zusammen, er ging ein Stück weiter, obgleich ihn ein klägliches Gefühl von Schwindel und Verlassenheit überkam in dieser verschwenderisch weiten offnen Welt. Er stolperte bis zur nächsten Ecke, da erblickte er in der andren Gasse einen Haufen Jungen, die um einen Ball stritten, und er schämte sich so sehr, daß er stehenblieb, an die Mauer gelehnt, ganz starr vor Scham. Der Ball flog weiter, und die Jungen verlegten ihr Spiel gerade an die Ecke. Aber sie schenkten Jans so wenig Beachtung, als ob er gestern zum letzten Mal heruntergekommen wäre, und sie streiften ihn und warfen ihn beinah um, ohne sich nur im geringsten über seine Gegenwart aufzuhalten. Aus einem Haus kam ein kleiner Barfüßiger, Rothaariger, mit den blauen Augen, wie sie manche Rothaarige haben, schmierig und zerschunden, aber ein Teufelchen, das durch alle Luken kriechen konnte. Im vorigen Jahr war er Jans' Freund gewesen. Er erblickte ihn, sah ihn von oben bis unten an, wobei auch in sein spitzes lachendes Gesicht ein Zug von Verlegenheit kam, drehte sich schnell auf dem Absatz und schrie: »Jans mit den roten Hosen! Mit den roten Hosen!« – es war gut, mit diesem lauten Schreien aus aller Verlegenheit herauszukommen. Ein paar Jungen drehten sich um, schrien gleichfalls, schnitten Gesichter und rannten weiter. Jans stand noch eine Weile da, bis er umkehrte. Er war zusammengeschrumpft. Er war jetzt wirklich fast nichts mehr als dieses Stück rotes Zeug, das keinem Menschen aufgefallen war, wie sich seine Glieder noch fest und braun darin gedehnt hatten. Aber die Jungen hatten recht, jetzt schauten sie wirklich lächerlich aus, diese grellen prahlerischen Dinger, und Jans stolperte verzagt heim. Die Gasse fing an sich langsam um ihn zu drehen und mit jenem leisen Schwanken zu beginnen, das Jans beunruhigte und doch wieder anheimelte. Aber am nächsten Tag kehrte er doch zurück und auch am folgenden. Die Häuser waren bereits nicht mehr so hoch, seine Verlegenheit war auch geringer, er ging von selbst ganz dicht an die Spiele der Knaben heran. Immer, wenn er die Treppen herunterlief, dem Geschrei an der Ecke entgegen, träumte er das gleiche. Er träumte, daß er den

Ball ergreifen und einen scharfen, nie dagewesenen, weit über das Ziel herausreichenden Wurf tun würde. Aber wenn es ihm endlich gelang, sich in den Knäuel der Spielenden hereinzudrücken und den Ball zu bekommen, so zuckte seine Hand so sehr in diesem wilden Traum, daß sie den Ball viel zu eilig und nur ein paar Schrittchen vor seine Füße warf, worauf er von den übrigen unter verächtlichen Pfiffen an die Wand gedrängt wurde. Und Jans setzte sich auf die Trottoirkante und sah mit geneigtem Kopf zu. Mochten sie nach ihm pfeifen und Nasen schneiden – es war immerhin viel leichter dazusitzen, die Daumen ineinanderzudrehen und die Scham herunterzuschlucken, als sich um diesen Ball zu quälen und ganz umsonst zu ungeheuren Würfen auszuholen. Einmal kam seine Mutter vorbei, sah ihn da abseits sitzen, und ihr Herz zog sich zusammen, und sie bückte sich, um ihn zu liebkosen. Aber Jans fuhr zurück und sah sie aus seinem winzigen bösen alten Gesicht nicht nur mit Ärger, sondern mit Widerwillen und Haß an. Und Marie erschrak, ja sie fürchtete sich. – Sie zeigte ihn auch dem Arzt, der eines Morgens, verschwitzt und hastig, zufällig durch dieselbe Gasse laufen mußte, und während sich Jans mißtrauisch den Kopf zerbrach, wo er das zerzauste Bärtchen und die Brillenaugen schon einmal gesehen hatte, meinte dieser, man sollte versuchen, Jans wieder in die Schule zu schicken, wo er sich vielleicht ein bißchen regen und aufwachen müßte.

Also bekam Jans seinen Ranzen auf, dessen Riemen ihn störten, und zog in den staubigen nur mit ein paar Platanen bepflanzten Schulhof ein, wo die Knaben herumlungerten und ihn zuerst mit Flüstern und Anstoßen empfingen und sich bald an ihn gewöhnten und ihn in seiner Ecke vergaßen, wo er sehr langsam an seinem Brot nagte, um möglichst die ganze Pause etwas zu tun zu haben. Er liebte nämlich die Pausen nicht. Obgleich er unter viel jüngeren Knaben saß, fühlte er sich am wohlsten, wenn er in seiner Bank geborgen war. Sehr tief darin vergraben, lächelte er mit trüben Augen vor sich hin, und seltsamerweise wurde sein Lächeln nur noch stärker, wenn der Lehrer ihn aufrief und er eine Minute dastand, ohne ein Wort zu erwidern. Wenn es schellte, pflegte er sich erst zuletzt und widerwillig aus der Bank zu schieben und in den Gängen und Ecken aufzuhalten. Dann setzte er sich wieder, legte das Kinn auf die Bank, den Mund ein wenig offen mit den Zahnlücken, die er seit ein paar Tagen hatte.

Wenn jemand wirklich im Ernst geglaubt hatte, daß Jans in der Schule sich regen und aufwachen würde, so war das ein Irrtum gewesen. Jetzt war aus Jans überhaupt nichts mehr herauszuholen. Und wenn er heimkam, warf er sich, ohne sich umzusehn, geradezu über seinen Teller und aß in einer neuen beängstigend hastigen und gierigen Art.

An den Sonntagen, wenn Marie und Jansen ihre kleinen Ausflüge den Fluß hinunter machten, das weißgeputzte Kindchen abwechselnd tragend, ein wenig vor Hitze seufzend, aber doch mit zufriedenem Gesicht, wie man eben einen großen Blumenstrauß trägt, war Jans entweder nicht aufzufinden, oder er blieb gleich am Anfang so weit zurück, daß man ihn bald zu Hause ließ. Öfters, gegen Ende des Nachmittags bekam Marie den Einfall, jemand zu besuchen, um das Kind zeigen zu können. Sie gingen zu einer ihrer Schwestern, die am andren Ufer verheiratet war. Da wurde gerade irgend etwas gefeiert, die Stube war vollgepfropft, es gab Bier und Singen und Kuchen, und am Tisch rückte man aneinander für Marie und Martin. Das Kind wanderte von Schoß zu Schoß; wurde getätschelt und gezupft, Mariens blanke braune Augen glänzten, und sie fand unaufhörlich Grund zum Lachen, wobei sie den Kopf zurückwarf und die Augen zudrückte. Auch Jansen aß und trank und redete nach rechts und nach links, und einmal stand er auf und ging ein wenig ins Freie. Es war nicht weit her mit seiner Gesellschaft, und er wurde nicht vermißt und war in einer halben Stunde schon wieder da. Er lief nur über die Brücke, durch die sonntäglich leere Gasse, und je näher er seinem Hause kam, desto größer wurde seine Unruhe. Er öffnete die Tür, und unwillkürlich blieb sein Blick am Tisch hängen, wo – der einzige unordentliche Punkt in dem aufgeräumten Zimmer – Jans' leer getrunkene Untertasse stand mit Krumen im Unterteller. Und sonderbar, bei diesem Anblick zog sich ihm das Herz zusammen, nicht in jenem geläufigen ihm so wohlbekannten Schmerz, der von außen wie ein Messer traf, so daß er die Stelle mit dem Finger hätte bezeichnen können, sondern in einer unbekannten Traurigkeit, die von innen her aufstieg, für die sein Herz nicht das Ziel, sondern der Ursprung war, ohne viel Aufhebens weich und lautlos, fast wie eine Liebkosung.

Er sah sich um und erblickte Jans, der zusammengerollt, mit angezogenen Beinen auf dem Bett lag und schlief. Er näherte sich dem Bett auf den Fußspitzen, bückte sich über ihn und streckte die Hand aus, um sein Haar zu streicheln. Aber gleich zog er sie zurück, zuckte mit den Schultern, wandt sich ab und ging heraus. Als sich die Tür hinter ihm geschlossen hatte, schnurrte Jans wie eine Sprungfeder hoch, starrte nach der Tür und rollte sich in der gleichen Sekunde wieder zusammen. Er hatte die Schritte auf der untersten Stufe gehört, er hatte sie näher und wirklicher und wahrscheinlicher werden hören, er hatte sich in das Bett geflüchtet und den Atem nicht anzuhalten brauchen, der ihm ohnedies gestockt war, weil das, worauf er gewartet hatte, schon gar zu plötzlich wahr werden sollte. Es war dicht an ihn herangekommen und war im nächsten Augenblick vollkommen da. Aber der Augenblick ging vorüber, das Nahe entfernte sich, und die Tür hatte sich hinter seinem Vater geschlossen. Und obwohl Jans jetzt allein und niemand da war, der sein Schluchzen hätte hören können, biß er noch zur Vorsorge in seinen Kissenzipfel.

Ein paar Tage später, als Jans von der Schule nach Hause kam, waren seine Eltern auf den Flur gegangen, und die kleine Anna lag allein am Fenster in ihrer Wiege. Jans blieb in der Mitte des Zimmers stehen, streifte seinen Ranzen herunter und horchte. Dann trat er an die Wiege, zog sich einen Stuhl heran und kniete darauf, um besser hereinsehen zu können. Noch nie hatte er die kleine Schwester ungestört betrachten können. Er fühlte bei ihrem Anblick gar keinen Stich im Herzen. Er hielt nur den Vorhang zurück und betrachtete sich alles, ihren runden Kopf mit dem kurzen hellen Haarschopf, ihre winzigen Fingernägel, wie wenn zwei Sternchen, aus verschiedenen Richtungen der Unendlichkeit auftauchend, eine Sekunde in der Ewigkeit sich streifend, einander betrachten.

Wie er die Stimmen seiner Eltern hörte, stellte er schnell den Stuhl vor den Tisch und setzte sich. Marie schöpfte die Suppe aus, eine Weile war nichts zu hören als das Schlürfen und Plätschern ihrer Löffel. Nach Tisch setzte sich Marie aufs Bett und öffnete ihr Kleid, und Jansen reichte ihr das Kind. Jans machte sich noch an seinem Schulranzen zu schaffen, um den Augenblick abzupassen, wo seine Mutter ihre Brust noch nicht frei gemacht hatte und sein Vater schon so viel Schritte voraus war, daß es keine Gefahr mehr gab, mit ihm zusammenzustoßen.

Es war gegen Ende des Sommers, ein windiger Tag, zwischen Sonne und Regen schwankend. Wie Jans aus der Haustür kam, fuhr ihm ein Windstoß in den immer offenen Mund, daß er hustend zusammenfuhr.

Er wollte die Gasse herauflaufen, aber der Wind schwenkte ihn herum, und da er ja weiter keinen festen Entschluß hatte, so ließ er sich die Gasse herunter gegen den Fluß blasen. Viele Stücke Papier und Blätter und Gott weiß was flogen denselben Weg, ein Mann schrie hinter seinem Hut her, wie hinter einem Hündchen, Tore flogen zu, Scheiben klirrten, Ziegel polterten von den Dächern und Töpfe von den Fenstern. Jans' nackte Beinchen liefen wunderbar mühlos, er spreizte die Arme, legte sogar den Kopf zurück und sah in die Luft. Der Himmel stand niedriger als sonst, die glänzend weißen, scharf gezackten Wolken streiften auf ihrem Flug die Dächer. Wie ein unbekannter Gast einem herrlichen Schiff entsteigt, so war gewiß der Wind mit einer dieser Wolken gelandet, und kaum war er da, so wurden die schweren vielstöckigen Häuser, diese tiefverankerte, unverrückbare Welt, die sich sonst weder durch Drohungen noch durch Gebete bewegte, in Ungeduld und leise Betrunkenheit versetzt.

Über den Fluß war ein weißer Schaum versprenkelt, und in Jans' Gesicht brannten rote Flecken, wie er die Treppe zur Brücke heraufkam. Auf der Brücke rannten die Knaben hin und her, hockten auf dem Geländer, spuckten zwischen die Ritzen und versuchten zwischen die Querbalken zu klettern. Wie Jans erschien, schauten alle einen Augenblick nach ihm hin – »Was will denn der hier!«

Vielleicht war der Wind dran schuld, alles ging heute leichter als sonst, jedenfalls machte Jans einen kleinen Anlauf, um sich zu den andren auf das Geländer zu schwingen. Aber er prallte nur mit den Knien ein bißchen dagegen und rutschte herunter. Die Knaben fingen an zu lachen, und Jans machte kehrt und senkte lächelnd den Kopf. Noch auf dem Treppenabsatz hörte er die Zurückgebliebenen rufen und lachen.

Auf einmal ging das Lächeln aus Jans' Gesichtchen fort, und sogar die roten Flecken verschwanden. Es war etwas andres darin, was noch nie darin gewesen war. Er drehte sich plötzlich um und nahm einen neuen Anlauf. Was für ein Anlauf! Da hing er über dem Wasser an seinen dürren Armen, in seinen weiten roten Hosen, winzig und mager, aber ganz besessen von Wildheit. Er spürte den Querbalken unter seinen bloßen Füßen, er wurde ganz außer sich, er zwängte seinen Kopf zwischen die Stäbe und die Beine hinterher, er hing wie eine Mücke in dem Netz von Stäben und Balken über dem braunen faulen Wasser. Er kroch weiter, sein Herz schnurrte wie ein Rädchen herum, das Geschwirr dröhnte in seinen Ohren. Aber Jans gab nicht acht auf das Rädchen. Er hatte nur einen einzigen Gedanken, unter der Brücke entlang und vor aller Augen auf der andren Seite wieder heraufzuklettern. Und die Knaben hatten ihn gleich verstanden. Wie man vom Geländer aus nur noch Jans' nackte gekrümmte Zehen erblicken konnte, waren sie auf die Mitte der Brücke gerannt und hatten sich platt auf den Bauch gelegt, um durch die Ritze zu sehen.

Jans kroch weiter. Das Wasser gluckste, er stutzte einen Augenblick, gleich wurde sein Körper so schwer, daß die Ärmchen wie Fäden reißen mußten. Aber die Knaben über seinem Kopf kratzten und scharrten, und bei diesem Geräusch wurde Jans toll. Er biß sich mit den Zähnen in die Stäbe, er kroch weiter, er mußte heraufklettern. Er dachte an nichts andres, er hatte alles andre vergessen. Er hatte vergessen, was zurücklag, er hatte den Winter vergessen und das Zimmer und das Fenster auf den Hof. Er hatte seine Schwester in der Wiege vergessen, er hatte seine Mutter und ihre Brust vergessen, er hatte ihn, seinen Vater, vergessen und allen Kummer, den er je erlebt hatte. Er hatte nur den einzigen Gedanken: unter der Brücke hindurchzuklettern. Die Knaben, die zum andren Geländer gelaufen waren, erblickten zuerst seine Arme und dann seinen Scheitel, und dann erschien sein weißglänzendes Gesichtchen über der Brüstung: »Wahrhaftig, da ist er!« schrie der kleine Rote, sprang von einem Fuß auf den andren und klatschte in die Hände. »Aber käsig sieht er aus!« sagte ein andrer. Aber den hörte Jans gar nicht mehr. Er hatte nur mit einem kurzen festen Blick den Roten angesehn, dessen lachende Augen kleine Fünkchen absprühten, und war dann mit einer Miene, als ob ihm weder an dem Beifall seines Gefährten noch an irgendeinem Beifall auf der Welt etwas liegen würde, mit den bloßen Füßen nachdrücklich aufklatschend, in entgegengesetzter Richtung nach der Treppe gegangen. Das Rädchen innen surrte weiter, es lag ihm nichts daran. Er bekümmerte sich auch nicht um das, was sich jetzt anfing durch seine Kehle zu zwängen. Wie es sich Luft machte und herauszufließen begann, erinnerte sich Jans, daß ihm das schon einmal passiert war, und es war eine gute Erinnerung. Er wollte seinen Fuß auf die Stufen setzen, aber die Stufen hüpften. Er trat fehl, überschlug sich und blieb auf dem Treppenabsatz liegen. Seine Stirn und seine Arme waren aufgerissen, aber das spürte er bereits nicht mehr. Seit der kleine Rote »Wahrhaftig, da ist er!« ausgerufen hatte, da hatte Jans, während er über die Brücke ging, nur gespürt, was jeder spürt, wenn das, worauf er sein Ziel gerichtet hat, erreicht und getan ist. Aber auch die letzte blasse Erinnerung an irgendein Weh war aus seinem Herzen verschwunden. Für diesen großen Gast war sein winziges Seelchen doch eine gar zu enge Behausung. Aber soviel Freude überhaupt hereinging, soviel Freude war während dieser zwei Minuten darinnen.

Ein paar Arbeiter, die auf dem Heimweg als erste die Treppe heraufkamen, hoben ihn auf, wischten sein Gesicht ab, und einer sagte: »Aber das ist ja dem Jansen seiner!« –

Am Beerdigungstage saß Jansen in seinem wunderlichen steifen Kragen und Marie in ihrem schwarzen Kleide mit verweintem Gesicht mitten im Zimmer. In Jansens Gesicht war nichts Besondres zu sehen, es zuckte gar nicht darin, es wurde nur immer verlegener, sooft ihm jemand die Hand gab. Obwohl er sich mühte, wenig Platz einzunehmen, schienen sich doch seine

Beine um die Füße aller Gäste herumzuschlängeln. Manchmal stand Marie eilig auf und machte sich an der Wiege zu schaffen, wie um zu zeigen, daß ihr doch noch etwas geblieben wäre. Von nun an gingen sie an allen Sonntagen, statt den Fluß entlang, über die Landstraße nach dem Friedhof. Marie führte die kleine runde Anna in ihrem weißen abstehenden Kleidchen, die bereits gehen konnte, an der Hand, und Jansen folgte einen Schritt hinterher, den Blick auf die nackten festen Beinchen seines Kindes gerichtet. Er blieb auch immer abseits stehen, wenn sich Marie am Grab zu schaffen machte, und sah ordentlich erleichtert aus, wenn sie weggingen. Anna hatte schon jetzt die blanken braunen Augen und das flinke anmutige Wesen ihrer Mutter. Wie es so geht, es kam ein Sonntag, an dem sie alle durch irgendein Ereignis abgehalten wurden, auf den Friedhof zu gehn, und diesem Sonntag folgte noch mancher andre, und schließlich benutzten sie nur noch die Feiertage.

Anna wurde groß und schön. Manchmal erzählte sie ihren Freundinnen, wie man etwas Sonderbares erzählt, von einem kleinen Bruder, den sie nie gekannt hatte. Aber noch viele Jahre später, als die Tochter schon längst aus dem Hause und Marie eine magere ältliche Frau mit hervorstehenden Backenknochen und strähnigem Haar geworden war, kam es manchmal vor, daß Jansen um eine Stunde Urlaub bat, um, wie er sagte, etwas Dringendes zu erledigen. Dann eilte er über die Brücke durch die Vorstadt, über die Landstraße, nach dem Friedhof, der an solchen gewöhnlichen Werktagen still und verlassen dalag. Er hielt sich nicht lange auf. Er sah sich um, ob auch kein Besucher oder Gärtner in der

Nähe wäre; dann bückte er sich über das kleine Grab und strich mit der Hand ein paarmal die Schmalseite des Steines herauf und herunter. Oder er wickelte auch nur einen Grashalm gedankenlos um seinen Finger und zog ihn wieder heraus.

Wenn er aber die heiße staubige Landstraße nach der Vorstadt zurücklief, den Kopf gesenkt und die schwere Sonne im Nacken, dann erhob sich inmitten seines ausgepreßten grauen alten Herzens, rot und glühend, eine brennende Freude, ein heftiger Stolz, ein wilder Triumph, seine alte Verzweiflung wiedergefunden zu haben.

Die Ziegler

An einem Herbstnachmittag, welcher die Lichter der kleinen Stadt eher beschwichtigte als hervorlockte, stand Marie, das Geld für die abgelieferte Strickware in der Hand, vor der zugeschlagenen Tür im Treppenhaus in der Betzelsgasse. Sie preßte die Hand zu und stieg eine Treppe tiefer. Es war fast dunkel. Die Messingkugeln auf dem Geländer glänzten, die roten und blauen Scheiben im Treppenfenster hatten geglüht, wie sie heraufgestiegen war; jetzt waren sie trübe. Sie trat in das Fenster, zählte ihr Geld hin und steckte es ein. Sie stieg weiter, ganz langsam, bis zum nächsten Absatz, da blieb sie wieder stehen. Sie sah sich um; die Messingkugeln waren jetzt schmale Halbmonde. Sie zögerte, als erwarte sie etwas. Ihr Herz zog sich zusammen vor Angst oder vor Kummer. Sie beugte den Kopf und wartete. Es kam aber nichts. Langsam und widerwillig zog sich ihr Herz zurecht. Sie verstand gar nichts, sah sich verwirrt um und drückte sich dicht an das Fenster. Sie preßte ihr Gesicht an das einzige helle Glas unter den vielen bunten. Zwischen den angrenzenden Häusern war ein Hof, gegen die Mauer gestapelte Säcke, eine Laterne, ein ausgespannter Wagen; ein Arbeiter wartete auf den anderen, dessen Arme in die Jacke fuchtelten. Sie sah hinunter, bis er die Arme in den Ärmeln hatte, dann lief sie auf die Straße.

Die Laternen waren schon an. Bebautes Land war so nahe, daß es nach Herbst roch. Auf dem offenen Platz vor den Schaufenstern ratterten die letzten Läden herunter. Sie lief schneller, weil sie fror. Vor ihr her liefen zwei Mädchen, lachten und schlenkerten. Sie erkannte von hinten ihre roten und dunkelblauen Mützen. Sie hatten letztes Jahr in der Schule vor ihr gesessen. Sie erschrak und ging langsam. Aber die Mädchen blieben stehen und sahen sie an. »Ach, Marie!« Die Mädchen standen schön und aufrecht auf hohen, hellen Beinen. »Was machst du denn jetzt?« – »Ich helf zu Hause.« Die Mädchen betrachteten sie, sie preßte den Mund zu. Die Mädchen kannten auch noch ihr Kleid, ihr Halskettchen, ihren Scheitel, ihre hellen Brauen. Alles war wie vor Ostern, nur ein bißchen verschwommen. Sie wurden verlegen und gaben sich die Hände.

Im eigenen Hausflur stand ein Geruch von angebranntem Fett. Sie spürte plötzlich nur ihren Hunger, sonst gar nichts. Sie schellte, fuhr wartend mit dem Zeigefinger die Buchstaben auf dem blankgeriebenen Schild nach: Ziegler. Im Wohnzimmer unter dem Spiegel auf dem Sofa saß ihre Schwester Anna und ein junger Mensch, Annas Verlobter. Anna trug eine weiße frische Bluse und einen enggezogenen Gürtel. Sie war ein schönes Mädchen. Ihr Gefährte hielt ihre Hand und strich mit dem Daumen über die Handfläche, da glänzten ihre Augen. Die Falte auf seinem übergeschlagenen Bein lief in einem festen Strich durch das leere, angedunkelte Zimmer. Marie schlupfte in die Küche. Der kleine Bruder lernte hinter dem Tisch. Sein rundes, bleiches Gesicht schwebte über dem Tisch wie ein kleiner Mond, aus dem genug Helligkeit auf das Heft fiel. Die Mutter zerhäckelte Heringe zu Salat, sie fragte: »Ist was nachbestellt?« – »Friedlers ja und Karstens nein.« Marie sah starr auf die Hände der

Mutter, die das Ei in dünne Scheiben zerschnitt und ein Muster auf den Salat drückte. Da, wo der Hunger gewesen war, war jetzt etwas Klebriges, Widerwärtiges.

Sie gingen zusammen hinüber. Die jungen Leute setzten sich vom Sofa an den Tisch, der Mutter gegenüber. Die beiden Kinder drückten sich an die Wand, still und flach, als wollten sie den Raum sparen. Der Vater kam herein. Er hatte im Schlafzimmer gesessen, am hinteren Fenster, und hinuntergesehen auf das weiße, kahle Hofviereck. Er war ein wenig eingeschlafen. Als er aufwachte, war es dunkel und nichts verändert. Nur unter der Tür war ein heller, dünner Streifen. Da bekam er Lust auf Licht und ging hinüber.

Er setzte sich nicht an den Tisch, sondern aufs Sofa, als hielte auch ihn etwas zurück, den Raum in der Mitte zu schmälern. Der junge Gintler hätte ungern die Hand des Mädchens losgelassen, aber es waren auf einmal so viele Gesichter in diesem Zimmer, dicht bei ihm. Als ob sie sein Unbehagen erraten hätten, drückten sich die Kinder tief in die Wand hinein und der Vater ins Sofa; da dachte er: Ich werde wohl bleiben.

Marie ging leise herum und deckte sachte den Tisch. Bevor man ihre Hände sah, waren sie schon weggezogen. Alle fuhren zusammen, als es schellte: der ältere Junge. Jetzt war es voll und eng. Seine langen Glieder flochten sich durch das Zimmer. Auf dem Boden gab es eine Spur von lehmigen Sohlen. Er lehnte sich neben die Geschwister, sah fest dem Bräutigam ins Gesicht und trat an den Tisch. Da wo er gelehnt hatte, war jetzt auf der Wand ein feuchter Fleck. Alle sahen hin. Der junge Gintler ließ die Hand des Mädchens los. »Ich muß ja wohl jetzt heimgehen.« Als er gegangen war, setzten sich alle zum Essen um den Tisch. Sie zögerten einen Augenblick, das Muster aus Eierscheiben in der Schüssel zu zerstören. Die Mutter langte zu. Unter ihrem ruhigen Blick kam etwas Festes, Ordentliches in alle Sachen, etwas Sattes in die Speisen. Nur der ältere Junge aß für sich allein mit vorgebeugtem Hals. Er schrappte seinen Teller, sah den leeren Teller mit zugekniffenen Augen an, fuhr fort zu scharren, böse, wie ein Hund scharrt. Endlich sagte der Vater, als ob es nichts Besonderes wäre: »Hör doch auf mit dem Schrappen.« Der Junge legte den Löffel hin, nachdem er noch einmal hart über den ganzen Teller gefahren war, und lachte mit bösen, blanken Zähnen.

Morgens schloß Marie die Werkstatt auf, die zu ebener Erde hinter dem Hof lag, sie zog die Läden hoch und struppte den Sack von der Maschine. Sie drehte mit dem Fuß das Rad an. Der Tag zischte los mit Fi, Fi, das fad und dünn wurde, wie das ewige Zirpen einer Grille. Ihre Hände lösten die Hebel ab, verwickelten sich in eine wütende Folge von Griffen. Zwischen den Klammern fing das Stück rostrote Gewebe mit einem Ruck zu leben an. Auf der Walze, auf Mariens Händen lag schon ein feiner, rötlicher Wollstaub. Ihre Hände waren vergessen, wie abgeschnitten.

Sie sah den Briefträger über den Hof kommen und runzelte die Stirn. Der Briefträger legte Post auf den Tisch und sah lächelnd mit zu. Marie drückte ihn in den Hof zurück mit einem bösen Blick. Kleine, helle Hämmerchen klopften ihre Stirn, die Sonne stellte ein wenig Licht in das Hoffenster. In den Gestellen an der Wand blühten die Wollvorräte auf in glühenden nutzlosen Farben. Jemand schlürfte über den Hof, der Vater. Er setzte sich vor das Pult, mitten in die flimmernde Wolke von Sonnenstäubchen, und machte die Post auf. Im vorigen Winter hatten sechs Mädchen in der Werkstatt gestanden. Marie hatte an Ostern die sechste abgelöst. Der Vater warf die Post zurück und kniff die Augen zu. Da gab es noch Marie, und in den Gestellen leuchteten rot und blau die Reste von Wollvorräten. Er sagte: »Warum haben Karstens nichts bestellt?« Marie sagte: »Eins kann doch nicht immerzu als was bestellen.« Der Vater sagte rechthaberisch, als streite er mit den widerspenstigen Karstens: »Solche Einzige müssen doch was bestellen, wir kommen bei den anderen nicht nach.« Er fügte hinzu: »Die Mädchen sind alle zu Matthäus gegangen.« Marie sagte: »Wir kommen vielleicht doch nach.« Der Vater stand auf und fühlte mit der Hand in die Gefächer. Er kreiste rund um Marie herum, blieb irgendwo hinter ihr stehen und betrachtete ihren Rücken, der sich gleich zusammenkrümmte. Er fing von neuem an: »Es ist schon ganz kühl hier und mittags ganz dunkel. Droben in der Wohnung wäre es viel besser für dich, viel wärmer. Es bleibt auch länger hell. Man könnte zum Beispiel die Maschine gegen das Schlafzimmerfenster stellen. Man kann das hier vermieten. Die Gestelle gehen gut herauf, und du, Spätzchen, du nimmst ja gar keinen Platz weg.«

Er berührte ihr Haar, Marie fuhr zusammen, weil sie nicht gemerkt hatte, daß er so nah hinter ihr war. Der Vater zog die Hand zurück und wartete. Marie sagte: »Ja, das kann man.« Der Vater entfernte sich über den Hof, nicht mehr schlürfend, mit leichteren, jüngeren Schritten.

Das helle Wölkchen vom Sonnenstaub rückte von seinem leeren Stuhl weiter, erreichte Marie, umschloß ihren

Kopf, ihre Schultern. Da war es ihr warm auf den Augenlidern. Hinter dem Fenster auf dem Hof in einem viel zu harten Sonnenschein standen ein paar Frauen mit Milchkannen. Die lachten wie verrückt, sie schüttelten sich vor Lachen. Dann war es vollkommen still. Auf einmal zog es sich in ihr zusammen, wie gestern abend, ein Unglück mußte doch ganz nah sein oder ein Gram, sie spürte ja schon die scharfe Kante von etwas Schwerem, Hartem. Sie konnte sich aber nicht ganz genau besinnen, weil sie zu müde war. Alle Müdigkeit kam aus einem winzigen Punkt zwischen ihren zwei Augen. Ohne den hätte sie fliegen können. Dann rief die Mutter aus dem Schlafzimmerfenster: »Marie, essen!«

Droben waren alle gut zu ihr. Sie war erleichtert zwischen Bruder und Schwester am ruhigen Mittagstisch in einen festen Ring gefaßt. Die Mutter faltete nachher das Tischtuch, legte es aber nicht in die Schublade, sondern nahm auf einmal, als ob sie damit etwas Besonderes vorhätte, das Brot aus dem Korb zurück, den Anna heraustragen wollte. Sie legte aber das Brot auf den Stuhl und setzte sich aufs Sofa. Die Kinder betrachteten aus der Tür die Mutter. Die stemmte die Arme rechts und links auf das Sofa und wiegte den Oberkörper hin und her und bewegte die Backen, als kaue sie Tränen. Der Kleine kam furchtsam zu ihr heran und berührte ihr Knie. Da packte ihn die Mutter mit ihren beiden Händen an den Schultern und schüttelte ihn hin und her. Sie ließ ihn gleich los, aber das Kind bebte in seiner verrutschten Bluse, als würde es immer weiter geschüttelt. Da sah ihn die Mutter an, ihr Blick wurde jetzt fester, zog ihn wieder an sich, streichelte ihn und drückte sein Gesicht an das ihre. Sie erblickte jetzt auch verwundert das Brot auf dem Stuhl und hob es auf. Sie richtete sich ganz hoch mit ihrem alten ruhigen festen Blick, als fordere sie die Dinge auf, die eben durcheinandergefallen waren, wieder an ihre Plätze zurückzukehren.

In der Werkstatt lag der Staub wie heller Flaum auf den Wänden. Marie hatte aber kaum begonnen, als alles tot und grau wurde. Auf der Mauer lagen rote Tapfen von Sonne, Marie hing sich daran, hätte sie an sich ziehen mögen, tief in sich hineinstopfen, wo es ganz hohl und leer war. Sie struppte den Leinwandsack über die Walze. Der ältere Junge lief über den Hof, drückte sein Gesicht gegen das Fenster und riß das Maul auseinander. Marie graulte sich, da riß er erst recht. Auf einmal war er weg. Marie trat hinaus und sah sich furchtsam um in dem leeren stillen Hof. Da war sein Gesicht über der Hofmauer.

Der Junge rannte die Gasse hinunter auf den freien Platz, schnaufte und dachte nach, er sah rund um sich in die Öffnungen der kleinen, krummen Gassen und dann aufwärts gegen den wolkigen, kaum gestirnten Himmel. Er rannte los. Aus irgendeinem entfernten Wald trieb der Wind durch die leere Stadt ein paar Buchenblätter. Auf der Eisenbahnbrücke am Geländer klebten ein paar Buben, sie starrten hinunter in den Bahnsteig, der schon für den Spätzug erleuchtet war. Sie warteten, bis der Zug kam und wieder abfuhr in die windige unerschöpfliche Nacht. Wenn sie sich eilten, konnten sie dann von den Wällen aus noch einmal denselben Zug über die Flußbrücke in die Ebene hineinschießen sehen, mit einem hellen Schweif auf dem Wasser. Sie stiegen die Wallstraße hinauf. Sie liefen weiter gegen die Kaserne. Zwischen der Rückmauer und dem Wall drückten sich schon ein paar herum, weil da die Kantinenfenster waren. Da war auch eine freche, ruppige, strohfarbige Elise und eine kleine Bucklige, über die man schon von weitem die Soldaten lachen hörte. Hinter dem Drahtgitter im Hellen bewegten sich dicke, weiße Hände und klobige, lachende Köpfe. Wie eine durch ein Sieb gepreßte Masse quoll durch das Gitter ein dicker Schwaden von Hitze, Schweiß- und Suppengeruch. Durch den Spalt zwischen Gitter und Fensterbrett wurden zuck, zuck Scheiben Kommißbrot geschoben, manchmal mit einem Happen Schmalz. Elise brachte ihren dürren Arm unter dem Gitter durch, die Soldaten zerrten, um mehr von ihr zu kriegen. Auf einmal ging im Innern der Kaserne etwas vor, Geschirr klirrte, alles rannte nach hinten. Das Licht ging aus, und die Fenster flogen zu. Elise brachte mit glänzenden Augen ihre rote, zerschundene Faust voll zerquetschtem Brot an sich.

Zwischen Wall und Mauer war es jetzt kalt und dunkel. Sie liefen vor dem Wind in den Wallgraben. In seinem Innern wuchs ein Gestrüpp, das von oben schwarz und grundlos aussah, wie eine Untiefe. Die kleine Bucklige kroch ein Stück bergab, kam aber wieder. Dann krochen Elise und noch einer und blieben drinnen. Dann kletterte ihnen noch einer nach, und der erste kroch wieder heraus und hockte sich hin und starrte zurück in das dunkle, verquollene Gestrüpp. Der Junge wäre jetzt auch gern hinuntergestiegen. Er hätte auch gern den Zurückgekehrten gefragt, der war aber so verkniffen und merkwürdig, daß er gar nicht fragte und alles zum nächsten Mal aufschob.

Wie er dann später in die Stadt zurückkehrte, durch die stillen ausgelöschten Gassen, legten sich ihm die vollen Mitternachtsschläge schwer aufs Herz. Er erschrak auch, weil vor der Haustür jemand wartete. Dann waren es aber nur die Schwester und der Verlobte. Sie ließen sich los und starrten in das von Fett und Erde beschmierte Gesicht des Jungen. Anna ließ ihn hinein. Sie öffnete die Wohnzimmertür und legte sich aufs Sofa, und er ging durch die Küche, die leise klirrte, und legte sich in die Kammer zu seinem kleinen Bruder.

Marie rückte den Tisch an die Wand, kletterte hinauf und räumte die Wolle aus den oberen Gefächern, sie trug das Zeug durch den Hof, so schnell, daß die Frauen mit den Milchkannen gar nicht verstanden, was sie herumtrug. Der Vater öffnete ihr verwundert die Tür, als hätte er die Abmachung vergessen. Er nahm die Sachen ab und streichelte ihren tiefgesenkten Kopf. Er legte alles auf die Bank, auf der Marie zu schlafen pflegte, am Fußende der beiden schwarzen, großen Betten. Er sah sich unschlüssig um, dann fing er an zu erklären, wie sich in diesem Zimmer alles verändern sollte. Er streckte den Arm aus und beschrieb mit dem Zeigefinger die künftige Linie der Gestelle. Marie hob den Kopf nur ein wenig, als bereite es ihr Anstrengung, dieser Beschreibung zu folgen. Dann brach der Vater ab und fing schnell an, die Photographien von den Nägeln zu reißen. Als er die erste Photographie herunterriß, fiel das Drückende, Schwere von ihm ab, das das ganze Jahr sein Herz zerquält hatte. Er klapperte mit seinen flink gewordenen Händen in den Bildern herum. Marie trat aus der Tür und räumte das Wandbrett ab. Sie schleppten zusammen den Waschtisch um die Betten herum und steckten die Vorhänge hoch. Marie preßte den Mund zu, ihre Stirn glänzte, aber der Vater pfiff und lachte, wenn das Möbel anstieß und ein Stückchen Tapete abfetzte, und er spuckte sich auf die Finger und klebte es wieder an. Dann lief er auf einmal weg, um Nachbarn zu holen, die ihm helfen sollten, die Gestelle und die Maschine heraufzuschleppen. Rund um den Hof klappten die Fenster hoch, um zu sehen, was da drunten gerollt und geschrien wurde. Denn der Vater, der sich sonst abseits hielt und leise auftrat, lärmte jetzt in den hellen Sonnenschein, schrie mit rotem Gesicht seine Anordnungen und klatschte in die Hände. Als dann die Männer gegangen waren, setzte er sich auf ein Bett, obgleich er beim Tragen nicht geholfen hatte. Er deckte sein Gesicht mit den Händen zu. Marie sah auf ihn hinunter, sie hatte vielleicht noch nie seinen Kopf ganz von oben gesehen, weil er ein großer Mann war, die Haut war weiß wie Wachs, die Haarbüschel waren vergilbt und an den Spitzen wie versengt. Er stand seufzend auf mit seinem alt und schwer gewordenen Körper. Er sah sich um, erblickte die Gestelle und die Wolle und die Maschinen, das ganze Zimmer voll, und erschrak. Sein Blick fiel auf den Pack Photographien auf dem Nachttisch, er griff darin herum, da sagte Marie: »Sie kommen schon.« Die Mutter und Anna kamen vom Markt heim. Sie blieben verwundert vor dem Wohnzimmer stehen, das sie geputzt hatten, bevor sie weggegangen waren. Jetzt war es schmutzig und vertreten. Der Vater trat in die Tür und sagte ruhig: »Wir sind schon mit allem fertig.« Die Mutter sah sich mit aufgerissenen Augen um, schwieg und drückte die Türklinke fest in der Hand. Dann sagte sie: »Ihr hättet die Betten zudecken sollen.« Sie sah einen Riß in der Tapete und fuhr mit dem Daumen herüber. Sie sah sich noch einmal, ernster, um, aber nichts richtete sich, alles blieb, wie es war, rot und blau und gelb und kreuz und quer. Da drehte sie sich um und ging ins andere Zimmer. Marie fing an einem Ende an aufzuräumen. Der Vater fragte: »Marie?«, vergaß, wonach er sie fragen wollte, und sah sie nur an. Er sah sie an, wie man jemand ansieht, vor dem man sich gar nicht schämt, er hatte solche Angst in den Augen.

Die Schwestern fegten die Werkstatt. Jetzt, wo sie leer war, war sie ein großer, luftiger Raum. Anna redete immerfort von dem jungen Gintler. Marie wünschte sich, sie möchte zu reden aufhören. Die Tage waren rundherum fest geschlossen, sie hatten vielleicht irgendwo einen Spalt, durch den man durfte, wenn man was vorzeigte. Anna zeigte ihr schönes Gesicht und wurde durchgelassen.

Droben hatte die Mutter auf den gedeckten Tisch das Veilchensträußchen gestellt, das der junge Gintler gebracht hatte. Alle um den Tisch aßen müde und langsam. Nur der Junge tippte an die Veilchen und lachte mit bösen, jungen Zähnen, weil etwas anders war.

Drunten lagen die grauen, toten Fenster der Werkstatt – schon vergessen. Aus dem näher gerückten Himmel kam ein roter Abfall aufs Fensterbrett, auf Mariens Arme. Der Vater war in die Stadt gegangen, um mit Matthäus wegen der Novemberlieferung zu sprechen. Der Kleine lernte am Küchentisch. Der junge Gintler saß schon neben Anna auf dem Sofa, hielt ihre Hand und wünschte sich ihre Brust, ihren jungen Körper. In dem abendlichen Zimmer schwebten die weißen Wolken von Vorhängen. Boden und Tischplatte glänzten noch immer in der Dämmerung, auf den blanken Flächen schienen die Möbelstücke und Vasen zu schwimmen.

Auf einmal, als ob sich alle nur mit Mühe zurückgehalten und in die Winkel versteckt hätten, kamen die Menschen aus allen Türen. Der Vater kam von der Treppe, Marie aus dem Schlafzimmer, die Mutter mit dem Kleinen aus der Küche. Sie baten den Gintler, zum Abendessen zu bleiben, er mußte aber heimgehen.

Der Vater grämte sich wach auf dem Bett, daß ihm gerade der alte Matthäus solche Antwort gegeben hatte. Er, Ziegler, hatte zu dem alten Matthäus bitte und danke sagen müssen. Sie waren zu gleicher Zeit in der Schule gewesen, hatten zu gleicher Zeit ein Gewerbe angefangen, geheiratet und Kinder aufgezogen. Dann war dieser Abend gekommen, an dem man sie einander gegenübergestellt hatte, und nicht dem Matthäus, sondern ihm, Ziegler, hatte man etwas Bitteres in die Kehle gegeben. Auf dem Heimweg war er an dem Vater Gintler vorbeigekommen. Sie hatten einander gegrüßt, aber Gintler hatte ihn böse angesehen. Er trug es ihm nach, daß sein Sohn die junge, schöne Tochter aufsuchte. Mit mattem, kränkendem Gruß erinnerte er ihn an seine Pflicht, diesen einzigen Sohn aus seinem angebröckelten Wohnzimmer zum Vater zurückzuschicken. Heute abend hatten an seinem Weg alle älter gewordenen Männer der Stadt gestanden, sie ließen ihn in der Mitte durchgehen und betrachteten kalt und erstaunt seinen grauen Kopf.

Er hatte nichts Unrechtes getan, manchem gelang es und manchem nicht. Elliser ging es noch schlechter als ihm, von seinem Geschäft war gar nichts übriggeblieben. Elliser ging um zehn Uhr eins trinken. Er hatte ihn mal ohne Weste mit einem verrutschten Vorhemd getroffen. Er selbst hatte einen schwarzen Sonntagsanzug, zwei Werktagsanzüge und einen alten, abgetragenen. Er rechnete in die Morgendämmerung hinein, wann er den alten abgetragenen gekauft und wie lange er gehalten hatte. Morgens erzählte er Marie, was mit Matthäus gewesen war. Marie erwiderte nichts. Da kam es ihm nicht mehr so schlimm vor.

Samstags zog Marie sich an, legte die Sachen in den Korb und ging in die Stadt. Neben der Tür stand ein Eimer Wasser, der Teppich war zurückgeschlagen, die Mutter rieb. Das war merkwürdig, die Mutter reiben zu sehen, dicht auf dem Boden, wie ein breites, niedriges Tier mit grauen und schwarzen Haarschwänzen. Sie sah auch von unten nach Marie hin mit dunklen, traurig glänzenden Augen, wie Tiere auf der Straße. Marie wunderte sich, Anna machte sonst immer den Boden. Sie hörte noch hinter der Tür die Mutter reiben und reiben, als gäbe es etwas verborgen unter dem Fußboden.

Draußen war es schon dunkel. Es war kalt, auf dem offenen Platz sogar schneidend kalt. Marie ging zuerst in die Werkstatt von Matthäus. Dort blieb der größte Teil. Vor dem hinteren Ausgang warteten ein paar Burschen und traten von einem Fuß auf den anderen. Marie ging auf die andere Seite, aus der Torfahrt kam ein Geräusch von Geschwätz, Schritten und Lachen. Gesichter und Burschen und Lachen, alles war weit weg, wie Sachen im Traum, unverständlich auf eine dunkle Wand gesetzt.

Sie hatte an vier, fünf einzelne Familien Ware abzuliefern mit neuen Ärmeln und eingesetzten Rückenteilen. Einer nahm ihr alles in der Flurtür ab, andere führten sie ins Wohnzimmer. Es war heiß, es roch nach Kaffee, eine Uhr tickte. Ein Knabe mit einer Brille sah von einem

Bilderalbum auf. Jemand redete ihr freundlich zu und bot ihr einen Stuhl an. Sie trat dicht an den Tisch und setzte sich nicht. Einen Augenblick gehörte sie in das helle Kreisrund der Lampe hinein. Es wurde hell in ihr, ihre Wünsche, ihr Kummer, ihre Angst. Die Frau hatte jetzt nichts für sie, aber die nächste Woche.

Woanders nahm jemand eine Schale vom Büfett und bot ihr einen Zwieback an. Sie errötete, faßte ihn und biß schnell die Spitze ab, sie erschrak und hielt ihn in der Hand. Sie lief so schnell wie möglich die Treppe hinunter, sah sich um und aß ihn auf.

Auf der Treppe war es wie ausgestorben. Sie läutete und wartete beklommen. Hinter der eigenen Tür war es so still, als ob alles aufgehört hätte. Sie läutete noch einmal, ihr kleiner Bruder öffnete, am ganzen Körper zitternd, bis in die Haare und Fingerspitzen. Die Tür zum hellen Wohnzimmer stand sperrweit offen. Auf dem Fußboden zu ihren Füßen war noch die Mutter, aber sie hockte nicht mehr, sondern lag flach und dicht auf dem Boden. Sie drehte den Kopf herum. »Marie.« Zwischen ihren Beinen floß Blut heraus. Es kam aus den Röcken herausgeflossen auf den blank geriebenen Boden und wurde langsam mehr. Die Mutter lag da wie ein Sack, den man einfach umgestülpt hat, daß das Innere, das man gar nicht sehen will, herauskommt. Marie griff ihr unter die Schultern, sie wurde hart wie Eisen, die Mutter faßte an ihr hoch, Marie brachte sie ins Bett. Sie nahm den Spüllumpen aus dem Eimer, wischte alles auf und schob den Teppich zurecht. Jetzt kamen alle heim und erfuhren, daß die Mutter krank war. Die Frau, die auch gekommen war, sperrte sich mit der Mutter ins Schlafzimmer ein. Durch die Spalte kam ein fremder Geruch, daß sich alle vor Grauen krümmten. Sie saßen mit gesenkten Köpfen um den Tisch herum, ihr Schrecken legte sich, sie wurden schläfrig. Sie schämten sich, einander zu fragen, wie es heute mit dem Essen sein sollte. Sie sehnten sich, es möchte wie jeden Abend sein, Nachtessen und Schlaf. Auf einmal kam die Frau heraus, wach, frisch und zufrieden, weil alles in Ordnung war. Hinter der offenen Tür lag die Mutter auf dem Bett mit rotem Gesicht und harten, glänzenden Augen. Alle wandten die Blicke nach ihrem Gesicht hin, das Zimmer drehte sich ein wenig um seine Achse, um alle Sachen nach diesem Punkt zu richten. Die Mutter sah durch die offene Tür ihre Leute. In ihrem Kopf summte ein Schwarm von Gedanken. Das Nachtessen, der kleine Junge, der Wochenmarkt, die blutige Wäsche. Aber ein neuer Gedanke, stärker und dröhnender als diese winzigen stechenden Gedanken, stieg tief aus ihrem Inneren herauf: Laß laufen. Sie drehte das Gesicht nach der dunklen Seite. Im Zimmer sahen sie dann von der Tür weg und gingen bald auseinander.

Der Junge klatschte mit frechen Schritten das Pflaster, hielt sich nicht auf der Brücke auf, rannte sofort gegen die Wälle. Er war der erste. Er packte das Gitter der Kantine mit beiden Fäusten und rüttelte es zornig. Von ihm mochten sie im Dunkeln nichts anderes erkennen als einen Streifen leuchtender Zähne. Sie hielten ihm einen Knorzen Brot hin, hart wie Eisen. Er drückte es aber fest in die Kiefer und zermahlte es mit gerunzelter Stirn. Schließlich kamen die anderen auch und schubsten ihn weg, weil er schwer und satt war. Sie stiegen die Wälle hinauf. Die kleine Bucklige war nicht dabei, aber Elise und zwei große, breite Mädchen, Emils Schwestern.

Dann war es wie alle Abende. Elise kletterte tief herunter ins Gestrüpp, versteckte sich und miaute wie ein Kätzchen beim Ersaufen. Obwohl alle wußten, daß es Elise war, rückten sie doch zusammen und graulten sich. Eins der breiten, immerzu stummen Mädchen saß neben dem Jungen und machte die Knie wie eine Schere immerfort auf und zu. Dann wurde es dem Jungen zu dumm, er kugelte sich den Abhang hinunter bis in die Mulde. Es wurde aber nicht viel daraus, weil es plötzlich droben Lärm gab. Eine Wache blendete mit ihrer Laterne den Wall ab und griff einen heraus. Die beiden großen Mädchen, welche den ganzen Abend so wenig wie Taubstumme geredet hatten, fingen auf einmal an, unglaublich schnell und sonderbar zu schimpfen.

Ende der Woche stand die Mutter wieder auf und arbeitete, sie bürstete ein paar Schuhe, kochte eine Suppe, staubte eine Ecke ab und setzte sich wieder. Anna machte allein weiter. Die Körbe fingen an, von zerrissenen Strümpfen und schmutziger Wäsche überzulaufen. Die Mutter betrachtete sie mit fremden, gleichgültigen Blikken und drehte den Kopf weg. Gar nichts Besonderes geschah, wenn alles blieb, wie es war. Diese Hose des Kleinen schabte ein wenig mehr ab, ein Knopf an der Weste baumelte und ging vielleicht verloren. Das war noch kein Grund, die schwachen, prickelnden Beine gegen den Boden zu stemmen und den schweren Rumpf darauf.

Sie stellte aber doch eines Mittags den Waschtrog auf den Herd. Sie seifte alles ein und war fast fertig, als Anna vom Markt heimkam. Sie preßte die Lippen aufeinander und wrang die Stücke aus. Als alles weiß an der Leine hing, setzte sie sich davor und sah es an. Ihr Gesicht war bös und müde. Aus schiefen und runden Löchern maulten alle Stücke zu ihr hin. Sie hatten sie untergekriegt und gezwungen, sie weiß zu reiben, bis ihr Daumen wund und ihr Leib schwach war.

Der Vater schlief jetzt, wo Anna geschlafen hatte, auf dem Sofa im Wohnzimmer. Am Abend, als Anna neben dem jungen Gintler auf dem Sofa saß, erblickte sie unter dem Tisch einen Filzschuh. Sie erschrak und ließ Gintlers Hand los, bückte sich nach dem Pantoffel und warf ihn schnell durch die Schlafzimmertür, wo alles andere war.

Der Vater zog die Pantoffel über seine Socken, aber gleich darauf besann er sich anders und zog Stiefel an. Er murmelte, als sie ihn fragten: Wohin denn? Wohin denn sollte er sich wenden mit seinem armen, schweren, breiten Körper, der groß und stark genug war, daß sich Kinder und Enkel an ihm hätten aufrichten können, jetzt aber nichts als ein ungefügiges Ding, das viel Raum brauchte, in das man viel Essen hineinstopfen mußte und an dem viel zu nähen, zu bügeln und zu stopfen war. Er war doch noch immer der Vater. Er allein wußte, worum es ging. Die anderen seufzten und krümelten und wußten heute so wenig wie gestern. In ihm allein, dem Vater, war der richtige Gram. Ohne den Vater hätte es in der ganzen Familie keinen schrecklichen Gram gegeben. Er war noch niemals weggelaufen, nur um draußen zu sein. Er lief die Gasse entlang. Hatte man mal die Tür im Rücken, dann ging es weiter, heute ein Stück und morgen ein Stück, der Tod fiel ihm ein. Sein trauriges Herz schwemmte über in den offenen, dunklen Platz. Er lief weiter. In der leeren Stadt klapperten nur wenige Menschen herum, wie Würfel, die man in einem Becher schüttelt. Vor seinen Augen kam aus einer Kneipe mit einer Tür voll Geschrei und Gedudel ein angetrunkener Mann. Er torkelte ein Stück, steifte sich schnell in der kalten Luft. Sie erkannten einander. Der Mann, Elliser, begann zu reden. Ziegler wäre besser auf die andere Seite gegangen, aber die glänzenden Augen des Angetrunkenen waren das einzige Helle in der ganzen Stadt. Er hatte traurigen Wein gehabt und ging jetzt woandershin, weil er in dieser gottverfluchten Nacht nicht heim wollte ohne Lustigkeit. Er beschuldigte zwei oder drei Bürger der Stadt, sein Leben zerstört zu haben, seinen Besitz veruntreut. Er verhöhnte und verfluchte sie. Er war bereit, einen Stein in ihre Fenster zu werfen, wo sie im Hellen und sicher saßen, während unsereins zugrunde ging. Ziegler folgte ihm widerwillig Schritt für Schritt. Er dachte verzweifelt: Was will er denn von mir? Für wen hält er mich denn, erkennt er mich denn, weiß er, daß ich Ziegler bin? Unsereins hat er gesagt. Ist denn etwas an mir, fehlt denn meinem Mantel oder meinen Schuhen was?

Über die Biegung der Gasse schob sich das Wirtshausschild. Elliser wurde schweigsam. Er vergaß seinen Begleiter, lief voraus und öffnete schnell die Tür. Jetzt erschrak Ziegler, weil er allein war, und lief ebenso schnell nach.

Es war ein anständiges Lokal. Ziegler kannte den Wirt, der ihm die Hand gab. Die Tische waren weiß gedeckt. Er hörte seinen Namen rufen. An dem großen Tisch unter dem Spiegel saßen der alte Matthäus selbst und einige andere. Sie begrüßten Ziegler und rückten auseinander. Ziegler beruhigte sich, hörte ihre Geschichten an, lachte und wußte selbst welche. Er suchte sein Gesicht über dem Tisch im Spiegel. Er entdeckte es zwischen den anderen Gesichtern, über dem weißen Tischtuch im angelaufenen Glas. Es war sogar seinen eigenen Augen fremd, so ähnlich war es den anderen Gesichtern. Da dachte er, daß alles in Ordnung kommen und sich zum Bessern wenden würde.

Marie warf sich auf ihrer Bank herum, am Fußende der großen eichenen Betten. Menschen und Möbel füllten das Zimmer mit schwerer Dunkelheit. Hinter den Vorhängen über dem Hof waren nacheinander die Lichtchen ausgegangen. Das bleischwere Zimmer war immer tiefer in die Nacht gesunken. Marie zitterte vor Angst. Niemand konnte sie hier finden. Vielleicht suchte jemand gerade nach ihr, Tag und Nacht, ohne Unterlaß, suchte nach Marie auf allen Straßen und Plätzen, sie war aber unauffindbar. Nicht einmal Gott konnte sie erkennen, mitten im Innern dieser schwarzen Dunkelheit auf ihrer Bank im Schlafzimmer. Sie fühlte ihre Haut an, ihre Brust, ihren Leib. Ihr Körper war nicht zerschmolzen und war noch bei ihr, er verließ sie nicht. Sie schlief ein wenig. Sie sah auf einmal, wie ihre Mutter und ihre Schwester sich hochgehockt hatten und ihre Kinne auf die Bettpfosten gestemmt und ihr aufmerksam und gleichgültig zusahen. Sie fuhr vor Schreck hoch und stieß mit dem Kopf gegen das Holz und wachte auf. Nebenan ging eine Tür, eine Minute lang gab es einen hellen Spalt. Die Nacht lief weiter. In unermeßlicher Entfernung schrie ein Schornstein. Vielleicht lief eine Eisenbahn über die Brücke. Es fiel ihr ein, daß sie aufstehen konnte und weggehen. Aber ihre Glieder waren schwer von Erschöpfung. Die ganze Nacht hatte sie geglaubt, die Dunkelheit sei schwer und drückend, jetzt merkte sie, daß die Dunkelheit leicht und weich war, sie selbst war schwer wie Blei.

Am nächsten Tag – alles war nah und sichtbar, es war auch gar nichts versteckt gewesen als die gewöhnlichen Dinge, Hof und Fenster und Himmel, grau und verfroren – säumte Marie auf dem Fensterbrett bunte Besatzstreifen. Manchmal reckte sie ihren Hals, um hinunterzusehen. In ihre Werkstatt war nämlich ein Spengler eingezogen. Er war ein schmieriges, komisches Männchen, welches mit seinen Blechstangen und Bütten rappelte.

Auf den Betten, auf der Bank, überall lagen Rücken- und Vorderteile, Ärmel und Besatzstücke herum, rote knisternde Wärme im kleinen Eisenofen machte die durcheinandergeworfenen Sachen bunt und lustig.

Draußen wurde eine Tür zugeknallt und noch eine. Der Vater redete schnell und aufgeregt, ein Stuhl fiel um, und der Vater schrie. Marie stellte ab und riß die Tür auf. Der Vater hatte die Stuhllehne getroffen statt des Jungen, der schnell unter den Tisch gesprungen war. Jetzt schaute sein schmieriges, gelbes Gesicht zwischen den Tischbeinen hervor. Er schnappte zu und bekam einen Tischtuchzipfel zwischen die Zähne und kaute daran. Der Vater jammerte. Dieser Emil, den man nachts auf die Wache gebracht hatte, hatte von allen die Namen angegeben. Jetzt mußte der Junge aus der Schule weg in die Holztorschule.

Der Junge dachte nicht mehr an seinen Vater, sondern betrachtete die Beine seiner Schwestern, dürr und rauh die einen, rund und seidig die andern. Der Vater rief: »Komm sofort heraus.« Anna sagte: »Mach doch keinen Quatsch, und komm raus.« Der Junge kaute an seinem

Zipfel, das Tuch rutschte, die kleine Vase mit den Veilchen kugelte über den Teppich. Anna las alles schimpfend zusammen. Marie trat aus der Tür heraus, gelb und böse war das Gesicht unter dem Tisch, fremd und wild war es, sie fürchtete seine Zähne, sie hatte sich schon immer vor diesem Bruder gefürchtet, sie sagte leise: »Komm doch.« Der Junge drehte den Kopf nach ihr rum. Was will denn die? Langweilig waren Vater und Mutter, langweilig und käsig der kleine Bruder, langweilig und dumm war Anna, aber Marie war von allen die Schlechteste, Graueste; er hatte Lust, mit seinen eigenen Zähnen an ihre spindeldürren Beine zu gehen, an ihre Hände, die immer was knuffelten, ihr Herz hätte er ihr herausbeißen mögen, daß sie mal hüpfte und schrie. Marie kam an den Tisch heran, sie trat vor Angst ganz leise auf, sie bückte sich, daß einem auch was dauern konnte, was ganz gelb und wild war. »Komm doch!« Der Junge bog den Kopf, ihre Beine waren so kläglich und gestopft, er kroch heraus, sprang auf beide Füße und rannte aus dem Zimmer.

Er freute sich, daß es gerade die Holztorschule war. Drunten am Fluß, zehn Minuten von der Eisenbahnbrücke entfernt, gingen fast nur Jungens aus den Ufergassen in diese Schule, kleine Wasserteufel, die auf den Flößen und Landungsbrücken Bescheid wußten. Vorüberfahrende Dampfer machten mit ihrem Pfeifen das Klassenzimmer unruhig. Jeden Sommer ertranken ein paar, jeden Winter krachten ein paar im Eis ein. Nun kam so einer wie er, pfiff sich abends ein paar zusammen und führte sie raus in die Wälle, wo man gar nicht begreifen konnte, daß das da drunten der eigene Fluß war, das Fremde, Weiße.

Es war kalt, er fror. Er dachte an das Wohnzimmer. Abends wurde zum Schlafzimmer aufgemacht, dicke, gute Hitze kam heraus. Allein an diesem schlechten Ort war es heiß und ordentlich, sonst war die ganze Welt unter dem weiten Himmel kalt und windig. Sie drückten sich an die Wälle. Aber auch zu sechst oder acht in einem Hauf zusammengedrückt, waren sie noch etwas ganz Winziges.

Die Kantinenfenster waren gesperrt. Der Junge sprang wütend mit beiden Füßen aufs Fensterbrett, packte das Gitter und trommelte. Er packte die Dachkante, zog sich rauf, er hatte eine ganze Traube von Buben an sich kleben. Er wußte genau die Stelle, wo die Brote aufgestapelt waren, er witterte den rauhen, körnigen Geschmack. Sie wären gar nicht erwischt worden, wenn sie nicht schon auf dem Dach gegessen hätten. So wurden sie auf die Wache gebracht, kauend, Fäuste und Taschen und Nasenlöcher voll Brot.

Er wurde zuerst heimgeschickt. Sein Vater fing ihn an der Wohnungstür ab, packte ihn am Hals, drückte ihn gegen den Boden und schlug zu. Es war dunkel im Vorplatz, die Türen zu der Küche, zum Wohnzimmer und der Treppe waren verschlossen. Der Vater traf manchmal daneben. Da hatte er etwas Warmes, Lebendiges zwischen den Fäusten in diesem finsteren Gang ohne Ausweg. Dieser Junge war hart und fest, man spürte, was man schlug. Er hatte ihm bittere Schande angetan, auf die man schlagen konnte. Keine von dieser luftdünnen, unsichtbaren Schande. In dichteren, schnelleren Schlägen fiel das Unglück neu und erlöst aus seinem gequälten Herzen. Auf einmal war es vorbei. Der Junge stemmte sich auf die Arme und hob den Kopf. Sein

Vater trat in die Wohnzimmertür, erschöpft und vorgebeugt, und schloß vorsichtig die Tür. Der Junge richtete sich auf und schüttelte sich. Drinnen warf sich der Vater aufs Sofa und zog die Beine hoch. Da fiel ihm ein, daß er seine Schuhe anhatte, er erschrak und wollte sich wieder aufrichten, um sie auszuziehen. Aber seine Arme taten weh, und sein Rücken war müde. Da kam es über ihn, daß er sich ausstreckte und erst recht mit seinen schweren, schmutzigen Stiefeln gegen das Polster trat.

Weihnachten kam dazwischen. Dünne, nasse Schneeflocken wurden schon am Nachmittag zu Regen. Im Wohnzimmer war geheizt, alles war bis auf den Grund geputzt, wie weiße Wolken standen die Vorhänge vor den Fenstern. Die Porzellanschüssel auf der Kommode war mit Gebackenem gefüllt. Denn auch ohne Butter und Eier hatte sich der Teig in Lämmer und Sternchen formen lassen. Der Kleine knabberte an seinem Häufchen und merkte nur, daß es nach Zimt und Anis schmeckte. Sein kleines Gesicht war rund und glänzend weiß, wie die Glaskugeln am Baum. Endlich war sein Bauch erfüllt vom Süßen, seine Augen von Farben, Licht und Silber, er hatte alles.

Eine Glocke war über die kleine Stadt gestülpt, pochte mit ihren Klöppeln die Stirnen müde. Da war eine Pause in der Zeit, eine Insel, Vater und Mutter saßen auf der Insel mit allem, was sie hatten, ihren Kindern, ihrem Weihnachtsbaum und ihren Möbeln. Alle wünschten sich, es möchte jetzt schon weitergehen, was sollten sie in der Pause anfangen, die graue, schreckliche Zeit sollte doch lieber weiterfließen.

Sie gingen am Feiertag zusammen spazieren. Der Vater hatte schon den Brief in der Tasche, der Junge sollte an einem der ersten Januartage abgeholt werden. Aber auch der Junge lief vor den Eltern her. Rechts und links unter den kahlen, nassen Platanen gingen viele Familien. Sie trafen auch Matthäus mit seiner Frau und seinen beiden Töchtern. Sie grüßten einander. Dem alten Matthäus fiel es ein, man hatte ihm wo erzählt, daß es Zieglers schlecht ging. Er sammelte mit seinem Blick ihre Gesichter, Schuhe und Kleidungsstücke. Er entdeckte keinen Riß, keinen Flecken. Ziegler dachte: Ja, sieh uns nur an, wir sind genau wie du, sieh uns bloß durch und durch an, du wirst nichts anderes finden.

Am Anfang des neuen Jahres sah er Matthäus wieder. Sie standen einander gegenüber, das Pult von Matthäus war zwischen ihnen. Beide waren vor Erstaunen aufgestanden. Matthäus wunderte sich, weil Ziegler gewiß der einzige Mensch in der Stadt war, der nicht gehört hatte, daß sein Geschäft verkauft war. Die Gesellschaft hatte alles übernommen, Haus, Büro und Werkstatt. Es gab keine Lieferungen mehr.

Ziegler drehte in seinen Fingern einen Zettel, auf dem er eine Bestellung schreiben wollte, steckte ihn ein und zuckte ein wenig die Achseln. Sein Gesicht fiel vor Erstaunen auseinander, als sei der dünne Faden gerissen, der das Seinige zusammenhielt. Matthäus sah schärfer zu, der Kragen war ja gewendet, die Weste abgeschabt. Ziegler sah auf das Pult hinüber, auf welchem sich Papiere und Warenproben zu kräuseln und zu winden schienen, ganze lebende Haufen von Bestellungen.

Ziegler starrte ein helles, rundes Ding auf dem Schreibtisch an. Er hätte in diesem Anzug nicht kommen dürfen.

Er hätte die Anzüge rücken sollen und den guten anziehen. Matthäus setzte sich plötzlich und nickte ihm zu. Aber Ziegler ging und ging nicht. Das Helle, Runde auf dem Pult wurde zu einer Briefwaage. Er dachte, ich hätte die Anzüge ja sowieso gerückt. Dann stieß er den Stuhl weg und lief entschlossen hinaus.

Es trieb ihn in einem Ruck in die Stadt zurück bis auf den offenen Platz. Da hörte der Ruck auf, es reichte nicht mal bis heim. Eine der kleinen Straßen gab ihn an die andere weiter. Es war merkwürdig, sich am hellen Vormittag herumzutreiben. Da wurde er durcheinandergeschüttelt mit vielen Männern und Frauen, teils besser, teils schlechter gekleidet, sie kannten sich alle ein wenig. Er war doch nicht aufs Geratewohl gelaufen. Hier war er gelandet, als sei der Heumarkt der tiefste Punkt der Stadt, in den die Gassen wie Bäche herunterliefen. Er sah von weitem hinüber. Über den Mützen und Scheiteln hing um seiner schwachen Augen willen von innen erleuchtet das Schild: »Erwerbslose.« Niemand auf der Welt, nicht einmal der alte Matthäus selber, konnte ihn zwingen, sich hier auf dem offenen Heumarkt anzustellen, in diesem Trupp Blau- und Graujacken. Sie waren frech und laut. Sie traten von einem Fuß auf den anderen; als ob es gar nichts zu bedeuten hätte, hier zu warten, drückten sie sich vorher und nachher auf ihrem Platz herum. Da mußte einer schon ganz gegerbt sein mit Schande, wenn er es ertrug, hier unter freiem Himmel für sein Geld anzustehen.

Er lief zum Fluß hin. Es war kalt, aber still und sonnig. Hinter dem Fluß fingen Berge und Wolken an. Er war noch nie um diese Zeit am Fluß gewesen. Am Geländer drückten sich ein paar herum, die nichts zu tun hatten.

Manche waren zerlumpt. Sie hatten nichts zu erwarten. Sie ließen ihre Zeit in kleinen goldenen Wasserkringelchen herunterfließen. Sie hatten ihre Unternehmungen aufgegeben, weil es an ihrer Statt die Schiffe unternahmen, zu pfeifen und zu rauchen und Holz zu schleppen, und die Wolken, sich zu ballen und zu zerstreuen und davonzujagen. Ziegler trat ans Geländer. Er wünschte sich nichts anderes, als hierzubleiben, stundenlang, Tag für Tag. Wenn auch jemand vorbeikam, wer kannte seinen Rücken? Jemand berührte ihn am Arm: Da kommt ein neuer Holländer. Ziegler drehte sein Gesicht in das andere Gesicht, das war rot und dick, winzige Äugelchen. Er riß sich los. Er lief heim. Alle sahen ihn an, weil er spät kam. Er erzählte aber nichts. Er trat nach Tisch ins Schlafzimmer hinter Marie, um zu sprechen. Da gefiel es ihm auf einmal, wie sie sich plagte und nicht wußte, daß Matthäus gar nichts abnahm. Er wollte erzählen und bezwang sich. Er sah Marie an, ihr Gesicht war feucht, ihre Arme schienen in den letzten Wochen unmäßig lang geworden. Ihre Lider zuckten. Er sagte auch am nächsten Tag nichts, nichts am übernächsten. Er ließ sie die Woche über arbeiten, dann streichelte er ihr Haar und erzählte, daß es nutzlos war.

Anna wollte sich mit dem Gintler woanders treffen. Dann traf sie sich doch mit ihm in einer kleinen Konditorei. Die Marmortischchen glänzten, es war leer um diese Zeit. Aber der Raum war so warm und freundlich und roch so gut nach Kaffee und Kuchen, daß er bald voll sein mußte. Der junge Gintler zog Anna in das hinterste Zimmer. Er rückte dicht neben sie, berührte mit seinem Gesicht das ihrige. Anna lächelte, blinzelte mit plötzlichem Behagen in das fremde Zimmer gegen den großen Spiegel, wo das Büfett stand, unberührte anwachsende Berge von Torten und Mohrenköpfen. Der junge Gintler redete leise und streichelte ihre Hand. Sie fuhr zusammen, als das Geschirr gebracht wurde, zog ihre Hand zurück. Der junge Gintler nahm ihre Hand von der Lehne weg. Sie senkte den Kopf, verwirrt durch den Geruch aus den Tassen und Tellern. Er legte den Arm um ihren Rücken, sie blickte auf ihre Tasse, auf der ein gekräuselter Ballen Schlagsahne schwippte. Auch auf dem Apfelkuchen, den man gebracht hatte, kräuselte sich eine schneeweiße Locke Sahne. Sie vergaß alles, nahm davon in den Löffel, leckte. Der junge Gintler streichelte ihre Schulter, ihre Brust. Sie dachte mit aller Kraft daran, daß sie nicht stopfen sollte, sondern ganz langsam essen, Löffel für Löffel. Sie fragte sich, ob alles Weiße hinten auf dem Glas alles weiße Sahne sei. Vielleicht würde Gintler nachbestellen. Sie sah ihn schnell an. Sein Gesicht war gerötet, er betrachtete etwas mit glänzenden Augen, griff es, liebkoste es, das war ja sie. Sie war plötzlich müde. Sie legte den Kopf an seinen Arm voll leiser behaglicher Traurigkeit.

Daheim stellte die Mutter die große Bütte auf zwei Bänke in die Küche. Sie machte ein heißes Bad zurecht für den Jungen. Heute war der Tag, an dem er abgeholt wurde. Es war ihm die Zeit über eins gewesen, aber seit gestern war er beklommen. Alle machten, als ob es nichts Besonderes wäre, sprachen nichts mit ihm und nichts untereinander, vielleicht wenn man nichts daraus machte, duckte es sich und war gar nichts. Die Mutter hatte seine Sachen in Ordnung gebracht und zusammengepackt. Sie hatte Brote dazugepackt, um die Reise zu zwingen, eine gewöhnliche Reise zu sein. Jetzt stieg er in die Badewanne hinein. Seine Mutter wollte es selbst machen. Sie begann, seinen harten, gelben Körper zu seifen, sein Haar, seinen Hals. Er drückte die Ellenbogen in die Rippen, das Kinn an sich. Er fühlte den Seifenschaum auf den Gliedern, auf seinen großen Ohren. Seine Beklommenheit wurde zu großer Angst, klopfte in seinem nassen, eingeseiften Leib. Er fürchtete sich vor den weichen, glitschigen Händen der Mutter, die dumm und blind an seinem rauhen, dürren, häßlichen Körper herumfuhren, der ihm war, der Abhänge heruntergekollert, auf Mauern geklettert, sich in Mulden versteckt, in das tiefe Flußwasser getaucht war. Man gab ihm ein festes, ungewohntes Handtuch. Er rieb sich heftig dabei ein, um seine Scham zu zerreiben. Dann schellte es. Der Vater öffnete selbst. Auch seine Angst war unerträglich geworden. Der Mann, den die Stadt geschickt hatte, um seinen Jungen abzuholen, der war durch die Gassen gegangen, am hellen Tage in einer Uniform oder vielleicht mit einer Armbinde, die eigene Treppe herauf.

Es waren zwei gewöhnliche, dunkel gekleidete Männer. Er führte sie ins Wohnzimmer. Sie setzten sich nicht auf die angebotenen Stühle, weil der Junge schon fertig war. Der Junge ging einen Schritt auf den Vater zu, um durchzustoßen durch diese Wand, dann war ja alles vorbei. Sie hatten sich die Hände gegeben, der Vater drehte sich zum Fenster, die Mutter fing still zu weinen an, einer der Männer nahm das Paket, sie führten ihn die Treppe hinunter.

Da riß sich der Junge los, machte einen Satz und sprang durch die Nebentür in den Hof, die Männer rannten nach. Der Junge wollte die Mauer hinauf, glitschte ab und rannte in die Werkstatt. Der kleine Spengler packte ihn am Hals. Da riß er sich los und schrie laut. Rund um den Hof gingen die Fenster auf. Droben sahen sich Vater und Mutter an, sie hörten, wer schrie. Ihre Augen wurden schwarz, sie sprangen einander verzweifelt in die schwarzen Augenlöcher. Da schrie es in einem fort, wie gebrannt und gebissen. Nie mehr konnten so schreckliche Schreie aus dem Hof herausgehen. Auf der Treppe packte Anna, die eben heraufkam, mit weißem Gesicht das Geländer. Sie wußte auch, wer schrie, aus voller Kehle, mit ausgebreiteten Armen verschrie er ihre Hochzeit, ihr duftiges, sanftes Brautkleid. –

Der Junge schnurrte herum, duckte sich irgendwo an der Kellertür zwischen Kartoffelsäcken. Die Männer suchten, kehrten auf die Treppe zurück und sahen auf die Gasse. Droben am Schlafzimmerfenster hatte Marie gesehen, was war. Sie sah ihn auch in den Kartoffelsäcken und kam die Treppe herunter und stellte sich mitten in den Hof. Der Junge sprang heraus und warf sich gegen die Hoftür. Die Männer drückten von innen, er stemmte aber mit Brust und Stirn und Armen, mit beiden Füßen trat er das Pflaster hinter sich. Die Tür klopfte, da kam es über Marie, daß sie hinsprang und neben ihm stemmte, aber die Tür schob sich vor, der Hof unter ihren Füßen schien langsam abzugleiten, sie fielen übereinander. Einer faßte den Jungen am Arm und nahm ihn mit, der andere hob das Paket von der Treppenstufe und folgte.

So fest und dunkel kamen Vater und Mutter die Gasse entlang, daß keiner sich umdrehte. Die roten Zick-Zack der Schreie waren im Hof vernarbt. Der Mittagstisch war gedeckt. Über dem Kreis von Tellern stellte sich einer von Gesichtern ebenso blank und weiß. Die Mutter schöpfte etwas, worin Brocken schwammen. Sie erschrak, weil sie dann alle nicht aufstanden, sondern warteten. Sie sah sich mit harten Blicken um. Vielleicht kam wirklich was. Dann stand sie auf und sammelte die Bestecke auf ihrem Teller, um zu zeigen, daß das nicht die Suppe gewesen war, sondern alles.

Der Vater zog sich gut an und ging in die Stadt. Er hatte sich ein paar Unternehmungen ausgedacht, ein paar Anfragen. Diesmal war der alte Matthäus verreist. Woanders gab man ihm Ratschläge. Der karge Wintertag ging unterdes zu Ende. In den Kontoren wurde Licht gemacht. Die Arbeit drängte nicht allzusehr. Seine Klagen und Sorgen vermischten sich mit den Sorgen der anderen zur warmen Geschwätzigkeit des Winterabends. Wie er heimkam, wurde zur Nacht gegessen. Wieder wurden die Teller rund um das Sträußchen aufgestellt. Gintler war dagewesen. Der Rauch seiner Zigarette beizte den Geschmack der Suppenreste vom Mittag. Es schrappte. Sie runzelten alle die Stirnen und sahen auf. Da fiel es ihnen ein, daß der Platz, wo es zu schrappen pflegte, leer war und daß sie selbst schrappten.

Marie lief durch die Stadt. Sie sagte überall auf der Schwelle der Wohnstuben: »Wir nehmen alle Strickwaren an, gefallene Maschen, Ellenbogen, neue Mützen und Jacken.« Hinter ihren gesenkten Lidern waren die Stuben und Menschen fast vertraut. Auf dem braunen Büfett standen jetzt Äpfel. Die Frau, die immer gut war, bot Äpfel an, wie sie vor einigen Wochen Zwieback angeboten hatte. Nur waren Mariens Hände inzwischen schwer geworden, Zwieback war noch gegangen, Äpfel, allzu wunderbar glänzende, gelbe, gingen nicht mehr. Die Frau wunderte sich über Mariens Jacke. Sie war ganz aufgerieben, wo doch das Mädchen so geschickt war im Ausbessern von Strickwaren. In der Betzelsgasse hatten die erlöschenden Treppenfenster noch rote und grüne Fünkchen in den Rillen, solange sie hinaufging. In jenem Wohnzimmer saß der Knabe mit der Brille hinter dem Album, das noch nicht umgeblättert schien, seit dem letztenmal. Die große, dunkle Frau war nicht ihre Mutter, der Knabe mit der Brille war nicht ihr Bruder; sie mußte aus dieser Lampe heraus, weil es nicht die ihrige war. Daß gerade sie in diese vier Wände gehörte, gerade mit diesen Leuten. Das war wie an Ostern in der Schule: Jetzt seid ihr an eure Plätze gesetzt worden, und jetzt gebt Ruhe.

Aber die Gassen wiederum waren von neuem unbekannt. Sie fürchtete sich ein wenig vor jeder Art Dunkelheit. Diesen Winter lief sie einen oder den andern Abend in der Stadt herum. Wie konnte man sich überhaupt an Dunkelheit gewöhnen. Ihr Herz klopfte, machte ihr mit seinen Flügeln die Augen blind. Ihr Hemd klebte. Jemand rief hinter ihr her: »Marie!« Sie weigerte sich, auf diese Stimme zu hören, sie lief schneller. Da rief es dreimal laut hinter ihr her: »Marie, Marie, Marie!«

Sie hatte das Mädchen im letzten Herbst um dieselbe Zeit an derselben Stelle getroffen. Es hatte sich den Winter über verändert. Es war groß und stark geworden. Seine feste, junge Brust, die es noch gar nicht kümmerte, regte sich zu seinen starken, atemlosen Bewegungen. Sein Gesicht war rot und weiß. Seine Schönheit war ganz verdient, denn auch ohne dies alles hätten seine Augen geleuchtet. Das Mädchen hatte Marie schon in der Schule gefallen. Jetzt betrachtete Marie mit ungeheurem Entzücken sein Gesicht, sein goldenes Haar, seine kleine rote Mütze. Das Mädchen sagte: »Ich will dir etwas sagen, Marie. Willst du nicht zu uns kommen, wir sind immer viele zusammen, komm doch einmal zu uns.«

Marie sagte: »Ich habe immer soviel zu tun.«

Das Mädchen sagte: »Alle haben viel zu tun, komm doch einmal.« Marie: »Ja, einmal, vielleicht.«

Das Mädchen sah Marie an, seine Augen glänzten in strengem, aufmerksamem Glanz. Es ließ ihre Hand los, langsam, langsam; wie man in einem Sumpf versinkt, zog eine schreckliche, unbekannte, gewaltige Kraft Marie von ihrem Platz, von diesem Mädchen weg: Noch hielten sich ihre Hände, noch ihre Fingerspitzen, noch ihre Augen, es war um so viel stärker, als dieses Mädchen war, es zog Marie die Gasse hinunter, auf den offenen Platz. Es ließ einen Augenblick los, Marie drehte sich schnell herum, die Gasse war wieder leer, da ging sie von selbst heim.

Zu Hause hatten sie alle Stücke Zeug in den Händen. Der Vater verstand sich gut darauf, Besatzstücke auszumessen. Es war warm und hell, Geschwätz, beinahe lustig. Sie waren schon fertig. Anna rutschte auf der Erde herum und las die Fusseln auf. Da schellte der junge Gintler. Anna hüpfte auf die Füße, bürstete in ihrem Haar, zog etwas Helles an, spritzte etwas aus einer Flasche, wechselte ihr Gesicht aus und ihre Stimme. Vater und Mutter sahen sich lächelnd an. Immer kam er am Nachmittag aus dem städtischen Dienst gerade hierher. Aus seinen neuen gebügelten Kleidern entströmte der ganzen Wohnung eine gute Botschaft. Er war treu; Annas weißer, junger Körper gefiel ihm, er sah sonst gar nichts. Rund um seine schöne Braut herum hatte sich das Wohnzimmer langsam entfaltet. Seine Haut war zerrissen und abgefallen. Sein Inneres kam heraus. Aber der junge Gintler hatte das Zimmer nur einmal bei seinem ersten Besuch betrachtet. Seine Augen dachten, es sei noch immer so. Sie prüften die Polster nicht, die waren gewendet, nicht die Tapete, die war angeklebt. Er faßte mit beiden Armen Anna und küßte ihre Brust.

Der Vater zog sich gut an, er ging in die Stadt zu Matthäus, der war inzwischen von der Reise zurück. Er wischte sich mit dem Taschentuch das Gesicht ab. Seine Augen suchten zwischen den weißen Papieren die blanke Briefwaage, den vertrauten Punkt. Die gestreifte Wand, der Armsessel, das Pult hatten im hell einfallenden Licht das kahle, verfrorene Aussehen, wodurch sich bei Möbelstücken der Frühling ankündigt. Der alte Matthäus erblickte Zieglers Anzug, sein gutes Hemd, seine Uhrkette. Er hätte vielleicht besser die schlechtesten Kleider anbehalten, denn Matthäus sagte: »Ich kann mir selbst nicht helfen, ich kann Ihnen beim besten Willen nicht helfen.«

Dann war es auf dem Heimweg wie das erstemal. Die Gassen reichten ihn von selbst einander weiter. Nur war es hell statt dunkel. Er hatte große Lust nach dem Flußufer. Über dem Geländer döste eine ganze Kette von Müßigen, Verzottelten. Weiches, helles Licht hatte die Ferne aufgetaut – Große Wolken liefen über die Berge weg. Alles war viel zu weit und hell. Er wünschte sich kein Flußufer, sondern ein Loch. Er drückte sich die Häuser entlang. Da war eine Tür, die nachgab. Er fing zu trinken an. Eine Gesellschaft Schiffer hatte ihre Tische zusammengerückt. Sie riefen ihm etwas zu und lachten; denn er war schwarz gekleidet. Er trank fast nie. Er glaubte jetzt, er könnte das erzwingen, daß alles kreiselte und scheckig wurde. Es blieb aber eins auf dem andern, klar und ordentlich. Da ging er heim. Die Seinen waren schon zu Bett gegangen. Er setzte sich im Dunkeln aufs Sofa und würgte. Er war von Traurigkeit wie mit einem schweren Saft vollgepumpt, der sein Inneres zu sprengen drohte.

Am nächsten Tag nahm er den kleinen Jungen an der Hand und ging mit ihm an den Fluß. Das hatte er sich ausgedacht, um dem Kind etwas Gutes zu tun; denn alles in allem war der Fluß doch hell und schön.

Der Kleine lief schweigend neben ihm her. Was war er für ein gutes, geduldiges Kind. Es war ihm zu Ostern eine neue Schule versprochen worden, da wurde nichts daraus. Man hatte ihm Bücher versprochen, einen Atlas, Schuhe, Jacken, nie wurde was daraus. Er vergaß alle Versprechungen, er fragte nie. Selbst seine Beine blieben zart und dünn, als wollten sie das enge Samthöschen nicht kränken. Der Vater ging gern mit dem Kleinen Hand in Hand. Er wollte ihn den Fluß entlangführen, dann in weitem Bogen durch die Stadt. Er wollte Menschen treffen, er wollte gesehen werden mit seinem kleinen Sohn, schwarz gekleidet, ruhig und gütig. Er legte den Arm um das Kind und erklärte ihm die Dampfer, die Dörfer und Berge. Der Kleine sah aber gar nicht in die Luft, sondern immer in sein Gesicht. Er wollte aber nicht sein Gesicht von zwei Augen bewacht haben, wie Hunde ein Haus bewachen. Er ließ den Kleinen warten. Er trat ein und setzte sich. Er hielt sich an der Tischplatte fest, er wartete. Die Zeit schlug sich in kleinen Perlen an den Wänden nieder. Er wurde elend davon, er jammerte. Zwei Hände faßten ihn einfach unter den Achseln.

Dann war es hart und kalt. Der Kleine zupfte ihn, bis er aufstand. Da war sofort alles vorbei. Der Kleine war käsig vom Warten, er selbst war verdreckt und schmierig. Das Kind war zu klein, um ihn zu verbergen, da kreiste es schnell um ihn herum. Sie gingen nicht mehr durch die Stadt, sondern denselben Weg zurück nach Hause.

Unter Annas jungen, sorglos zuklopfenden Händen entfuhr dem aufgeplatzten roten Bettsack ein Schwarm von Federn. Sie hörte zu klopfen auf und nähte. Es war warm geworden. Allzu früher Sonnenschein roch nach Sand und Lauge. Betten und Schränke waren von ihren festen Orten abgerückt, da zeigten sich Tiefen und Spalten, unbekannte, mitten im eignen Zimmer. Kleine bunte Gegenstände, welche in alten, von den jetzigen ganz verschiedenen Zeiten verschollen und aufgegeben waren, lagen auf einmal da, überzogen mit einem dichten Flaum von Staub. Anna warf den Sack auf die Bank und rief: »Damit kann man nicht mehr zudecken.« Die Mutter rief von nebenan in den Eimer hinein: »Womit denn sonst.« Anna trat ans Fenster, ihr war schon schwindlig vor Licht, sie lächelte zu den kommenden Sonntagen: weißes Kleid, altes, warmes Laub, Buchenwälder. Sie sagte: »Man kann sich mit Mänteln zudecken, man braucht ja keine.« Die Mutter rief: »Komm doch, komm doch.« Anna stieg über den Besen mit hochgezogenen Röcken. »Man kann die Polster nicht klopfen, Anna, die reißen.« – »Ach laß doch, Mutter, ich werde dir Sterne häkeln, ganz dünne, zackige, du brauchst bloß bürsten.« – »Ich kann die Gardinen gar nicht aufhängen, Anna, so brüchige, rissige.« – »Ach laß doch, Mutter, wir hängen sie diesmal nicht auf.« – »Der Teppich wird aber schießen, Anna, und alles.« – »Ach weißt du, wir stellen das Tischchen mit der Zimmerlinde vors Fenster.«

Der Kleine kam nach Hause und dann der Vater. Die Mutter setzte sich auf einen Stuhl, hing die Beine weg und sagte: »Es ist so warm, und mir ist so schwach im Leib.« Der Vater berührte ihr rauhes, graues Haar, fuhr zusammen und trat von ihr weg. Er sah sich verwirrt um in seinem aufgestöberten Wohnzimmer, trat ins Schlafzimmer, da war es ebenso. Er sah auf den Hof hinunter, er war ruhig und kühl. Da bekam er Lust, hinunterzugehen. Das Sonnenlicht reichte nicht aus, um den Hof von Grund aus zu füllen. Er sah sich aufmerksam um, als suche er einen Gegenstand, der ihm von oben auf das Pflaster gefallen sei. Er drehte seinen Kopf nach allen Seiten, um Neugierigen in den Fenstern zu zeigen, weshalb er im leeren Hof stand.

Auf einmal stampfte er wild gegen das Pflaster, da wurde es hell in ihm, aus seinem Herzen strömte das Unglück heraus, in kühnen, leuchtenden Farben. Sie überschwemmten den Hof, machten ihn flammen und glühen, in fremdem, verzweifeltem Glanz. Dann fiel er erschöpft ab. Die kühnen flammenden Gottesfarben erloschen um ihn herum, und der Hof war grau und kühl.

Eine ältere Frau im dritten Stock hatte früher oft mit der Mutter Kaffee getrunken. Verschiedene kleine Glücksszufälle sowie der Umstand, daß sie allein war, ließen in ihrer Kammer Rosinenstollen und Würste nicht ausgehen. Frau Ziegler zog allzu schnell die Tür hinter sich zu. Manchmal entdeckte die Frau doch noch mit zugekniffenen Augen niedergetretene Schuhe, ein ausgefranstes Schnupftuch, ein schmieriges Milchkännchen. Sie traf den kleinen Jungen auf der Gasse. Sein Wachsgesichtchen, sein dünnes Hälschen dauerten sie. Sie war kinderlieb. Sie lud den Kleinen ein. Er blieb in der Tür stehen, ganz benommen von dem Gesang eines Vogels. Ein glitzernder Käfig schwankte ein wenig in einem Wald von Blattpflanzen. Sie deckte geschäftig für sich und das Kind den Frühstückstisch. Sie stellte Kuchen hin, gelben und roten Käse und Butter und Schinken. Der Kleine legte seine zehn sauberen Finger vor sich hin. Sie redete ihm zu, und der Kuchen auf seinem Teller hatte mehr Rosinen als Teig. Der Teller aber war fremd. Und unzertrennbar gehörte der Kuchen zu diesem fremden Teller. Er bohrte mit dem Löffel herum, zur Strafe wurde ihm eng, und der Bissen rutschte nicht. Er sah die Frau an, bewegte den Mund und stand auf. Seine Augen füllten sich mit Tränen. Die Frau ärgerte sich über den angebröckelten Kuchen. Sie fühlte plötzlich Verdruß über diese Leute einen Stock tiefer, die ganz vergessen hatten, daß sie noch da war, bereit, auf der Treppe zu sprechen, wann immer zu helfen und zu raten. Sie wollte endlich ihren Fuß in die ängstlich geschlossene Tür klemmen. Sie wickelte Kuchen und Aufschnitt in Papier und gab alles dem Kind mit. Der Kleine lief hinunter und legte alles im Wohnzimmer auf den Tisch. Sie sahen bestürzt die Sachen aus dem aufgeplatzten Papier hervorkollern. Sie wollten das Kind schelten, es fing aber von selbst zu weinen an. Da sprachen sie leise miteinander und kamen überein, am Sonntag die Zimmerlinde hinaufzuschicken.

Der Vater trank nie mehr. Er ging immer seltener aus. Er pflegte bald nur sonntags auszugehen, wenn alle die Seinen gingen. Dann zog er seinen guten schwarzen Anzug an, wunderbar unversehrt im blanken Sonnenlicht wie das Sommerfell eines Tieres. Er fürchtete sehr, daß sich sein guter grauer Werktagsanzug abschaben möchte, wie sich der braune abgeschabt hatte, dann müßte er zu diesem schwarzen Sonntagsanzug vorrücken. Er gewöhnte sich daran, still auf dem Sofa zu sitzen. Dann kam es ihm vor, die kleinen abgewetzten Stellen, die nur ihm bekannt waren, heilten langsam. Das zarte graue Gewebe gehörte immer enger zu seinem eigenen Fleisch. Er fing es an zu betrachten, wie einer die krank gewordene Haut betrachtete, entdeckte, daß es nicht nur aus schwarzem und grauem Garn bestand, sondern heimlich von einem gelben Fädchen durchmustert war, das immer am schnellsten riß.

Er sehnte sich sehr nach der Stadt. Er dachte an das rostige Geländer am Flußufer, wo die bunte, ruppige Menschenkette niemals abriß. Sie tauchten ihre Blicke ins fließende Wasser. Sie ließen Sonne und Regen ihre speckigen Jacken vollends zerstören. Er dachte an Elliser, welcher die Zeit von Kneipe zu Kneipe maß. Ihm machte es nichts aus, vom Stuhl herunterzurutschen, schwer vom Trinken, unter den Tisch, in Pfützen. Er dachte an den Heumarkt. Der Tag fiel ihm ein, an dem er sich von diesem Anblick abgewandt hatte, im Innersten getroffen. Er fürchtete sich nicht mehr. Es ging ihn gar nichts an. Sie drängten sich alle zusammen, rissen wie Kinder die Löcher in ihrem Hemd erst recht breiter. Er mußte hier allein sitzen und abwarten.

Der Leib, der seine Gedanken nicht kannte, blähte sich im Sitzen und spannte den Stoff und riß und drohte auf seine Weise, alle Vorsorge zu durchbrechen. Er wünschte sich den Winter herbei, um seinen Mantel über den grauen Anzug zu ziehen und fortzugehen.

Was dann im nächsten Sommer wurde, wußte er nicht. Da wurde er krank.

Er hatte lange geglaubt, der schwere, wehe Klumpen gehöre einfach in sein Innerstes hinein. Eines Abends schrie er leise beim Ausziehen. Die Frau fühlte mit der bloßen Hand in sein aufgeklapptes Hemd. Sie gingen tags darauf in die Sprechstunde. Sie sahen sich ängstlich um. Männer und Frauen rissen wartend die Seiten von vergriffenen Heften, zupften an den Troddeln, versuchten eins das andere zum Sprechen zu bringen. Sie wurden alle ruhiger und waren einander ganz gut. Wenn aber einer hineinging und nach einer Weile wieder herauskam, war sein Gesicht verstört, als hätte er sein Leiden nicht mitgebracht, sondern da drinnen zugezählt bekommen. Er kannte die nicht mehr, mit denen er eben gewartet hatte. Sie waren ihm fremd geworden.

Die Ziegler kamen heraus, wie sie zum erstenmal aus dem Haus gekommen waren, als man den Jungen abgeholt hatte: ganz schwer und dunkel.

Anna weinte auch zu Hause, weil Gintler abgesagt hatte. Er brachte nur die Kinokarten und mußte mit seinen Eltern. Da schenkte Anna eine Karte Marie, und die Schwestern gingen zusammen.

Anna weinte leise im Dunkeln. Sie betrachtete ratlos diese zwecklosen Straßengewimmel, Meereswogen, gescheiterte Schiffe, fliehende Menschen, alles verschwommen in Tränen.

Marie hielt sich an beiden Lehnen fest. Warum war Gintler nicht gekommen, sie hätte nicht mitzugehen brauchen in eine enge, heiße Dunkelheit. Vor einigen Jahren war sie dann und wann hier gewesen, sie wußte nicht viel davon. Sie drehte den Kopf aus dem fremden weißen Licht, blickte in dichte Reihen von Gesichtern, die ganz versilbert waren, erstarrt und gierig. Sie wandt sich wieder zurück und fühlte auch ihre Stirn weiß und kalt. Vor ihren Augen flimmerte etwas, was einem Himmel ähnlich war, Bergen und Bäumen. Menschen kamen auf Pferden. Sie wünschte sich sehr, alles genau zu erkennen. Sie hatte nie geträumt, daß es solche Abgründe geben möchte. Und doch verlangte ihr Herz zugleich danach, sie möchten noch tiefer sein, und diese wunderbaren Reiter, die einer hinter dem andern über Brücken und Grüfte sprengten, möchten sich nicht einholen. Sie durften sich nicht einholen. Sie wußte nicht, warum. Sie sehnte sich danach, alles genau zu begreifen. Aber nicht nur die Pferde, auch die Berge und Bäume liefen ihren Blicken davon. Manchmal hatten sie Mitleid mit ihr und warteten, dann zeigten die Menschen in der Dämmerung eines einfachen Zimmers einen Augenblick ihre großen weißen Gesichter. Sie zeigten ihr ganz vertraut ein Unglück oder eine Freude. Auch die Pferde verhielten sich ruhig, an einen Zaun gebunden. Eine Sonne, welche das Herz leicht machte, schien über dichtes Gras, über das einsame weiße Häuschen. Sie verpaßte aber den Augenblick, wo sich alles veränderte. Da wurde über ein Unglück geweint, das sie gar nicht hatte hereinbrechen sehen. Da waren die Berge verschwunden, ein Reiter ritt in eine Straße hinein, es war schon Nacht geworden. Sie brauchte sich nicht mehr zu quälen. Denn aus der dunklen Tür trat ebenso langsam, wie sie folgen konnte, ein junges Weib, ein Licht in der Hand, stellte das Licht auf die Treppe und umarmte den Angekommenen.

Es wurde hell. Die Leute bewegten sich. Anna hatte zu weinen aufgehört, doch war ihr Gesicht nicht so schön wie sonst, sondern verquollen und mürrisch. Sie gab nicht acht auf Marie. Es war später Abend, sie gingen schnell hintereinanderher. Marie senkte den Kopf. Sie sah sich manchmal schnell nach rechts und links um. Sie hatte zuletzt vieles verstanden und war eingewöhnt gewesen. Was sollte sie jetzt anfangen auf der ihr unbekannten Gasse gegen den offenen Platz hin.

Der Vater hielt sich aufrecht. In faulen, faden Klümpchen erstarrte ihnen das Essen im Mund, weil sie wußten, daß unter der Tischplatte sein Bauch war, hart und weh vor Krankheit. Der Vater klagte nicht. Er preßte unter dem Tisch mit beiden Händen seinen Leib zusammen und sah sich streng um.

Eines Abends trat Marie ins Zimmer mit einem Korb voll Strickwaren, da fragte er, was das für Bestellungen seien. Marie mußte alles vor ihm ausbreiten. Er streichelte ihre Hände, ihr Haar. Er hatte vielleicht gerade keine Schmerzen, da wollte er ihr etwas Gutes tun; er redete leise auf sie ein, ihre Hand in der seinen, und betupfte mit dem Daumen ihre Knöchel. Sie sagte ja und nein und blickte angestrengt in sein Gesicht. Etwas Unerbittliches hatte mit aller Kraft aus diesem abendlichen Zimmer den letzten Tropfen Hoffnung herausgepreßt, Möbel und Vasen und gehäkelte Sterne lagen verkümmert und welk herum wie dürre Schalen. Der Vater hörte eingeschüchtert zu reden auf unter ihrem kalten, verzweifelten Blick. Er legte die Hand auf ihren Kopf. Dann fuhr er zusammen, runzelte die Stirn und starrte vor sich hin. Er vergaß, die Hand zurückzuziehen. Sie lag auf Mariens Kopf, drückend und schwer wie Blei. Sie wagte nicht, die Hand auf sein Knie zurückzulegen. Sie wartete. Sie zupfte Wattefussel vom Polster. Da dachte sie, daß er vielleicht gestorben und die Hand eines Toten auf ihren Kopf gelegt war. Da seufzte er ein wenig. Er zog von selbst seine Hand zurück wie von einer Tischplatte, hatte Marie vergessen und drehte sich nach der Wand um. Marie legte die Sachen in den Korb zurück und trug ihn ins Schlafzimmer.

Zwei oder drei Wochen bevor er starb, bekam er Lust auszugehen. Er brauchte lange Zeit und wimmerte beim Zuknöpfen. Er mußte aber durchaus in die Stadt und zog sich gut an. Er wischte sich den Schweiß ab, wie er mühsam die sonnige Gasse hinunterging. Er fühlte auf seinem kranken Körper den guten schwarzen Stoff. Auf diesem Weg begegnete er dem alten Matthäus. Zieglers Gesicht wurde starr, als habe er diese Begegnung erwartet und sich darauf vorbereitet. Sie grüßten einander. Der alte Matthäus fühlte bei Zieglers Anblick Reue, weil ihm der Mann vor einem Jahr in seinem Büro lästig gefallen war. Eine schreckliche Krankheit konnte jeden befallen. Sie hatte nicht vermocht, seinen Anzug zu ändern, seinen Kragen und seine Uhrkette. Sein Gruß wurde ausgiebig und ehrerbietig. Ziegler grüßte langsam zurück. Sein Gesicht veränderte sich, er kostete mit gesenkten Augen den Gruß aus. In seinem Herzen regte sich ein wenig Freude, und er kehrte nicht mehr so verlassen zurück, wie er gekommen war.

Er war jetzt tot, aber seine Photographie hing im Wohnzimmer über dem Sofa, auf welchem der Kleine zu schlafen pflegte, weil man die Kammer dem Spengler vermietet hatte. Nun war endlich sein verjüngtes Gesicht für alle Zeiten in ruhiges Selbstbewußtsein versenkt, und sein glatter neuer Anzug war allem Zerfall enthoben. Die Frau aus dem dritten Stock kam zum Trauerbesuch. Sie konnte jetzt mitten in das Wohnzimmer hinein und aus den schlecht verwahrten Herzen Klagen herausziehen. Die Ziegler weinte nicht, doch ihr Gesicht und alle Gesichter der Kinder und alles im Zimmer war verschwommen und angetrübt von Trauer. Sie konnte nicht so scharf sehen, wie sie geglaubt hatte. Ungefähr war doch noch alles, wie es gewesen war. Im großen ganzen standen dieselben Sachen noch an denselben Flecken wie bei ihrem letzten Besuch. Zwischen den Fenstern blinkte doch noch ein Spiegel, etwas Goldiges glänzte auf dem Wandbrett. Die Frau sah mitgenommen aus, aber auf ihrem schwarzen Kleid steckte eine kostbare Brosche. Die ganze Woche über tauchten eine Menge Gesichter von Nachbarn, Geschäftsfreunden und Schulfreundinnen auf, als ob eine unbekannte Hand sie gezwungen hätte, einen Umweg durch dieses Wohnzimmer zu machen. Ende der Woche kam der Hauswirt, als sie gerade beim Essen saßen. Er wollte wegen der Wohnung sprechen, die er lieber dem Spengler vermieten mochte als den Zieglers, die schlecht und unregelmäßig zahlten. Man bot ihm einen Stuhl an. Mutter und Kinder saßen vor dem gedeckten Tisch. Eine Glasglocke schien über diese schwarzen, traurigen Menschen gestülpt, welche aufrecht und langsam etwas Breiiges von ihren blaugeränderten Tellern aßen. Der Mann verwandelte sich aus einem Hauswirt in einen Trauergast. Er schob es auf, redete ein paar Worte und ging wieder.

Dann nahmen alle ihre Arbeit auf. Marie nahm ihren Korb und lieferte ab. Es war erst Nachmittag, aber das Pflaster und die Schieferdächer waren naß von Regen;

ein gelber, zerronnener Flecken, das war die Sonne. Marie stutzte in der Haustür und ging mit gesenktem Kopf. Das war immer ein schlechter Weg gewesen. Jetzt, nach längerer Pause, wanden sich Mauern und Wände gegen sie in offener, kalter Feindschaft. Auf dem freien Platz fiel der Regen auf ihr Haar, auf ihre Schultern. Die Hüfte tat ihr weh von diesem nicht einmal allzu schweren Korb. Sie konnte ihn wohl nie wegwerfen, Strümpfe und Jacken würden zurückkriechen, der Korb würde von neuem ihre Hüfte anspringen. Sie lief die Gasse hinauf. Im dunklen Treppenhaus blinkten die Messingmonde, sie berührte heute zum erstenmal einen mit der freien Hand. Im großen Fenster hatte jemand die roten und blauen Farben geschürt, daß sie blitzten und leuchteten. Die Treppe war so weich und schön, daß sie einen Stufe um Stufe hinaufhob. Aber oben kam Marie nicht über die Schwelle. Sie konnte in der Dämmerung nicht einmal das Gesicht erkennen, das zu den Händen gehörte, die ihr immer schon in der Tür die Ware abnahmen und das Geld hinzählten.

Dafür wurde sie im nächsten Haus bis an den Tisch gelassen. Der Knabe mit der Brille starrte sie in ihrem schwarzen Kleide an. Sein Gesicht war ganz nackt, ohne Album. Im nächsten Wohnzimmer legte ihr die Frau, die immer gut war, etwas Süßes in den Korb. Auf der Gasse waren jetzt die Laternen an, da konnte sie auf den Pfützen den Regen hüpfen sehen. Sie war krank und müde. Die leeren nassen Gassen drehten und dehnten sich, verknoteten sich um ihre Füße, aber hinter ihr waren Schritte, weiche, glückliche. Das Mädchen mit der roten Mütze sagte ihr über die Schulter: »Nun, Marie.« Es ging ein paar Schritte neben ihr her und wartete. Das war zu kurz für Worte, die in einem angenagelt waren und schwer und zugeschüttet. Da hätte das Mädchen Zeit haben müssen, um hundertmal mit Marie durch die ganze Stadt zu gehen, kreuz und quer. Sie mußte aber schnell weiter. Marie sah geradezu auf seinen schmalen, aufrechten Rücken. Jetzt war das Wegstück zwischen ihnen, wie ein Stemmeisen, das langsam eins vom andern abrückte.

Daheim, im dunklen Wohnzimmer, saßen Anna und der junge Gintler beieinander im Sofa. Als Marie leise eintrat, fuhren ihre Beine erschrocken auf den Boden.

Eines Vormittags kam der Junge, groß und fremd und mager in einer braunen Lederjacke, die Treppe herauf. Er war aus der Schule in der fremden Stadt in die Lehre gekommen, hatte dann und wann eine Karte geschickt und zuletzt nichts mehr. Die Mutter war gerade in den Hof gelaufen. Er wunderte sich, daß die Tür angelehnt war, und trat ein. Sein Blick fiel auf die Photographie über dem Sofa. Er setzte sich schnell vor den Tisch und sah hinauf, ganz verwundert und erleichtert, denn er begriff, daß der Vater, vor dem er sich gefürchtet hatte, um an dieser Stelle zu hängen, tot sein mußte. Er nahm die Mütze vom Kopf und zuckte mit den Achseln. Er stand auf und machte ein paar Schritte. Die Luft in dem Zimmer war schwer und dick, sie nahm ihm den Atem, und er strich in Gedanken ohne weiteres einen von den drei Tagen ab, die er zu bleiben vorgehabt hatte. Er fing an, sich umzusehen. Was war denn das für ein Zimmer? Unter seinem festen Blick krümmten sich die Wände, Tapetenfetzen waren abgerissen und angeklebt und deckten die Dreiecke aus Mörtel nicht mehr. Der Teppich war ausgefranst, die Polster waren geplatzt und mit großen Stichen zusammengenäht. Das schwere Sofa glich einem großen halbausgeweideten Tier, aus dem das Eingeweide hervorquillt. Da gab es nur noch ein paar feste Punkte, an die sich das Wohnzimmer halten konnte, eine Photographie, einen Spiegel, eine kleine goldene Vase. Er brauchte nur fest aufzutreten, und alles fiel auseinander, und er war im Freien, er hatte Verlangen nach großen Straßen und Plätzen, auf denen Menschen pufften und brüllten, überhaupt wegzugehen. Marie kam aus dem Schlafzimmer. Ihre Arme fielen herab, ihr Gesicht wurde dunkelgrau. Ihre Lider senkten sich, ihre Augen darunter waren vielleicht jetzt leuchtend hell. Daß so etwas Graues, Fahles überhaupt ein Mädchen war. Nach und nach kamen alle heim. Er konnte nicht verstehen, warum er hergekommen war. Die Mutter hatte das Ihrige auch nicht zusammenhalten können. Da war ihr Leib hingerutscht und da ihre Brust und so ihre Mundwinkel. Der kleine Bruder trug lange Hosen, mit einem bleichen, sanften Gesicht. Auf den glatten braunen Scheitel des Kindes hatte sich eine müde Hand gelegt, daß es nicht höher wachsen sollte. Anna war schön und rot.

Sie setzten sich um den Tisch. Er drehte den blaugeränderten Teller zwischen seinen harten, breiten Händen. Die Mutter sagte: »Nun erzähl mal, wie es dir geht.« Er sagte: »Wie es einem so geht, Mutter. Mal so, mal so, besser wie 'nem Schuhnagel.« Die Mutter schöpfte ihm etwas aus. Er war nicht hungrig gewesen, jetzt bekam er schrecklichen, wütenden Hunger. Die Mutter sagte: »Du kommst uns da angeschneit.« Er sagte: »Ja, ich hatte drüben Arbeit, da habe ich gedacht, da kann ich mal heim machen.« Sie aßen. Er kratzte seinen Teller. Er dachte an fremde Städte, an seine Gefährten, an seine Arbeit, an Aufmärsche, Versammlungen, Fahnen, Knüppel, Hunger und Plätze, schwarz von Menschen. Er hätte nicht kommen sollen. Es war nicht einmal gut, daß der Vater nicht mehr da war. Sie dauerten ihn allesamt. Er konnte ihnen nicht helfen; er schämte sich sehr.

Er gab dem Kleinen Geld und sagte: »Nun lauf mal weg und hol ein Kümmelbrot und Bier und ein halbes Pfund Mettwurst und ein halbes Pfund Gehacktes.«

Da wurde es auf einmal lauter und lustiger, eine Erregung war und eine Gespanntheit, bis der Kleine zurückkam. Auf dem gedeckten Tisch entstand ein richtiges Durcheinander. Papierschnitzel flogen und Bierspritzer. Sie schnickten einander auf den Gabeln Wursthäutchen zu. Die Mutter sagte: »So habe ich schon lang nicht mehr gelacht.« Gegen Abend lief Anna mal hinunter. Als sie heraufkam, hatte sie Veilchen in der Hand. Sie sagte: »Ich hab dem Gintler für heute abend abgesagt.«

Sie machte ihm ein Bett auf dem Sofa zurecht. Er betrachtete sie, stellte sie in eine Reihe zwischen alle Mädchen, die er betrachtet hatte. Ihre Brust war fest und rund, ihre Haut war glatt und weich. Er sagte: »Der Gintler kommt immer noch?« Anna sagte: »Ja.« Und er sagte: »Du bist wohl 'ne ewige Braut?« Sie drehte sich schnell nach ihm um. Sein Gesicht war mager und frech, aber seine Augen waren klar. Auf einmal hatte sie Lust, da er nun schon einmal da war, in seine hellen, offenen Augen hinein zu reden und zu reden. »Wir gehen manchmal außerhalb essen. Manchmal am Sonntag machen wir eine Partie. Wir sind auch oft mehrere. Zuerst hab ich das alles gar nicht gewollt, aber er hat gesagt:

›Man kann doch nicht immer eines gegen das andere sitzen, wie in einem Eisenbahncoupé. Man muß doch auch mal zusammen unter Leute gehen und seinen Spaß haben.‹«

Er sagte: »Nu ja, Anna.« Da legte sie ihre Arme quer über den Tisch, legte ihren Kopf darauf und jammerte laut: »Oh, oh, oh.« Er wollte noch etwas sagen und schluckte es. Sie richtete sich von selbst wieder auf und fuhr sich mit den Händen übers Gesicht. Sie war auf einmal wie ausgewechselt, ganz lustig. Sie pfiff vor sich hin und drehte sich blinzelnd nach dem Bruder, während sie die Decke aufschüttelte. Er aber war müde, er hatte genug und war froh, als sie wegging. Dann lag er allein in einer fetten, schweren Dunkelheit. Er hatte noch einmal alle wiedersehen müssen. Jetzt brauchte er aber nie mehr zu kommen. Er konnte jetzt für immer wegfahren, wohin er wollte, hungern und arbeiten und leben und sterben und nie mehr zurückkommen. Jetzt mußte er sich noch mal zusammenreißen, bis die eine Nacht um war und noch ein Tag und noch eine Nacht und ein halber Tag.

Er war morgens um die Mutter herum in der Küche. Im Küchenfenster steckte ein Stück Himmel, Dächer und Hofmauer, wie eine alte schmierige Ansichtskarte. Der saure Geruch einer unablässig gekochten Speise war vom gestrigen Tag noch nicht verzogen und dampfte schon wieder neu aus dem Kesselchen. Der Schimmel stand auf den Wänden, aber die Mutter rieb mit der Schürze ein Glas, hauchte und drehte es gegen das Licht. Er wünschte sich, etwas von ihrem alten Blick abzubekommen, vor dem er sich früher geduckt hatte. Da fiel ihm ein, wie er in der Badebütte gesessen hatte, die auf zwei Stühle gestellt war. Er trug es ihr nicht mehr nach, weil sie eingeschrumpft war und ihn dauerte. Er zog dem Kleinen Schächtelchen im Automaten. Er schenkte Anna Geld für seidene Strümpfe. Er stellte sich hinter Marie und sah ihr beim Stopfen mit zu. Sie krümmte ihren Rücken und dachte immer, daß er sie ansprechen möchte. Ihr Herz zog sich zusammen, daß es ihm endlich einfallen sollte, wie sie miteinander gegen die Hoftür gestemmt hatten, sie beide allein. Er hatte es aber längst vergessen, anderes war ihm dazwischengekommen. Wenn sie bei Tisch saßen, dann sah er eines nach dem andern an mit leisem, gleichgültigem Mitleid. Sie aber sah er nie an, und wenn zufällig sein Blick auf sie fiel, dann war er hart von Verachtung. Sie wußte nicht, warum er sie so ansah. Sie senkte die Augen, drückte das Kinn gegen die Brust und zog sich zusammen vor Scham. Denn es schien ihr, als ob er recht hätte. Er schickte dann zwischendurch den Kleinen hinunter nach Wurst und Bier, erzählte auch manches, was er gehört hatte, und brachte die Mutter zum Lachen. Aber mit solchen Späßen rückte der Tag nur mäßig vorwärts, zog sich endlos und dünn wie Gummi. Immer langsamer lief die Zeit und schien nachmittags ganz stillzustehen. Während die andern lachten und schwatzten, fürchtete er sich, daß es nicht mehr weiterginge und er eingesperrt bliebe in diese schläfrige Wohnzimmerstunde. Nach dem Abendessen war die Dunkelheit sauer, wie abgestanden. Er erhob sich bald wieder und lief hinunter. Er lief schnell die Gassen entlang und klatschte das Pflaster mit frechen lauten Tritten. Er suchte sich eine Gasse hinter dem Heumarkt. Er bekam ein Mädchen, so mager, daß es ihn stach und juckte. Dann sagte sie zu ihm: »Das merkt sich gleich, daß du keiner von hier bist.« Er freute sich und sagte: »Da bist du mal schiefgewickelt, denn ich bin einer von hier, aber ich bin schon lang nicht mehr hiergewesen, und morgen gehe ich ganz weg.« Er sah sich um und sah, wie alle Farben, welche grell und bunt gewesen waren, schummerig wurden und durcheinanderliefen, weil es Tag wurde. Da war er sehr froh.

Er ging dann frühzeitig heim und legte sich zurück. Den Morgen über machte er sich noch allerlei zu tun. Er schlug ein paar Nägel ein, klebte Tapete fest. Er ließ alles Geld zurück, was er hatte, und versprach zu schicken, wenn er verdiente.

Wie er dann nachmittags wegging, ging Marie auch in die Stadt. Sie ging neben ihm her. Er hatte früher manchmal an den kleinen Bruder gedacht, auch an Anna. Marie hatte er immer vergessen. Er vergaß sie auch jetzt auf diesem Weg, alle Augenblicke, von Schritt zu Schritt. Er wunderte sich, daß sie noch neben ihm ging. Er bekam Lust, etwas zu sagen, daß sie erschrak und zusammenfuhr, etwas Böses, gerade ihr, ganz ohne Umschweife. Er sagte: »Wenn es so weitergeht, wirst du nicht lange machen, viel hast du nicht zuzusetzen.« Marie drückte die Ellenbogen an sich. Er fuhr fort: »Das Geknottel, das du da treibst, das treibst du auch nicht mehr lang. Wie du bloß aussiehst.« Marie schwieg. Er sagte: »Das wird ja nicht lang mehr dauern. Du wirst ja bald krepiert sein.« Marie sagte leise: »Ja.«

Sie kamen am Bahnhof an. Marie hatte manchmal von der Brücke auf die Schienen gesehen, feste Striche in der Erde. Sie hatte sich nichts dabei gedacht. Jetzt dachte sie, daß man durch dieses Haus zu den Schienen ging, um abzufahren. Der Bruder wurde ganz aufgeräumt, nun, da er ein Billett hatte. Sie traten auf den Bahnsteig. Ihr Haar flatterte. Sie sah schnell nach rechts und links und dann auf den Boden. Etwas zog aus ihr weg, die Schienen entlang und verschwand. Der Bruder trat von einem Fuß auf den andern. Sie preßte den Mund zu. In ihrer Kehle bettelte es den Bruder an, sie mitzunehmen und nicht zurückzulassen. So ein Bruder war er ja, der alles tat, was man bat. Dann fuhr der Zug ein. Der Bruder drehte sich um, erblickte sie wieder, die immer noch neben ihm stand, nahm und ließ ihre Hand und sprang auf. Sie hob ihren Korb und sah hinter dem Zug her. Die Schienen verschwammen ein wenig, zuckten durcheinander in fremden, wirren Linien, richteten sich wieder gerade, hart und fest.

Auf Ostern fingen die Mutter und Anna zu putzen an. Die Mutter stöberte herum und setzte sich alle Augenblicke mal hin. Abends sagte sie: »Es ist schon so heiß, und mir ist so schwach im Leib, und du mußt ja alles allein machen. Wir machen auf Pfingsten weiter.«

Am Sonntag brachte Anna ein riesengroßes Osterei, das ihr der Gintler geschenkt hatte. Sie hatte noch viele kleinere Eier bekommen von anderen Bekannten. Der kleine Bruder knabberte schnell zwei, drei Eier. Das Süße zog ihm den Mund zusammen. Er hatte keine Lust mehr und leckte traurig daran herum. Nachmittags gingen sie alle den Fluß entlang. Die Mutter dachte an den Vater. Er hätte ruhig neben ihr gehen können; so wie immer führte sie zwischen den Platanen seine Kinder hinauf und herunter. Sie trafen auch viele Leute. Sie trafen auch den alten Matthäus mit seiner Frau und seinen Töchtern. Die Glocken läuteten, ihre Klöppel wirbelten um die Stirnen Wolken goldnen Sommerstaubs. Neben ihnen auf einer blauen Wand waren Berge aufgemalt, Wolken und ein Fluß.

Nach Ostern hatte Marie einen leichten Korb, weil man im Sommer nichts Wollenes brauchte.

Abends, schnell vor Ladenschluß, holte die Mutter angewelktes Grünzeug und eine Tüte zerquetschter Beeren. Es war kühl im Laden. Die Gemüsefrau gab ihr einen Stuhl. Eine große, breite Frau von nebenan erzählte mit rauher Stimme von den Mißgeschicken des Tages. Ein junges bäuerliches Ding saß auf einem Korb und erzählte von seinem Bräutigam. Eine junge Frau kam schnaufend mit einem kleinen Kind auf dem Arm. Sie erzählte von ihrem Mann, der verunglückt war, von der Schwiegermutter, bei der das Kind über Tag war, und von ihrer Arbeitsstelle. Ihre Gesichter waren rot vor Ärger über ihr Mißgeschick, und ihre Stimmen wurden heiser, wenn sie von den Unglücksfällen erzählten, welche über sie gekommen waren und sie verzehrten wie Seuchen. Die Mutter öffnete manchmal ihren Mund und redete etwas von der Krankheit ihres verstorbenen Mannes. Die anderen redeten lauter und schneller, sie schwieg dann wieder. Aber keins fürchtete sich wohl so sehr wie sie, daß die Lampe im Hinterzimmer anging und der Mann der Gemüsefrau »Schluß jetzt« rief. Dann wurden die Läden geschlossen. Die Frauen gingen widerwillig auf die Straße und knurrten leise. Sie redeten noch vor der Ladentür zusammen, Gesicht gegen Gesicht, in einem Klumpen, als fürchteten sie, jedes für sich auseinandergerissen zu werden, jedes seine Treppe hinauf, jedes in sein Zimmer.

Nur die Mutter ging gleich aus dem Laden nach Hause. Sie richtete sich fest auf, riß sich los und ging allein die

Gasse entlang. Die Frauen sahen mit zugekniffenen Augen hinter ihr her.

Marie schellte zum zweitenmal, da kamen endlich Schritte den Gang herunter, und durch den Türspalt sagte die Stimme: »Sie sind im Sommer über verreist und kommen im Winter.« Marie hob ihren Korb und schickte sich an hinunterzugehen. Das ungeheuer große Treppenhaus war mit feinem Staub erfüllt wie mit Spinnweben, hinter welchem eine unerforschliche Wildnis von Farben glühte. Marie trat dicht an das Geländer aus braunem, poliertem Eichenholz, faßte sich an und sah hinauf. Sie folgte mit den Blicken diesen mit hellen Messingkügelchen besetzten Windungen, höher hinauf, bis ihr schwindlig wurde. Was auch dort oben war, da würde sie nie hinaufkommen. Selbst diese erste Treppe, von der ihr Herz noch klopfte, war nutzlos gewesen. Sie stieg hinunter. Die Stufen fingen zu schwimmen an, die Messingstäbchen rückten vor und zurück. Ihr war so schwindlig, daß sie sich auf die Stufe setzte. Aus dem Fenster blätterte Rot und Grün und Blau in ihren Schoß, auf ihren Nacken. Bis zum Winter. Niemals würde sie dieses Fenster wiedersehen. Niemals würde sie mehr auf einen Bahnsteig kommen. Niemals würde sie mehr in einem Kino das Bild einer Schlucht und das Bild eines Waldes und das Bild eines Reiters sehen. Sie fing zu weinen an, aber des Weinens ungeübt, waren ihre Tränen hart und schmerzhaft. Da stand sie wieder auf und ging bis zum nächsten Treppenfenster und stützte sich und versuchte, durch das einzige farblose Glas zu sehn, das zwischen den bunten eingesetzt war. Da zögerte sie, riß sich zusammen in einen einzigen heftigen Wunsch: Möchte doch hinter der Scheibe etwas ganz anderes sein, etwas ganz Unerwartetes. Sie hielt ihr Gesicht hin. Drunten zwischen den angrenzenden Häusern lag ein Hof, in welchem gerade eine Laterne anging. Ein ausgespannter Karren stand darunter. Ein Arbeiter wartete gerade auf einen andern, welcher mit einem Arm nach dem Ärmel seiner Jacke fuchtelte. Marie wartete, bis er die Jacke anhatte, dann nahm sie ihren Korb und ging auf die Straße hinunter.

Für seinen Schwager von außerhalb, welcher in der vergrößerten Spenglerei mitarbeiten sollte, hatte der Spengler das Schlafzimmer zu der Kammer abgemietet. Alle drei Frauen zogen die Betten von einem Zimmer ins andere. Das verschlissene, rohrote Bettzeug quoll in das Wohnzimmer. Breit und tölpisch standen jetzt die mächtigen Betten, zerquetschten Bilder, Teppiche und Schränkchen. Der kleine Junge drückte sich still gegen die Wand, aber er stieß gegen ein Wandbrett, und die kleine goldene Vase rollte unter das Sofa. Er wollte sich bücken, stieß sich und fing zu weinen an. Niemand kümmerte sich darum, weil alle verstört in diesem Zimmer herumblickten, in welchem die Möbel über sie gekommen waren und bissig und gefräßig geworden wie Tiere in einem Käfig. Durch die Fenster kamen heiße, rotgoldene Ströme von Sonne, spiegelten sich auf polierten Holzflächen, liefen die Kanten und Bilderleisten entlang. Einige Minuten lang blieben die Frauen ganz starr stehen. Auf einmal zuckte die Mutter zusammen, mitten in ihr drin hatte sich etwas Altes aufgerichtet, sie richtete auch schnell ihren Rücken auf und sah mit festen Blicken um sich. Ihre Augen wurden dunkler und trockner. Mit ruhiger Stimme ließ sie dieses und jenes geschehen. Sie preßte die Lippen zusammen und faßte selbst noch einmal an, den Schrank gegen die Tür zu schieben und das Sofa an die andere Wand und die Betten unter das Fenster. Sie gab nicht nach und ließ nicht locker, bis alles seinen Platz hatte. Gegen Abend war in einer Ecke des Zimmers ein neues Wohnzimmer entstanden, wo man sich um den Tisch herum unter die Lampe setzen konnte. Dort deckte die Mutter den Tisch.

Sie mußten oft hinter dem Spengler herfegen, welcher, statt durch die Küche zu gehen, immer schnell durch das Wohnzimmer lief. Und er ließ auch manchmal eine Zange liegen und manchmal eine Schachtel, als ob er sich nicht daran gewöhnen könnte, wo ein Zimmer anfing und das andere aufhörte.

Der kleine Junge wurde so still und flach wie ein abgefallenes Blatt.

Anna zog sich hinter der Schranktür an und ging leise hinunter.

Marie lag viel auf der Bank, als verbrauche sie dadurch weniger Platz als im Stehen und Gehen. Sie legte die Hände um ihre hochgezogenen Knie. Sie hatte nicht gewußt, daß auch die Dunkelheit schwanken konnte. Sie wartete auf die Nacht. Aber das Dunkle, das doch selbst ein unverrückbarer Block war, schwankte auch, als würde es selbst noch einmal hin und her geworfen in einem Meer von Dunkelheit.

Von der Straße her kam Geschrei und ein wenig Musik. Auf der Treppe klang ein Lachen wie helle, auf dem Boden zersplitterte Scherben. Anna zog vor der Tür die Schuhe aus und kam herein. Marie richtete sich auf. Sie konnten einander im Dunkeln nicht erkennen. Da starrten sie sich mit aufgerissenen Augen an wie zwei Blinde. Morgens sagte die Mutter traurig: »Was war denn das, Anna.« Anna sagte leise: »Ich kann ihn doch nicht mehr hier heraufnehmen.«

Einmal kam eine Ansichtskarte von dem Jungen, auf welcher ein Denkmal abgebildet war. Anna nahm die Karte mit und zeigte sie dem Gintler. Die Mutter legte den Arm um den Kleinen und erklärte ihm die Karte wie ein Bilderbuch.

Dann nahm Marie die Karte und zog sie zwischen den Zähnen hin und her. In der Schule hatte ein Bild gehangen, auf welchem ein Engel mit großen schwarzen Federflügeln ein Kind führte. Engel gab es, welche die Kinder aus den wilden Wäldern und verlassenen Klüften herausfanden und heimbrachten. Solche Engel, welche die Kinder nachts aus dem Zimmer nahmen, weg von den Ihren, und die dünnen, blanken Schienen entlang, ganz woandershin, in ganz fremde Städte führten, solche Engel gab es nicht.

Es gab auch gar keine Hilfe.

Es gab überhaupt gar nichts. Gar nichts gab es als diese einzige Kraft in einem selbst drin, und auch die allein war nutzlos. Marie biß in die Ansichtskarte und spuckte die Fetzen weg.

Sie versuchte aufzustehen. Sie setzte sich an den Tisch. Sie legte ihre ineinander verschlungenen Hände in das helle Kreisrund der Lampe. Der kleine Bruder stichelte in sein Heft dünne, feine Buchstaben wie Stickereien. Sie dachte an den Knaben mit der Brille, der sah jetzt ein Album an. Dort war ein ebensolcher Abend, auch ein Tisch und auch eine Lampe und auch ein Knabe, der nicht ihr Bruder war.

Anna sagte erschrocken: »Du bist ja krank, Marie.« Sie hielt ihren Spiegel hin. Marie sah schnell in etwas Fremdes, Dunkelgraues. Sie drehte den Kopf weg. Sie wollte sich wieder auf ihre Bank legen. Aber sie faßten sie unter den Schultern und legten sie in ein Bett.

Die Mutter und der Junge zogen sich gut an und gingen in die Stadt. Die Mutter sah geradeaus, als bahne sie mit festem Blick für sich und das Kind einen Weg durch diese morgendliche Stadt, zwischen diesen hin und her laufenden Menschen, bis zu dem Punkt, wo sie hinwollte. Ihr Gesicht war röter als sonst. Sie ging zu Matthäus, fragte nach ihm und wurde hereingelassen. Sie mußten ein wenig warten. Die Wände waren hell und fahl, aber durch das Fenster kam aus Matthäus' Garten ein starker Sommergeruch. Der Kleine hob die Augen und sah erschrocken auf Matthäus' Pult, weiße und blaue Haufen von Briefen und Papieren. Sein Blick blieb an etwas Hellglänzendem hängen. Da kam Matthäus herein. Er reichte der Frau die Hand und fuhr dem Kleinen über das Haar. Die Mutter wollte um Rat bitten für ihren Sohn, der Ostern in die Lehre sollte. Der alte Matthäus legte dem Jungen die Hand um das Kinn, hob es und lächelte ein wenig. Der Kleine sah ihn ernst an aus seinem weißen, vor Angst feuchten Gesicht. Matthäus sagte: »Es ist sehr schwer, ich will mal zusehen.« Der Kleine sah geradeaus auf die breite, von einer dicken Uhrkette gekreuzte Weste, auf der die Hornknöpfe hinaufstiegen. Die Mutter redete mit leiser Stimme auf Matthäus ein, aber Matthäus sagte: »Sie kommen ja noch einmal wieder, es ist noch lange bis dahin.« Der Kleine starrte wieder auf den Schreibtisch, das helle glitzernde Ding, in dem sich die Sonne fing, war vielleicht eine Briefwaage.

Sie gingen die Straße hinunter, die sie gekommen waren. Die Mutter schwieg und drehte und wendete in ihrem Kopf die mageren Worte, die ihr der alte Matthäus gesagt hatte. Der Kleine stolperte. Zwei Buben, die auf der Deichsel eines Wagens ritten, rotzige, ruppige Buben, hörten zu schaukeln auf, zeigten nach ihm und lachten.

Der Kleine wurde rot vor Scham. Die schmale Straße zog sich, als würde sie von einer Spindel abgerollt. In allen Häusern waren Fenster, aus welchen Blicke heruntertropften. An einem gewöhnlichen Morgen mußte er allein in langen schwarzen Hosen zur Strafe für etwas in der Stadt herumgehen. Er hielt sich dicht an die Mutter und versuchte, in ihr Gesicht zu sehen. Aber die Mutter hatte schon so oft die Worte des alten Matthäus hin und her gedreht, daß ihr Kopf inwendig ganz abgewetzt war. Da gab sie alles auf und ließ es laufen. In diesem Augenblick war ihr Gesicht unsicher, nichts, woran man sich halten konnte.

Der Kleine war froh, wieder daheim zu sein. Er hatte Lust, an alles zu tupfen, an die Lehnen, an die Deckchen, an die Hände der Schwester. Er brachte Marie ihren Teller ans Bett und tupfte an ihren Zopf, der hart, wie aus Schnur geflochten war. Marie wußte nicht, was sie ihm Gutes tun sollte, sie sagte: »Iß doch selbst auf, ich kann ja nicht.«

Dann gab es rundherum einen großen Lärm, weil die Braut des Spenglers endlich angekommen war und gleich eine ganze Gesellschaft von Anverwandten mitgebracht hatte. Sie sparten sich den Umweg durch die Küche und liefen ein ums andere Mal quer zwischen Tisch und Betten. Ein großes Gelächter prustete, erstickte und platzte durch die aufgesprungene Tür. Einmal steckte eine mit großen lila Ohrringen, die vielleicht die Braut selbst war, ihren Kopf herein und schrie: »Macht doch mit, je mehr, je besser.« Das Grammophon spielte. Anna bewegte die Füße unter dem Tisch, auf ihrem Gesicht hüpften helle Pünktchen herum, erloschen und ließen es kahl und müde. Der Kleine bohrte die Daumen in die Ohren. Aber die hatten nebenan etwas Neues ausgedacht, sie stampften und klatschten. Das ganze Zimmer dröhnte und rüttelte, als hätte es Räder bekommen.

Nach einer Woche stand Marie auf, packte die Sachen zusammen und trug den Korb in die Stadt. In den Dachkanten lief das Licht in goldenen Fäden zu Ende. Auf dem offenen Platz roch es nach Herbst. Alle Menschen waren wohl nach Hause gegangen, es war so still, als sei die Zeit zerbrochen.

Marie fror. Sie war vielleicht in die falsche Gasse eingebogen. Nie zuvor war sie an dieser tiefen Torfahrt vorbeigekommen, aus der es süß nach Wein roch. Niemals hatte es über ihrem Kopf gepfiffen von einem Fenster zum andern. Aber dann war es ganz gewiß das alte Wohnzimmer, in welchem ein wenig verspätet das Nachtessen abgetragen wurde. Der Knabe trank heiße Milch aus einer Tasse, blaugerändert wie die Tassen und Teller zu Haus, und setzte die Brille ab, weil sie anlief. Die Frau bot ihr einen Stuhl. Marie setzte sich schnell, von Müdigkeit bezwungen. Die Frau sah sie ein wenig verwundert an. Im nächsten Zimmer brachte die Frau eine Schale Äpfel. Sie redete gut zu, bis Marie einen von den Äpfeln nahm, die sich blank und kühl anfühlten wie Messingkugeln.

Draußen war Nacht. Auf dem Bahnsteig hatte ihr Haar auch geflattert. Über den Dächern stand der Mond matt glänzend und rund wie ein Luftballon, der den Händen eines Kindes entglitten ist. Der offene Platz glänzte am Ende der Gasse. Er dehnte sich und drängte die Häuser zurück mit ihren vielen kleinen Lichtern, die eins nach dem anderen erloschen, wenn man sie fest ansah. Nur noch ein paar Laternen kreisten herum, wie Irrlichter auf einem Sumpf. Marie lehnte sich an die Mauer. Aber die Mauer stieß und drängte ihren Rücken, um sie abzuschütteln, in den offenen Platz hinein. Marie ließ ihren Korb fallen und hielt sich mit beiden Händen fest. Der leichte Korb rollte von ihren Füßen weg.

Weit fort, auf der anderen Seite des offenen Platzes, tauchte jemand aus einer Gasse auf und lief zwischen die Laternen. Marie erkannte das Mädchen mit der roten Mütze. Sie nahm alle Kraft zusammen und rief. Sie hörte ihren eigenen Ruf nicht, es riß nur inwendig. Da ließ sie die Mauer los, drückte beide Hände gegen die Rippen und schrie.

Das Mädchen stutzte und blieb stehen. Es sah sich nach allen Seiten verwundert um; denn der Platz war leer. Es zuckte mit den Achseln und ging schnell weiter, weil es Marie nicht sehen konnte, die flach auf dem Pflaster lag.

Die schönsten Sagen vom Räuber Woynok

Und habt ihr denn etwa keine Träume, wilde und zarte, im Schlaf zwischen zwei harten Tagen? und wißt ihr vielleicht, warum zuweilen ein altes Märchen, ein kleines Lied, ja nur der Takt eines Liedes, gar mühelos in die Herzen eindringt, an denen wir unsere Fäuste blutig klopfen? Ja, mühelos rührt der Pfiff eines Vogels an den Grund des Herzens und dadurch auch an die Wurzeln der Handlungen.

Der Räuber Gruschek, der mit seiner Bande im Bormoschtal überwintert hatte, stieß auf die Spur des jungen Räubers Woynok, der immer allein raubte.

Gruschecks Leute waren den Winter über nie müde geworden, von Woynok zu erzählen, den noch keiner von ihnen je selbst gesehen hatte. Gruschek ging einen halben Tag lang der Spur nach, bis er Woynok erblickte, am zweitobersten der Prutkafälle, in der Sonne auf einem Stein. Woynok griff nach seiner Flinte; dann erkannte er Gruschek an allen Zeichen, an denen ein Räuber den andern erkennt. Er kletterte von seinem Stein herunter und begrüßte Gruschek als den Älteren. Sie setzten sich auf die Erde, Gesicht gegen Gesicht, und verzehrten zusammen ihr Brot.

Gruschek betrachtete Woynok gründlich. Woynok sah noch viel jünger aus, als man ihm berichtet hatte; seine Augen waren so klar, als hätte niemals der Schaum eines einzigen unerfüllt gebliebenen unerfüllbaren Wunsches ihre bläuliche Durchsichtigkeit getrübt. Gruschek konnte in diesen Augen nichts anderes finden als sein eigenes haariges altes Gesicht und was ihm über die Schultern sah an Berggipfeln und Wolken.

Gruschek sagte: »Ich habe vierzig Räuber. Das ist gerade die rechte Zahl. Warum raubst du immer allein?«

Woynok erwiderte: »Ich will immer allein rauben. Einmal in Doboroth hab ich mit einem entlaufenen Soldaten gemeinsame Sache gemacht. Dieser Soldat hatte ein Mädchen. Erst lief es mir nach; dann verriet es den einen von uns an den anderen und uns beide an einen dritten. Damals hat es mich etwas gekostet, lebend davonzukommen. Nein, ich will auch kein Mädchen mehr. Ich will immer allein rauben.«

Gruschek betrachtete Woynok erstaunt. Er hatte in seinem langen Leben gelernt, die Worte eines Mannes nach ihrem reinen Gewicht an Aufrichtigkeit abzuwägen. Wie hätte er sonst so lange eine Bande von vierzig Räubern zusammenhalten können, ohne daß je Verrat oder Zwist ihren Ruhm beschädigte? Nicht nur heute und morgen, immer wird Woynok zu seinen Worten stehen. Gruschek betrachtete ihn nochmals eindringlich. Eine Menge Gedanken flogen durch seinen Kopf, von denen nichts anderes verlautete als das Knacken seiner ineinandergeschlungenen Finger. Woynok hob bei diesem Knacken den Kopf. Dann lief sein Blick gleich fort von Gruscheks Gesicht zu den braunen Flocken der Eichenwälder in den tiefen Falten der Berge. Gruschek sagte: »Wenn du jemals etwas brauchst, Essen oder Kleider, Feuer oder Waffen – komm zu uns; wir werden unser nächstes Winterlager in der unteren Prutka zwischen der großen und der kleinen Wolfsschlucht in dem Spalt zwischen den beiden Paritzkafelsen halten.«

Sie nahmen Abschied voneinander. Woynok kletterte auf seinen Stein zurück. Gruschek kletterte vorsichtig den Abhang hinunter. Jetzt sah es aus, als sei sein kleiner knorpliger Körper nicht von Alter gekrümmt, sondern damit er sich besser den Krümmungen der Bergabfälle anpassen könnte.

Woynok vergaß Gruschek, sobald er ihn aus den Augen verloren hatte. Er dachte nicht mehr an die Worte, die Gruschek über das Winterlager gesagt hatte, und vergaß sie. Er zog die Prutkafälle aufwärts bis zu den Quellen, in die südöstliche Prutka, wo der Sommer zuerst und am stärksten hinkommt. Hier gibt es keinen Felsen; steile Wiesen grenzen bald an den Himmel, bald an den dichten, fast schwarzen Hochwald. Drunten im Paritzkatal sieht man Gehöfte und Bienenstöcke und zwei Mühlen. Jetzt war die Luft so still, daß man dort oben die Pfiffe des Fährmanns hörte und die Mühlen und das Klingeln von den zerbrochenen Sensen und all dem metallenen Zeug, das die Bauern in ihre Äcker zu hängen pflegen, um das Wild zu schrecken.

Alles, was Woynok in diesem Sommer tat, ist so oft erzählt worden, daß man es nicht wiederholen muß: Wie er den Fährmann auf dem Paritzkafluß überlistete, wie er als Gast in die Hochzeit des reichen Bauern auf Marjetze Upra einbrach, wie er das Kloster von St. Ignaz in Brand steckte – Langsam kühlte auch dieser Sommer ab. Woynok zog sich dahin zurück, woher er gekommen war. Er vernahm zuweilen das Dengeln der Sensen, aber nur, wenn der Wind von der Paritzka wehte. Wehte er von der

Prutka, dann rauschte nur der Wald. Woynok ruhte sich aus von all den stillen und klaren Nächten, die er ohne Lust auf Schlaf durchstreift hatte. Er wühlte sich zuerst in das Laub ein, das sich am Waldrand staute, dann in den Hochwald selbst. Der Regen prasselte bald, aber das Laub war noch warm und trocken. Woynok horchte schläfrig, bis zu den Ohren im Laub – dann war es wieder lange still, an der beharrlichen Dämmerung merkte Woynok, daß der Schnee begonnen hatte. Schlaf übermannte ihn.

Er wachte auf, als die Äste knackten. Schon war es kein gewöhnlicher Sturm mehr; er bog den Hochwald wie Binsen auseinander. Ein Winter war da, wie Woynok, jung wie er war, noch keinen erlebt hatte. Gab es doch selbst im tiefsten Wald keine Sicherheit. Woynok mußte dem Schneetreiben folgen wie alles, was keine Wurzeln hatte – aber auch Bäume wurden in diesem Winter entwurzelt.

Woynok wurde, immer zugleich um sich selbst kreisend, in die westliche Prutka, in die Felsen, hineingetrieben. Er bekam Kehle und Ohren voll Schnee, und dieser Schnee gefror. Er zog die Knie an und machte sich klein und leicht, als könnte er wie ein Blatt den Schneesturm überdauern. Er prallte aber hart nieder, wo es ihn hinwarf. In einer Atempause riß er die Augen auf und erblickte gerade unter sich ein Tal voller Lichter: die Stadt Doboroth. Er erschrak. Der Sturm packte ihn wieder; der hatte seine erste Stärke noch gar nicht erreicht. Woynok wurde jetzt in die Paritzka zurückgetrieben und aus der Paritzka zurück in die Prutka. Am Abend des dritten Tages bekam er noch einmal Boden unter die Füße. Er hatte sich in einen Felsspalt verfangen. Jetzt hatte er die Wahl, sich flach zu machen, um rasch zu Tod zu erstarren, oder, immer um sich selbst kreisend, weiterzufliegen; vom letzten hatte er genug.

Auf einmal wurde der Schnee vor seinen Augen rotgold, als streife er im Niederfallen eine große Helligkeit, ein Licht oder einen Brand. Woynok wußte, daß es kein solches Licht in der Prutka gab und daß der Tod solche Farben zaubert. Er kroch trotzdem darauf zu. Da sah er unter sich in dem tiefen Spalt zwischen den Paritzkafelsen ein großes Feuer. Unbehelligt von Schneetreiben und Kälte hatte dort unten Gruschek sein Winterlager errichtet, genau an der Stelle, die er Woynok im Frühjahr wahrheitsgemäß beschrieben hatte.

Woynoks Stimme, so schwach sie war, wurde im Lager sofort gehört. Ob der Sturm bereits nachließ oder ob Gruscheks Räuber ernstlich erwarteten, der, von dem sie in einem fort erzählten, könnte endlich Gestalt annehmen, oder ob Gruschek einfach die Richtung des Sturmes berechnet hatte und Woynoks Kraft und auf jeden Fall Wachen ausgestellt – jetzt drängten sich die Räuber zusammen und staunten Woynok entgegen. Woynok kletterte noch ein Stück abwärts; dann waren seine Kräfte plötzlich zu Ende. Er setzte sich auf den Schnee. Gleich darauf kletterte Gruschek herauf und setzte sich zu ihm, Gesicht gegen Gesicht. Dann ließ er Woynok ins Lager hinuntertragen und ihm heiße Plischka zu trinken geben, und seine besten eigenen Kleider ließ er vom Leib weg Woynok anziehen und für sich selbst andere bringen. Dann ließ er Fleisch herbeitragen und alle übrige Plischka. Er ließ soviel Holz aufs Feuer legen, wie man sonst für Wochen verbrauchte. Woynok saß reglos auf dem Fleck, auf den man ihn niedergelegt hatte. Hinter seinen geschlossenen Lidern war noch immer die eintönige Wildheit des Schneetreibens. Als er schließlich die Augen aufbrachte, brannte das Feuer so hoch, wie er noch nie eins gesehen hatte. Gruschek, da seine Befehle ausgeführt waren, beobachtete Woynok, der nicht nur die Augen sofort wieder schloß, sondern jetzt das ganze Gesicht mit den Händen bedeckte. Woynok tastete in Gedanken seinen Körper ab, ob er irgendwo Schaden genommen hätte. Er bewegte die Finger und Zehen. Obwohl er nichts fand, spähte er weiter nach einem solchen Schaden, der ihm bestimmt irgendwo im Fleisch steckte, wenn er ihn auch noch nicht entdeckt hatte. Als er die Augen doch wieder öffnete, blendete Gruscheks Gesicht, das sich dem seinen fast um eine Handbreit genähert hatte, das ganze Lagerfeuer ab. Gruschek klemmte sein zottiges Hündchen zwischen die Knie. Das wurde gerade unruhig, weil die Räuber zu feiern begannen. Das ausgesetzte, klägliche I-i-i-i einer Ziehharmonika übertönte den Lagerlärm. Plötzlich ließ Gruschek das Hündchen hüpfen, stemmte die Arme in die Hüften und wiegte den Oberkörper hin und her. Dieser Anblick erfüllte Woynok mit Schrecken, und er senkte vor Scham die Augen. Gruschek stieß einen Schrei aus wie gestochen und schnellte in die Luft und schnappte in die Knie zurück. Die Räuber schrien und klatschten. Gruschek schnellte hoch und herunter, als sei sein Alter bloß ein Betrug und Lüge sein weißes Haar und Gaunerei seine Häuptlingswürde. Die Räuber gerieten vor Freude außer sich, weil Gruschek in ihrer Mitte Lug und Trug fahren ließ. Auch das Hündchen geriet außer sich. Es fletschte mit gesträubtem Fell seinen ausgewechselten Herrn an. Alle brüllten, daß es bis nach Doboroth zu hören war und man dort zitternd dachte: So nahe sind sie also, aber Schneesturm und Wölfe sind ihre Hüter. Ich will fort von hier, dachte Woynok verzweifelt, aber warum soll ich schon fortgehen? Ich bin ja nicht Soldaten in die Hände gefallen, ich bin ja unter Räubern. Ich will fort, solange es noch Zeit ist. Aber warum soll ich schon fort? Ich bin ja nicht in Doboroth, sondern in Gruscheks Lager.

Die Räuber brüllten, wobei sie die Köpfe zurückwarfen und auf die Erde stampften. Plötzlich fiel Gruschek in sich zusammen, als hätte man seine Sprungfedern durchgeschnitten. Er sah jetzt noch älter als vordem aus. Das Hündlein drückte sich froh gegen sein Knie. Auch die Räuber ließen nach. Und war es denn dieselbe klägliche Ziehharmonika, die jetzt auch alles beschwichtigte, alles einschläferte, was sie aufgestört hatte? Bald kam es Woynok vor, er sei der einzige, der noch am Feuer wach war. Jetzt war die Gelegenheit da, sich unbemerkt fortzustehlen –

»Es war einmal ein Mädchen, das wohnte
mit seiner Mutter
im schwarzen Walde von Doboroth.
Jede Nacht, wenn das Licht anging,
kam der Wolf bis unter das Fenster –«

Warum soll ich mir ihre Lieder nicht anhören? dachte Woynok, es sind ja Räuberlieder. Warum soll ich nicht an ihrem Feuer liegen, es ist ja ein Räuberfeuer. Warum soll ich mich nicht mit ihnen freuen, es sind ja Räuberfreuden.

»Die Mutter sagte zu dem Mädchen: ›Nimm den Jäger – denn er hat seine Flinte, nimm den Händler – denn er hat seinen Kasten mit Äpfeln, Schnürsenkeln und Heiligenbildern. Nimm den Köhler – denn er hat seine Hütte, aber den Wolf kannst du nie nehmen.‹

Als das Jahr um war, wer saß in Revesch vor der Kirchentür? Das Mädchen. – Was hatte es in sein rot und grün gewürfeltes Tüchlein gebunden?

Der Pfarrer sagte zu dem Mädchen: ›Alle Art Kinder kann man taufen, aber Wolfskinder kann man nicht taufen.‹

Da weinte das Mädchen und ging zurück in den schwarzen Wald von Doboroth.«

Die Räuber lachten, aber Woynok war es nicht zum Lachen. Den Mädchen aus den Dörfern hat er nicht nachgetrauert, er wird ihnen nicht nachtrauern, er braucht sie nicht, und er wird sie nicht brauchen. Aber diesem Mädchen trauert er nach. Sie war hell und bleich, mit kleinen Schritten bewegte sie sich, mit niedergeschlagenen Augen; sie war braun und frech, ihre Zöpfe klatschten. Sie war, wie man sie wollte, und doch war sie gar nicht da – war das nicht zum Trauern?

Jetzt kamen die Räuber erst richtig in Zug. Klar und rein waren ihre Lieder wie die Orgel von St. Ignaz an jenem Pfingstmorgen, als sich Woynok zum erstenmal unter die Kirchgänger gemischt hatte, um alles genau zu erkunden, bevor er Feuer legte. Nie hatte er etwas begehrt, was man nicht hatte rauben können – durch Gewalt oder durch List, als Pilger verkleidet oder den Fuß in den Türspalt geklemmt und zugleich den Flintenlauf. Nie hatte er Leiden gekannt, die man nicht aus dem Fleisch herausschneiden oder ausbrennen konnte oder einfach von sich abschütteln wie Läuse. Jetzt aber, minutenlang über dem Feuer, gab es unraubbare Freuden und unausbrennbare Leiden, denn sie waren gar nicht da. Woynok hielt sich ganz aufrecht, um vor Gruschecks unausgesetztem Blick sein Unglück zu verbergen. Wie konnte Gruschek auch ahnen, daß dasselbe Lagerfeuer, das sie alle glücklich machte, nach einem geheimen, selbst ihm verborgenen Gesetz, wenn es mit Woynok zusammentraf, Trauer erzeugte? Gruschek glaubte auch später, Woynok krümme sich nur zusammen, weil ihn schließlich doch der Schlaf übermannt hätte.

Woynok richtete sich unvermutet auf und sagte: »Ich will jetzt fortgehen.«

Gruschek verbarg seine Enttäuschung. Er schenkte Woynok alles Zeug aus Fell und Leder, womit er ihn bei seiner Ankunft bekleidet hatte. Er ließ ein paar Fleischstücke für ihn rösten und gab ihm alles, was ihm irgendwie dienlich sein konnte. Woynok bedankte sich und verabschiedete sich. Genau wie bei seiner Ankunft drängten sich die Räuber zusammen und staunten ihm nach, wie er sich vom Lager entfernte und aus der Schlucht hinauskletterte in die tödliche Einsamkeit der inzwischen verstummten, inzwischen vereisten Prutka.

Kaum hatte Woynok den Spalt zwischen den Paritzkafelsen im Rücken, als er vergaß, was er erlebt hatte. Er dachte nicht mehr an Gruschek und sein Winterlager und vergaß ihn.

Woynok soll sich, nachdem er Gruschek verlassen hatte, etwas zu lange an die Westwand des kürzeren Paritzkafelsens gehalten haben. Dadurch soll mit ihm folgendes geschehen sein: Plötzlich waren die Felswände um ihn herum mit gelben Augenlichtern bespickt. Er war in die obere Wolfsschlucht geraten. Woynok wußte über die Wölfe, daß sie gar nichts in einem Stück schlingen können wie Bären und Luchse, sondern alles reißen müssen. Trotz ihrer furchtbaren Gier dürfen sie nichts sofort haben und nichts in einem. Woynok warf einzeln von sich, was er am Leibe trug, all das gute Zeug aus Fell und Leder, Stück für Stück, wodurch er den Ausgang der Schlucht zurückgewann.

Der Winter war lang und hart, aber Woynok kam die zweite Hälfte nicht mehr so hart vor. Er verbrachte die Schneeschmelze im Wald von Marjakoy, dann zog er bis zu den oberen Kiruschkafällen. Im Herbst und Frühjahr hört man sie noch in Revesch donnern. Ihr zarter und goldener Wasserstaub füllt nicht nur das ganze Kiruschkatal, sondern verdampft bis in den Sommer hinein über den Prutkabergen. Woynok zog dem Kamm des Gebirges nach, das Kiruschkatal im Rücken. Einzelne Siedlungen waren noch immer so nah, daß er zuweilen Holzschläge hörte. Unter sich aber sah er bald nichts mehr als Wälder, Wälder so dicht und undurchdringlich, daß die Kronen eine einzige grüne Ebene bildeten, auf die die Wolken Schatten warfen. Waren die Tage dunstig, dann zerschmolzen die Wälder in den Himmel. Manchmal, wenn es ganz klar war, erblickte Woynok zwischen Himmel und Waldgrenze einen schmalen, ausgezackten, ihm völlig unbekannten Gebirgskamm. Woynok hatte in diesem Frühjahr nichts unternommen, um seine Kraft für etwas Neues zu sparen: durch die undurchdringlichen Wälder bis zu diesem Gebirgskamm vorzustoßen, wo es gewiß auch wieder Klöster und Dörfer, Brücken und Mühlen geben mußte.

Eines Nachts wachte Woynok in seiner Baumkrone auf. Er wußte nicht, was ihn geweckt haben konnte. Er kroch in eine andere Astgabel, aber er wurde sofort wieder geweckt. Tief unter ihm kratzte etwas am Baumstamm und winselte. Woynok wickelte Arme und Beine fester um die Äste. Er kannte in diesen Wäldern kein Tier, das derart erbärmlich zu winseln pflegte. Darum beugte er sich nochmals vornüber. Dieses gesträubte winzige Tier bedeutete gar nichts, falls es in Wirklichkeit überhaupt etwas so Klägliches gab. Und auch als Traum war es lästig und kläglich. Woynok schlief weiter; ihm träumte jetzt, Gruscheks Hündchen liefe so schnell um den Baum, daß seine Augen helle Kreise beschrieben. Plötzlich schnurrte es weg und war verschwunden. Jetzt schlief Woynok erst richtig. Da war es schon wieder, rutschte auf Bauch und Vorderfüßen und raunzte. Dann ging es den Baum mit Sprüngen an. Das machte Woynok im Schlaf lachen. Woynok hatte noch kaum begriffen, daß diese besessenen Sprünge gar nicht erlahmten, sondern jedesmal höher wurden, als er die Zähne von Gruscheks Hündchen schon am Fuß spürte.

Woynok war jetzt vollständig wach und kletterte hinunter. Gruscheks Hündchen brachte an seinem Hals eine Botschaft: Gruschek lag mit seinen Leuten hinter dem Wald von Marjakoy in einem der schluchtartigen Nebentäler des Kiruschkatals. Soldaten aus Marjakoy, Revesch und Doboroth hielten den Talausgang besetzt. Gruschek war also verloren, wenn ihm nicht Woynok half, so wie Woynok im Winter verloren gewesen wäre, wenn ihm nicht Gruschek geholfen hätte. Woynok verscheuchte den Hund mit einer Handvoll Eicheln. Er kletterte in seine Astgabel zurück. Wozu hatte ihm

Gruschek überhaupt diese Botschaft geschickt? Wozu war es nützlich für ihn, Woynok, zu erfahren, daß Gruschek jetzt zugrunde ging? Gruschek hatte ihn nie im geringsten gestört bei irgendeiner seiner ganz andersgearteten Unternehmungen; so daß Woynok jetzt weder Genugtuung spürte noch Erleichterung. Gruschek ging eben zugrund, so wie auch er, Woynok, oft nahe genug daran war, zugrund zu gehen, und vielleicht auch morgen zugrund ging. Sonderbar kam ihm nur vor, daß ihn Gruschek bei dieser Gelegenheit an seinen Aufenthalt im Winterlager erinnerte. Ebensogut hätten ihn die Wölfe hinter den Paritzkafelsen daran erinnern können, daß er rechtzeitig ihre Schlucht verlassen hatte. Woynok wünschte sich, es möchte schnell Tag werden, ein nicht zu feuchter, nicht zu dunstiger Tag, damit er den ausgezackten, ihm noch unbekannten Gebirgskamm hinter den Wäldern betrachten könnte. Er wollte an diesem vielleicht schon in der nächsten Minute beginnenden Tag nicht nur den Gebirgsabfall hinter sich bringen, sondern bereits ein Stück in die Wälder eindringen. Er ahnte aber auch schon, daß er keineswegs seinem Wunsch folgen würde, sondern Gruscheks Hündchen, in entgegengesetzter Richtung, sobald es Tag war.

Woynok soll Gruscheks Bande dadurch befreit haben, daß er an den Schwanz des Hündchens eine Lunte band. Die Soldaten sollen später in Revesch, Doboroth und Marjakoy erzählt haben, ein ganzer Schwarm feuerschwänziger Teufelchen sei den Räubern beigeflogen. Das ist alles lang und breit in vielen Geschichten und Liedern beschrieben worden. Für uns ist das Gespräch wichtiger, das Gruschek mit Woynok führte, als beide am Abend desselben Tages, Gesicht gegen Gesicht, etwas abseits von den andern auf der Erde saßen. Gruschek sagte: »Auf der ganzen Welt gibt es keine solche Bande wie die meinige – nichts, was sie nicht unternehmen könnte.« Er brach ab, als sei es jetzt an Woynok, etwas zu äußern. Aber Woynok verhielt sich reglos und blickte nur weiter in Gruscheks Gesicht. Gruschek erschienen Woynoks Augen noch immer klar und durchsichtig. Fand er doch wieder nichts anderes darin als sein eigenes Gesicht. Gruschek fuhr also fort: »Diese Soldaten werden gewiß mit Verstärkung wiederkommen. Ich bin alt, das ist es. Möchtest du nicht meine Bande an meiner Statt führen?« Woynok erwiderte: »Nein.«

Gruschek zeigte keine Enttäuschung. Er gab alle Anweisungen, um Woynok als Gast zu feiern. Woynok brauchte diesmal sein Gesicht nicht zu verbergen. Vielleicht, weil man doch nur ein mäßiges Sommerfeuer gerichtet hatte, vielleicht, weil ihn das alles nicht mehr überraschte – er blieb unter Gruscheks unausgesetztem Blick aufrecht und unbewegt. Er legte sich erst nieder, als Gruschek sich selbst ächzend neben ihm ausstreckte. Das Fest wurde zunächst noch lauter, dann fiel es plötzlich zusammen mit dem Feuer, bis auf das I-i-i-i der Ziehharmonika und die glimmende Asche, die man jeweils für den kommenden Abend bewahrte. Woynok glaubte, Gruschek schliefe schon längst, doch Gruschek hatte das von Woynok keinen Augenblick geglaubt. Gruschek verstand sich genug auf Menschen, um zu wissen, daß man zuweilen keine Geschenke braucht, um etwas bei ihnen zu erreichen. Man braucht nicht die schönste Tochter des Großbauern von Marjetze Upra zu entführen; man braucht keine Zigeunermädchen aus

Doboroth kommen zu lassen, man braucht nicht einmal etwas zu versprechen; auch Drohungen sind ganz überflüssig. Das klägliche I-i-i-i einer Ziehharmonika kann einem Herzen den Rest geben, wenn ihm alles andere vorher gegeben wurde. Plötzlich sagte Gruschek: »Wirst du, Woynok, wenn ich dich jetzt selbst darum bitte, uns wenigstens aus dem Kiruschkatal herausführen?« – Woynok wartete einen Augenblick, um seine Überraschung zu verbergen, daß Gruschek doch noch wach war. Dann sagte er: »Ich werde euch oberhalb der Kiruschkafälle in der Richtung auf Preth führen.«

Woynok führte Gruscheks Anweisungen ohne Abweichungen und ohne Unterwürfigkeit aus, etwa so, als biete ihm Gruscheks Bande endlich Gelegenheit, seine eigenen Pläne im großen zu verwirklichen. Auf dem Zug durch die Kiruschka oberhalb der Wasserfälle überfiel er mit Gruscheks Räubern ein reiches Dorf, in dem gerade der Stephanstag gefeiert wurde. Sie überwältigten mühelos die betrunkene Bauernschaft. Am Abend desselben Tages, den die Mönche zu Ehren ihres Schutzpatrons ausläuteten, überfielen sie auch das Bergkloster St. Stephan. Sie brannten es bis auf den Felsen nieder. Nachts sind dann die Mönche auf die andere Gebirgsseite gezogen und haben dort über Revesch noch vor Sonnenaufgang das neue Stephanskloster gegründet über dem Schrein mit der Pfeilspitze, den ihr Abt noch gerettet hatte.

In den Dörfern von Preth bis Doboroth verbreitete sich die Nachricht, daß Woynok in Gruscheks Bande eingetreten war. Glasig wurden die Augen der Bauernkinder, wenn sie nachts in den Bergen in einem ausgebrannten

Gehöft die Räuber schreien hörten oder zu hören glaubten. Anders als je faßten dann die Bauern ihre Weiber.

Als die Regenzeit anbrach, führte Woynok die Bande tief in die westlichen Kiruschkawälder. Wie hatte früher der Regen gerauscht, wenn sich Woynok ins Laub hineingewühlt hatte, der einzige lebende Mensch im Wald zwischen Revesch und Doboroth. Was war denn das für ein Regen in diesem Herbst, wenn die Lieder von ein paar Räubern, wenn die alten ächzenden Atemstöße Gruscheks genügten, um sein Rauschen zunichte zu machen?

Eines Abends erblickte Woynok in der Luft ein paar Schneeflocken. Sie wurden sofort durchsichtig und zerfielen. Woynok sah sich rundum, als sei es nun auch an den Gesichtern, durchsichtig zu werden und zu zerfallen. Er stieß dabei auch auf Gruscheks Gesicht, das wie immer genau gegen das seine gerichtet war, in gespannter Eindringlichkeit, die kein falsches Vertrauen minderte. Gruschek merkte an diesem Abend zum erstenmal, daß Woynoks Blick nicht mehr klar war, sondern wie alle Blicke getrübt von unerfüllt gebliebenen oder sogar unerfüllbaren Wünschen. Gruschek hätte gar gern diese Wünsche gekannt. Woynok hatte aber im Augenblick nur einen einzigen Gedanken. Er fragte sich, welche Vorkehrungen Gruschek bereits getroffen haben mochte, um sich und seine Leute vor ihm, Woynok, zu schützen.

Als der Winter zu Ende war – und der war eigentlich schon zu Ende, als Woynok noch gespannt auf seinen Anbruch wartete –, zog die Bande auf Gruscheks Vorschlag, der aber durchaus mit Woynoks Wünschen zusammenfiel, nach dem Ostabfall der Kiruschka zurück. Sie schlug ihr Lager bei jenem Punkt auf, den Woynok im vorigen Frühjahr gewählt hatte, als Gruscheks Hündchen ihn aufspürte. Wie ein Vogelnest klebte das Lager an dem äußersten Gebirgsrand.

Mit Menschenaugen war die Weite der Wälder nicht abzuschätzen, die schwärzer wurden, je blauer der sommerliche Himmel. Wenn wirklich das Ausgezackte hinter den Wäldern ein neuer Gebirgskamm war und nicht etwa doch ein Wolkenstreifen, dachte Woynok, dann mußte dort alles vollständig verschieden sein von dem, was es hier gab. In der Nacht, als die Räuber schliefen, entfernte sich Woynok vom Lager, um sein altes Vorhaben endlich auszuführen. Er kletterte die Bergwand hinunter und versuchte, allein in den Wald einzudringen. Der Geruch und die Dunkelheit betäubten ihn. Eine jede seiner Bewegungen schien sich in die Unendlichkeit fortzupflanzen; als zucke der Wald zusammen über dem Splitter, der in ihn eingedrungen war. Woynok kletterte auf einen Baum, um die Richtung nachzuprüfen. Kaum daß er sich vom Gebirgsabfall entfernt hatte. Von der Unendlichkeit der Wälder war noch so wenig genommen wie von dem ausgestirnten Himmel. Aber ganz nahe, einen Katzensprung weg, glühte das Lagerfeuerchen auf dem Abhang.

In dieser Nacht drang Woynok nicht mehr tiefer in die Wälder ein, sondern kehrte zu Gruscheks Lager zurück. Gruschek war recht zufrieden, als Woynok tags darauf das Lager abbrechen ließ. Die Zeit der Hauptunternehmungen war angebrochen.

Woynok hatte inzwischen den Entschluß gefaßt, Gruscheks Bande zu vernichten mit Stumpf und Stiel, so wie man etwas vernichtet, was man auch im Traum nie mehr erblicken, woran man nie mehr denken will.

Woynok führte die Bande in scharfem Zickzack durch die Kiruschka und durch die Prutka. Angesengte Dörfer ließ man zurück, ausgeplünderte Pilgerzüge, verkohlte Gehöfte. Schließlich brachte Woynok die Bande zur Rast und zum Beutesichten in die westliche Prutka, zwischen die obere und untere Wolfsschlucht, in den Spalt zwischen den beiden Paritzkalfelsen, den Ort des vergangenen Winterlagers. Jetzt war der Spalt bis auf Mannshöhe mit dem warmen, trockenen Laub der Paritzka-Eichen aufgefüllt. Die Räuber wühlten sich hinein und schliefen. Woynok legte eine Lunte durch das Laub, verrammelte den Ausgang und zündete die Lunte von außen an. Dann lief er weiter – brachte in wenigen Stunden die ganze Prutka hinter sich. Er dachte nicht mehr an Gruschek und seine Bande und vergaß ihn. Auf einem Felsvorsprung hinter dem Schwesternberg, von dem die Kiruschkafälle herunterkommen – aber die Regenzeit hatte noch nicht begonnen und die Fälle donnerten noch nicht, sondern plätscherten –, legte sich Woynok schlafen. Er wachte von einem Winseln auf. Als er abwehren wollte, was an ihm schnupperte, konnte er die Hand nicht bewegen. Er öffnete seine Augen und erblickte Gruscheks Hündchen. Gruschek selbst blickte auf den gefesselten Woynok hinunter und lachte und sagte: »Jetzt hast du doch fast ein ganzes Jahr in unserer Mitte gelebt, Woynok; aber du hast immer noch nicht verstanden, was eine Bande ist. Du hast den Paritzkaspalt angezündet, ich aber habe den Räubern befohlen, einer auf die Schultern des anderen zu steigen. Die untersten Sprossen dieser Leiter sind freilich verkohlt, aber die meisten von uns sind doch, überzeuge dich selbst, auf diese Weise entkommen.«

Gruschek ließ den gefesselten Woynok neben sich her durch die Prutkaberge zurücktragen. Während sein Hündlein an Woynok herumhüpfte, raunzend und winselnd in einem Gemisch von Kläglichkeit und Wiedersehensfreude, fuhr Gruschek fort, seinen Gefangenen zu belehren: »Diese Leiter mußte natürlich schnell errichtet sein. Trotzdem ist mir mein alter Kopf klar geblieben; habe mir ganz genau überlegt, wen ich zur unteren Sprosse mache, wen zur mittleren, wen zur oberen, wen ich vor allen Dingen hinaufklettern lasse. Lieber Woynok, wie dir bekannt ist, haben oft handfeste Burschen aus den Prutka- und Kiruschkadörfern den Weg zu unserem Lagerfeuer gefunden. Auf den Knien haben mich diese Burschen angefleht, ich möchte ihnen erlauben, bei uns das Räuberhandwerk zu erlernen. Zuverlässige starke Burschen, eine Freude, sie bloß anzusehen. Mehr als vierzig darf aber eine Bande auch nicht haben – ausarten darf das ja auch nicht. Im geheimen habe ich oft bedauert, daß ich nicht manchen ganz einfach mit diesem oder jenem meiner Leute austauschen konnte, der abgeknabbert war und bereits entbehrlich. So was habe ich aber niemals verlauten lassen, natürlich nicht, man soll immer nur klare Anweisungen für notwendige Unternehmungen geben – bloße Wünsche und unausgegorene Pläne soll man für sich behalten. Darin, Woynok, sind wir beide uns ja auch einig.

Aber gestern, als deine Lunte eine Lücke in meine Bande riß, habe ich wieder an diese frischen, tatdurstigen Bauernburschen denken müssen, und da war es in meiner Macht gelegen, die Lücke dorthin zu verschieben, wo Auffrischung längst not tat. Wie du siehst, Woynok, hast du uns sogar gestern eher Nutzen als Schaden gestiftet.«

Unterdessen waren Gruschek und seine Leute mit ihrem Gefangenen bei der unteren Wolfsschlucht angelangt. Dorthin hatte die Bande zunächst ihr Lager verlegt. War doch die Schlucht erst nach dem Schneefall von Wölfen bevölkert. Gruschek ließ Woynoks Fesseln aufknoten. Er zeichnete ein kleines Kreuz auf die Erde und hieß Woynok sich daraufstellen. Dann befahl er den Räubern, ihre Flinten zu laden und einen Kreis um Woynok zu schließen.

Das ganze Jahr über, das Woynok in ihrer Mitte verbrachte, hatten die Räuber nie mehr über Woynok nachgedacht. Man könnte sagen, daß sie ihn vergessen hatten. Jetzt aber, nach so langer Zeit, war endlich wieder ein Raum zwischen ihm und ihnen, der Raum zwischen seiner Brust und den Mündungen ihrer Gewehre. Er war wieder der Woynok von früher, der sich höchstens einmal im härtesten Winter dem Lager nähert, auf dessen Spur man zuweilen stößt oder nur zu stoßen glaubt. Ob die Räuber doch auf Gruscheks Befehl schießen werden? Aber Gruschek befahl es ja gar nicht. Er schob sich in den Kreis hinein, stellte sich vor Woynok hin und sagte: »Geh zum Teufel, Woynok, aber geh! Laß dir nie mehr auch nur im Traum einfallen, unseren Weg zu kreuzen. Laß dich nie mehr in deinem Leben bei uns blicken!«

Woynok hatte noch kein Wort gesprochen, seit er auf dem Schwesternberg gefesselt aufgewacht war. Er erwiderte auch jetzt nichts. Seine Augen waren klar und durchsichtig. Schweigend verließ er den Kreis, der hinter seinem Rücken sogleich auseinanderfiel. Schon hatte er die Wolfsschlucht verlassen. Er dachte nicht mehr an Gruschek und seine Bande und vergaß ihn. Ein paar Räuber liefen auf einmal an den Rand der Schlucht, aber Woynoks Spur war schon verdeckt von dem unablässigen ungeheuren Laubfall der herbstlichen Prutka.

Von diesem Tage ab begann eine neue Zeit, die man nie für möglich gehalten hätte. Sie wäre auch vordem nicht möglich gewesen und wurde auch später nie mehr möglich. Sie dauerte etwas über ein Jahr. Während dieses Jahres weitete sich die fälschlich für eng gehaltene Welt zu dem unendlichen Raum, die Prutka weitete sich, und es war Platz für Woynok und Gruschek. Wer hätte in diesem Jahr behaupten können, einer sei dem anderen überlegen? Wenn wirklich einer in diesem Jahr Woynok den Vorzug gab, dann konnte man aus diesem Urteil gar nicht auf Woynok schließen, sondern nur auf den Urteilenden.

Niemals war so viel in den Dörfern über Woynok und Gruschek erzählt worden; Gruschek aber verbot seinen Leuten nach jenen Ereignissen, Woynoks Namen auch nur zu erwähnen. Alle verstanden, daß das das Geringste war, was Gruschek fordern durfte.

Den nächstfolgenden Winter verbrachte die Bande in einem neuentdeckten Felsspalt hinter dem Schwesternberg. Ausgeschickte Wachen hörten von einem Köhler, Woynok sei umgekommen. Nicht einmal weit weg, sondern nur ein paar Stunden weit, nicht einmal vor langem, sondern erst gestern. Er war eines kläglichen Todes gestorben. Jäger aus Doboroth waren mit neuartigen, unbekannten Fallen in die Prutkadörfer gekommen. Woynok war mit dem Fuß in eine solche Falle geraten, und sie war zugeschnappt. Erst als er die Nacht über festgeklemmt und nahezu erfroren war, hatten sich Bauern an ihn herangewagt und ihn mit Stöcken totgeschlagen. Diese Botschaft brannte zuerst den ausgeschickten Wachen, dann den Räubern auf der Zunge. Sie konnten nicht länger an sich halten und brachen Gehorsam und Schweigen. Gruschek merkte aus ihren Mienen und ihrem Flüstern, was geschehen war. Da tat er genau das, was seine Räuber von ihm erhofften. Er setzte sich zwischen ihnen nieder, rang die Hände, daß es knackte, weinte laut und klagte. Alle klagten mit ihm in schmerzhafter Erleichterung.

Über das frisch geschürte Feuer klagte man, was man von Woynok wußte, in einer Art freudiger Verzweiflung. Weil er tot war und weil es doch immerhin seinesgleichen gegeben hatte. Alle klagten, bis sie erschöpft waren und einschliefen.

Mitten in der Nacht rief die am Rand der Schlucht aufgestellte Wache, Woynok sei gekommen. Oberhalb der Bergwand schien sich der Nebel zu verdicken. Woynok näherte sich dem Lager mit unendlicher Langsamkeit. Die Räuber krümmten sich um das niedergebrannte Feuer. Die Hand, die noch rasch einen Scheit hineinwerfen wollte, erstarrte schon vor Grauen und Kälte. Denn ein Luftzug eisiger Kälte flog von Woynok weg und flatterte um die Schläfen der Räuber. Woynok aber, der diese Kälte verbreitete, schien selbst nicht zu frieren. Er setzte sich auf die Erde nieder, außerhalb des Feuerkreises. Er glich dem Woynok von früher soviel, wie ein Toter einem Lebenden gleichen kann.

Da ermannte sich Gruschek, begrüßte Woynok, setzte sich ihm gegenüber auf die Erde, Gesicht gegen Gesicht, und redete ihn an: »Lieber Woynok, warum hältst du dein Versprechen nicht? Warum bist du noch einmal zu uns gekommen?« Woynok erwiderte nichts. Als die Räuber Gruscheks Stimme hörten, beruhigten sie sich ein wenig, sie bewunderten ihren Gruschek, wie er mit aller Art Menschen umgehen konnte, sogar mit toten, und sie wiegten sich in Sicherheit. Gruschek fuhr fort: »Kannst du nicht einmal jetzt halten, was du versprochen hast? Was willst du denn noch bei uns? Wir haben dich nur um eine einzige Kleinigkeit gebeten, aber nicht einmal diese winzige Bitte willst du uns erfüllen.« Woynok regte sich nicht, Gruschek fuhr fort: »Obwohl du nur ganz kurze Zeit mit uns gelebt hast, obwohl diese Zeit bei uns kein besonders gutes Andenken hinterließ, haben wir dich doch heute beklagt, als ob du dein ganzes Leben unzertrennbar mit uns verbracht hättest. Hör mal, Woynok: Woynok ist hinter dem Schwesternberg von den Bauern mit Stöcken erschlagen worden. Nie hat es noch einen solchen Räuber gegeben, nie wird es mehr einen solchen geben. Was ist Gruschek gegen Woynok? Gruschek ist alt; wenn seine Hände morgen herabsinken, dann wird seine Bande nach allen Richtungen auseinanderlaufen.«

Gruschek stemmt die Arme in die Hüften, er wiegte seinen Oberkörper, und seine trockenen Knochen knirschten.

Warum bin ich nur hergekommen? dachte Woynok. Warum habe ich noch einmal diesen furchtbaren Weg durch die Berge zurückgelegt? Ich könnte längst meine Ruhe haben, ich könnte längst zugeschneit sein.

Die Räuber wiegten sich rasch hin und her, wobei ihre Köpfe manchmal aneinanderstießen. Sie fürchteten sich jetzt kaum mehr, als ob sie begriffen hätten, wie wenig ein Toter gegen soviel Lebende ausmacht. Sie vergaßen ihren Gast. Doch ihre Klagen folgten so reich und dicht, daß man sich wundern mußte, wieviel selbst ein rasch geendetes Leben gefaßt hatte.

Woynok war viel zu schwach, um an das Feuer heranzurücken. Wer hätte auf den Gedanken kommen sollen, ihn hinzuziehen? Je eher die Kälte sein Herz zerknackte dachte Woynok, desto besser, je eher sein unnützes, bis auf die Knochen eingerissenes Fleisch erstarrt war. Er hob ein wenig den Kopf. Einen Augenblick lang über dem Feuer entstand ein Leben, jung und verlockend, das reinste Räuberleben, kühn und glücklich. Woynok dauerte dieses Leben, das rasch zu Ende ging mit dem stürmischen Lied und mit dem übermäßig geschürten Feuer. Man hatte alle Scheite auf einmal hineingeworfen.

Gruschek verstummte zuerst, er hatte bemerkt, daß der Gast fort war.

Am Morgen fanden die Räuber die frische Spur, in der Nacht ausgetreten. Gruschek tröstete sie: Er kann ja nicht weit gekommen sein. Er erhob sich ächzend; er stand jetzt schon immer schwer auf von seinem Nachtlager, als ob ihn die Erde gleich behalten wollte. Er wußte aber, was er der Bande schuldig war. Er machte sich auf mit seinen besten Leuten. Sie fanden Woynok auch bald. Er hatte sich mit dem Kopf in den Schnee eingewühlt. Sie fragten Gruschek: »Soll man ihn im Lager begraben?« Gruschek erwiderte: »Das geht zu weit.« Sie legten Woynok dann einfach mit dem Gesicht nach oben und deckten ihn mit Schnee zu. Das war schnell getan.

»Ich? Nie! Kein einziges Mal!« sagte der Jüngste. »Dabei bin ich bereit, mein Leben dafür herzugeben!«

»Daß du das meinst, ist nichts Merkwürdiges. Was tut auch die Jugend nicht alles für ihr Leben gern. Um was ist die Jugend nicht alles bereit, ihr Leben anzubieten oder doch die Hälfte ihres Lebens oder den besten Teil ihres Lebens. Nachher, wenn sich der Wunsch erfüllt hat, will sie nicht beim Wort genommen werden. Und sie hat sogar recht. Ist ein Betrug nicht des andern wert? Das Merkwürdige aber an deinem Wunsch, Kleiner, besteht darin, daß man auch nachher noch bereit ist, wenn dieser Wunsch erfüllt wurde. Auch nachher denkt man: Ja, das ist es wert gewesen, ja, das war es, wofür ich bereit war, mein Leben herzugeben. Und man fühlt sich noch knauserig, weil man kein zweites Leben hergeben kann.«

Alle Augen suchten durch den beißenden Rauch das Gesicht des alten Jägers. Ein Wunder, daß er überhaupt einmal sprach und nun gar solche Worte. Man erfährt ja nur, was die Menschen erregt, nie, was sie zum Verstummen gebracht hat.

Der jüngste Jäger fragte geradezu: »Ist das wahr, daß du sie wirklich einmal gesehen hast? Man behauptet das.«

Alle erschraken. Noch nie hatte jemand gewagt, den alten Mann *danach* zu fragen. War diese Frage nun kühn, weil sie das Schweigen bricht, an dem der Ungefragte ersticken kann, oder war sie bloß tölpisch? Der alte Jäger erwiderte nichts. Er stocherte im Feuer herum – vielleicht war er wieder auf einige zehn Jahre verstummt.

Der junge Jäger legte den Kopf zurück und sah in die Luft. Wenn man lange hinaufsah, machte einen der Abzug des Rauches schwindlig. Man fühlte sich selbst unterwegs nach oben. Unermeßlich schien der Rauchfang, weil er so eng war und sofort in den Himmel zu führen schien, sobald ein Windstoß den Schwaden vom Dach abdrückte.

An einer Querstange über dem Feuer hing ein Gefäß zum Wasserwärmen. Es schwankte fortwährend ein wenig an seiner langen Kette. In kurzen Abständen stieß ein heftiger Wind den Regen gegen die Ostwand, und nicht nur Zweige, auch Äste stießen dagegen und knackten ab, als drängte der Wald das Haus fort.

Die Hunde drückten die Schnauzen auf die Knie und Füße der Männer, bis auf einen, der etwas abseits vom Feuer lag mit abgestreckten Beinen. Sie verhielten sich alle ruhig; sie waren an den Wind gewöhnt. Der Hund des jüngsten Jägers hing mit seinen fast goldgelben, fast leuchtenden Augen an dem Gesicht seines Herrn, als hätte er nur diesem Menschen zuliebe seine Wölfischkeit abgelegt.

Das Feuer brannte unruhig mit scharfem Rauch. Die Wände waren fast schwarz. Nur ein wenig Kupfer glomm am Türschloß. Diese Tür sah aus, als sei sie einem ganz anderen Haus entnommen. Ihre kunstvoll ausgeschnitzten Leisten waren aus einem Holz, das gar nicht hier im Wald wuchs. Weil der Rauch bloß die Oberflächen schwärzte und nicht in die Fugen der Schnitzerei eindrang, war ein helles, flüchtiges Muster in diesen Leisten entstanden, ganz anders und zarter, als es der Schnitzer je geplant hatte. War das der Wirt selbst gewesen? Hatte der Wirt vor unzähligen Jahren diese Tür auf den Schultern in den Wald geschleppt, nachdem ihm das zugehörige Haus eine Feuersbrunst zerstört hatte oder ein weniger loderndes, aber nicht minder gründliches Schicksal? Jetzt allerdings waren Wirt und Wirtsfrau grob und mürrisch im Umgang, mißtrauisch, aber zuverlässig, wie geboren, wie vorbestimmt für ihre Waldschenke, die nur von Jägern aufgesucht wurde und ein-, zweimal im Jahr von Fremden, die die Jäger gegen Entgelt auf die andere Seite des Waldes brachten. Eine zweite, schmale, fast unsichtbare Tür führte durch die Rückwand nur zum Brunnen. Er war zugleich die Tränke für allerlei Wild.

Die niedrige Kammer – sie diente den Wirtsleuten zum Schlafen – stieß ohne besondere Tür an den vom Rauchfang überwölbten Hauptraum. Jetzt saß dort hinten die Wirtsfrau und beaufsichtigte die neue Magd. Man hatte sich leider eine aus dem nächsten Dorf beschaffen müssen, weil Hand- und Fußgelenke der Wirtsfrau von Gicht geschwollen waren; der Wirt war der Neuen gestern einen halben Tag entgegengegangen.

Geschwätzig war sie nicht. Auch die Wirtin hörte man bloß seufzen. Offenbar gab dieses Mädchen weder Anlaß zum Schelten noch zum Loben. Ihre Arbeit konnte im Dunkeln getan werden, wenn die Hände noch in der Dämmerung eingeübt wurden. Sie zupfte Roßhaar, um der kranken Wirtsfrau den Bettsack zu füllen.

Plötzlich sagte der alte Jäger: »Ja, ich habe sie gesehen, die das sagen, lügen nicht.« Er sagte das im Ton eines Geständnisses. Er hatte seit der Frage des Jungen mit sich gekämpft. Was es doch bedeutet, sein Geheimnis preiszugeben! Den letzten Stolz! Man gibt alles zu, und von einer Sekunde zur andern wird das Leben leicht und arm. Wahrscheinlich war jetzt sein wahres Gesicht unter all den Struppeln von tiefer Blässe überzogen. Er schwieg, er erwartete einen Sturm; aber seine Gefährten schwiegen mit ihm. Sie hatten ja sein Geheimnis längst gekannt. Man nannte ihn ja geradezu »den alten Jäger, der sie gesehen hat«.

Ein Luftzug trieb aus der Kammer eine Handvoll Roßhaarbüschel; ein paar fielen auf das Feuer, zischten und verkohlten. Die Hunde wurden unruhig. Der Junge nahm ein Büschel zwischen die Finger und zwirbelte es ein wenig. Er drehte sich kurz um. Von der Magd war nichts zu sehen, sie saß im Dunkeln. Der junge Jäger drehte auch gleich wieder sein Gesicht dem Feuer zu, er atmete schneller. Von allen Mädchen, die er sich jemals ausgedacht hatte, konnte die beste dort in der Dunkelheit sitzen, endlich zum Greifen nahe.

Der alte Jäger legte auf jedes Knie eine Faust. Er begann: »Also, ich will euch jetzt erzählen. Es war so –« Seine vier Gefährten sahen ihn an. Der Junge vergaß das Mädchen in seinem Rücken. Der einäugige Jäger kniff sein helles Auge zu. Sogar der hübsche Freche links neben dem Alten, der immer aussah, als betrachte er gerade sein Spiegelbild – er fand auch wirklich an jedem Ort die unwahrscheinlichsten Spiegel, den blanken Deckel eines Topfes, das fein beschlagene Halsband seines Hundes, die Scheide eines Messers –, schien sich von seinem Abbild loszureißen. Als der Alte wieder stockte, gab ihm der kleine pfiffige Jäger, der rechts von ihm saß, einen Puff mit dem Ellenbogen –

»Es war ein Abend wie heute. Wir hatten das Dorf an einem schönen Spätsommertag verlassen. Der Herbst kam plötzlich, von einer Stunde zur andern. Ich weiß noch, wie der Himmel auf einmal ergraute. Es sah zuerst aus wie gewöhnliche Dämmerung, nur ein klein wenig zu früh. Wie wir uns umdrehten, waren die beiden Täler, die in einem spitzen Winkel aufeinanderstießen, mit all ihren Höfen und Dörfern und Bienenstöcken in ungewöhnlicher Deutlichkeit unter uns. Als sollte einem noch mal alles genau gezeigt werden, bevor es von einem Regenguß verhängt wurde. Man konnte sogar das Vieh zählen, das drüben weidete. So nahe war alles, als wären wir nicht einen halben Tag, sondern eine halbe Stunde gestiegen.«

»Ja«, sagte der kleine Jäger rechts neben ihm, »so war es. Ich habe nie mehr daran gedacht. Jetzt fällt es mir wieder ein. Es war so.« Wie alle ergrauten Rothaarigen sah er aus, als sei er zuerst grauhaarig gewesen, und nachher hätte sein graues Haar Rostflecke bekommen.

Der alte Jäger starrte ihn an. »Ach ja – – du warst ja dabei.« Er hatte völlig vergessen gehabt, daß dieser kleine pfiffige Jäger alles mit erlebt hatte. Er hatte sich all diese Jahre eingebildet, er lebe allein mit seiner Erinnerung, ohne Zeugen. »Wir erreichten gerade noch den Wald, als der Regen anfing.«

Der kleine Jäger nickte. »Wir machten uns eine Hütte zurecht. Wir waren acht Leute, der Knabe natürlich nicht mitgerechnet. Er rannte zuerst immerzu mit den Hunden herum, die sich rasch an ihn gewöhnt hatten. Ich werde auf diesen Knaben nachher zu sprechen kommen. Wir machten uns gleich ein Feuer an. Es brannte aber schlecht, weil wir kein trockenes Holz hatten. Wir besprachen die Jagd. Der Regen war zu früh gekommen und zu stark. Das verdroß uns. Schließlich hatten wir alles durchgesprochen. Wir aßen ein wenig.

Der Knabe, der mit uns gekommen war, hatte sich alles angehört, wobei seine runden, dunklen Augen immer rasch den ansahen, der gerade sprach. Er war ein aufgeweckter, kräftiger Knabe. Er hatte das ganze Jahr über seinem Vater zugesetzt, er möchte ihm doch erlauben, ein einziges Mal mit den Jägern zu gehen. Gestern hatte der Vater zum erstenmal nachgegeben. Als jetzt der Knabe an meinem Mund hing mit seinen glänzenden, etwas hervorstehenden Augen, da dachte ich bei mir: Über was ist er denn entzückt, was macht ihn denn so glücklich? Und ich neckte ihn. ›Ist es nicht langweilig? Willst du nicht lieber heimlaufen?‹ Er schüttelte den Kopf. Wir hatten dem Vater versprochen, gut auf ihn achtzugeben. Jetzt gaben wir ihm vor allen Dingen tüchtig zu essen. Dann war es so: Wir kauten langsam und sprachen fast nichts mehr. Mein Blick fiel wieder auf den Knaben. Er hatte ja schon den ganzen Tag vor Vergnügen gestrahlt. Jetzt aber sah er so aus, als sehe er etwas, was er sich nicht einmal im Traum vorgestellt hatte. Ich weiß noch, mir kam es sogar ein wenig komisch vor. Der Knabe kaute, seine Backen waren dick voll, und währenddessen starrten seine weit aufgerissenen Augen – Ich drehte mich unwillkürlich um nach dem, was er anstarrte. Da saß *sie* hinter mir. Sie saß auf dem Boden auf einem flachen Stein; die Arme um ihre hochgezogenen Knie. Wahrscheinlich hatte sie schon lange da gesessen – –«

Der kleine Jäger sagte: »Sie saß schräg hinter dir.«

»Ja, sie saß hinter mir. Sie sah aus, sie sah aus – Sie sah so aus, daß sie bei uns vollkommen sicher gewesen wäre, auch wenn sie keine Göttin gewesen wäre, sondern nur ein gewöhnliches Mädchen. Auf graden Schultern den schmalen, zarten Hals, in ihrem Gesicht die Ruhe vollkommener, unverletzbarer Sicherheit. Zu ihrem Schutz braucht es keines Zaubers, keiner bösen Verwandlungen. Alles, was man darüber erzählt, sind Märchen, von solchen ausgedacht, die sie nie gesehen haben können. Kein Mensch käme je auf den Gedanken, auch nur ihr Handgelenk zu umfassen. Einen solchen Menschen gibt es gar nicht. Sie saß also schräg hinter mir. Ich glaubte, jetzt sogar noch ihren Atem zu spüren.

Ich wagte nicht, mich ein zweites Mal umzudrehen. Sie saß ja da, als wollte sie jeden Augenblick aufspringen. Die Hunde hatten bei ihrem Kommen nicht angeschlagen. Sie schnupperten gar nicht; sie waren eher schläfrig. Ich saß also ganz steif da. Ich merkte nur dem Gesicht des Knaben an, daß sie immer noch da war. Ich weiß noch, wie ich dachte: Welch ein Glück hat dieser Bengel! Was hab ich nicht alles getan mein Leben lang, um sie ein einziges Mal zu sehen. Oft hab ich mein ganzes Wildbret im Wald zurückgelassen. Oft hab ich die besten Stücke geopfert und ihren Namen geschrien, auf den Knien bin ich gerutscht, an den Bäumen habe ich mir meinen Kopf angeschlagen, gerannt bin ich, bis mir der Atem ausging – und dieser Bengel geht zum erstenmal mit und sieht sie. Natürlich hatten sie alle anderen inzwischen auch gesehen – –«

Der kleine Jäger sagte: »Wir hatten gar keine Furcht. Wir sprachen sogar weiter.«

»Sie sprach nur eben dazwischen. Sie fragte den Jungen: ›Gefällt es dir?‹ Er schluckte den letzten Bissen, er sagte: ›Ja.‹ Sie fragte: ›Ist alles genau so, wie du es dir gewünscht hast?‹ Er sagte wieder: ›Ja.‹ Ich sah dann später seinem Gesicht an, daß sie weggegangen war. Derselbe Tag war noch nicht zu Ende, als das Unglück geschah. Das Unglück, das mein ganzes Leben verändern sollte. Der Knabe war selbst daran schuld. Er machte Dummheiten, obwohl er seinem Vater versprochen hatte, uns zu gehorchen. Er hörte nicht mehr auf unsere Warnungen. Die Jagd, der nächtliche Wald stiegen ihm zu Kopf. Er kletterte überall herum. Wir verloren ihn aus den Augen. Er geriet in die Wildbahn. Ich war es, der ihn traf.

Man hat aus Ästen eine Bahre gemacht. Die Jagd ist abgebrochen worden. Ein Bote ist vorausgeschickt worden. Als ich als letzter herunterkam, hörte ich schon am Rand des Dorfes die ununterbrochenen Schreie des Vaters. Bei seinen Klagen gefror mein Blut, und mein Haar erbleichte. Ich weiß nicht, wie ich durch seine Tür gekommen bin. Wahrscheinlich durch die Tritte und Stöße der Nachbarn, die mich auf der Gasse mit Verwünschungen empfingen. Ich fiel vor dem Vater nieder und bot ihm mein Augenlicht an und meine rechte Hand oder mein ganzes Leben. Er aber, der Vater des Knaben, brach bei meinem Anblick in seinen Klagen ab. Er hob mich vom Boden auf. Er ließ Essen für sich und mich bringen. Er sagte ruhig und mit gewöhnlicher Stimme, alles, was geschehen war, sei das Schicksal des Kindes und mein Schuß nur der Anlaß; ich selbst bedeute bei alledem nicht viel mehr als das Federchen, das den Pfeil eher schmückt als beschwingt. Ich überschätze mich doch sehr mit meinen Selbstanklagen, mit meiner maßlosen Verzweiflung.

Bei seinen Worten waren die Menschen verstummt, die sich in der Tür zusammendrängten. Sie verwünschten mich auch nachher nicht mehr, sondern behandelten mich mit einer Art Ehrerbietung. Er aber, der Vater, als ob es an ihm sei, mich zu trösten, zählte mir noch an den Fingern auf, nicht, was dem Kind verlorengegangen war, sondern was ihm erspart geblieben. Und wir erblickten eins in des andern Augen alle unvermeidbaren Schrecken des Lebens –«

Die schmale Nebentür wurde aufgerissen. Der Wind schlug den Rauch gegen den vorderen Teil des Raumes. Ein paar Roßhaarbüschel flogen zum Feuer. Die Hunde schnappten danach. Der Wirt hielt die Tür mit dem Fuße auf. Der Wind ließ wohl einen Augenblick nach: Der Rauch konnte langsam in einem dicken Schwaden durch die Nebentür abströmen. Die vorige Nacht hatten ein paar klappernde Bretter dem Wirt die Nachtruhe geraubt. Er wollte sie heute rechtzeitig festnageln. Er rief nach seinem Werkzeug. Der junge Jäger drehte sich um, aber er hatte den Augenblick verpaßt: Die Magd war schon aufgestanden. Sie ging mit abgewandtem Gesicht zur Tür, um den schlafenden Hund herum. Das Tuch, das ihr Haar bedeckte, war unter dem Kinn zusammengeknüpft; ihr Kleid war aus überaus grobem Stoff, in dicken Falten. Der Junge heftete seinen Blick auf ihre schmalen, nackten Fersen, die sich bei jedem Schritt aus dem plumpen Schuhwerk hoben. Sie brachte dem Wirt sein Werkzeug; der schloß die Tür. Das Mädchen ging in den vorderen Teil des Raumes, mit vielleicht absichtlich weggedrehtem Gesicht. Sie bückte sich und kehrte mit beiden Händen die Roßhaarbüschel zusammen. Dann setzte sie sich an ihren Arbeitsplatz.

Der junge Jäger setzte sich schräg. Der Hund stemmte sich auf die Vorderbeine, um sein Gesicht zu betrachten.

Da fuhr der Alte fort, und der Junge setzte sich gleich wieder, wie er vorher gesessen hatte, damit er ihm auf den Mund sehen konnte. Der Hund legte den Kopf wieder zwischen die Vorderbeine.

»Niemand sagte mir ein böses Wort. Allerdings auch kein gutes. Man verstummte, wenn ich wo dazukam. Auch ich verstummte mit der Zeit. Mit wem hätte ich schließlich auch reden sollen und worüber? Ich glaube, es waren schon zwei Jahre vergangen oder drei. Da kam ich, fast durch Zufall, an den Ort zurück, an dem wir damals alle zusammen gesessen hatten. Ich konnte mich noch erinnern, wo jeder einzelne von uns gesessen hatte. Hier hatte ich gesessen. Schräg hinter mir – Es wird euch unbegreiflich sein. Mir auch. Ich hatte seit dem Unglück nicht mehr daran gedacht. Sie war sozusagen meinem Gedächtnis entglitten wie irgendein beliebiges Mädchen. Vom Augenblick des Unglücks an hatte mein Leben neu begonnen auf eine furchtbare Art. Was vorher geschehen war, hatte nicht mehr gezählt. Jetzt fiel es mir erst wieder ein. Fast neben mir hatte sie selbst gesessen auf diesem flachen Stein; die Hände um ihre hochgezogenen Beine, das ruhige Gesicht geradeaus. Sie war durch die Wälder gerannt, hier hatte sie sich ein wenig ausgeruht, dann war sie weitergerannt. Das war alles. Wie war es nur möglich, daß ich das Wichtigste in meinem Leben so vollständig vergessen konnte, über welchem Unglück auch immer?

Damals war ein Abend wie heute gewesen, windig, regnerisch. Jetzt aber, bei meiner Wiederkehr, war Mittag. Es war still, die Vögel pfiffen. Gebrochenes Sonnenlicht fiel auf das Gras in goldenen Flocken. Seht mich nicht so an. Nein, es kommt nichts Besonderes mehr. Sie kam kein zweites Mal mehr. Ach, wenn das so einfach wäre. Ich wollte mein Gesicht auf den Stein legen. Das tat ich aber doch nicht. Ich setzte mich an denselben Platz, an dem ich damals gesessen hatte. Ich spürte jetzt eine heftige Freude, daß ich sie einmal gesehen hatte. Die meisten sehen sie nie; ich hatte sie gesehen. Es war gewiß nicht die Freude, die ich erwartet hatte damals, als ich ihr nachrief, auf den Knien herumrutschte, verrückt wurde, wenn ein Zweig knackte. Der Knabe an jenem Abend, wie er sie anstarrte mit kauenden dicken Backen, der hat sich anders gefreut. Aber immerhin, Freude ist Freude. Da fragte ich mich, ob es nicht doch besser gewesen wäre, ich hätte sie nie gesehen. Sie wäre in einer anderen Richtung durch die Wälder gerannt. Wir hätten den Knaben unten gelassen. Denn daß sie nicht meinethalben gerade an unserem Feuer sich ausgeruht hatte, das verstand ich. Auf einmal, wie es so still um mich war und still auch in meinem Kopf, da wußte ich, daß ich um nichts in der Welt mit irgend jemand tauschen wollte.« Er stocherte vor sich herum. Dann fuhr er auf: »Aber daß du auch dabei warst! Daß ich das ganz vergessen konnte!«

Der kleine Jäger kratzte sich in seinem struppigen, rostfleckigen Haar. Er war etwas rundlich, stämmig, von unbestimmtem Alter. Er sagte: »Für mich war es ja nicht das erstemal.« Der Alte fuhr herum. »Was?« – »Daß ich sie gesehen habe. Ich habe sie nämlich damals das zweitemal gesehen.« – »Zweimal? Gibt es das?«

Der junge Jäger hörte in seinem Rücken ein schwaches Geräusch. Er drehte sich um. Die Magd war aufgestanden. Die Roßhaare waren gezupft, der Bettsack gefüllt und zugenäht. Die Wirtin war unterdessen eingeschlafen. Wahrscheinlich hatte das Mädchen schon lange zugehört.

Sie ging, zur Bestürzung des Jungen, ganz ruhig auf das Feuer zu. Mit jedem Schritt, den sie näher kam, erfüllte sich seine schmerzliche Ahnung – vorbei war die Zeit der bloßen Träume –, fast war er froh, daß wenigstens noch immer dieser graue Rauch vor ihrem Gesicht war.

Sie sah ihn nicht an. Sie sah niemand an. Ihr kurzer Gruß galt allen zusammen. Sie setzte die Füße trotz ihrer plumpen Schuhe leicht und genau zwischen die Hunde, die sie gar nicht beachteten und weder knurrten noch schnupperten. Sie lehnte sich an die Wand, die Arme hinter dem Kopf verschränkt.

Der alte Jäger, mit zitternden Kiefern, verzweifelt über die Störung, ganz außer sich über das, was er soeben gehört hatte, stieß seinen Nachbarn heftig an. »Weiter!« – »Was weiter?« Der Kleine ließ seine runden Augen vergnügt an dem Mädchen entlangkullern. »Was war schon dabei? Also: Wir waren Bauern, wir waren arm. Natürlich, es gab noch ärmere. Wir hatten zwei Kühe, Schweine, Geflügel, unsere Äcker. Das Dorf lag drunten im Tal. Wir kamen auch nie höher hinaus, als unsere Äcker den Abhang bedeckten. Wir mußten uns plagen von früh bis spät. Natürlich gab es auch Feste. Dann wurde getanzt, Musik gemacht. Es gab Wettläufe und Wettschießen; vielleicht nicht so großartig wie woanders. Wir waren gewiß nicht so behend, wir waren ja Bauern, aber wir waren ebenso lustig.

Auf unsere Wiese kamen auch Burschen und Mädchen aus fremden Dörfern. Man kannte keineswegs jedes Gesicht, und das gab solchen Festen in unseren Bauernaugen etwas Ausschweifendes. Wir hatten allerlei Preise ausgesetzt, wir wollten ja freigebig erscheinen. Ich aber, ich gewann selten, ich bin nun mal wie ich bin, zäh, aber nicht behend. Ein Mädchen, das ich nicht kannte, kam auf mich zu, ich sollte mit ihr um die Wette laufen. Sie sagte: ›Bis zu der Birke dort, gut?‹ Mir kam es komisch vor, daß mich das Mädchen fragte. Das ist ja vielleicht der Brauch in den andern Dörfern. Etwas Verachtung hat man ja immer für die Bräuche der andern Dörfer. Ich dachte schließlich, ein Mädchen werde ich noch überholen können. Wir liefen also los.«

Sein Blick war im Erzählen von den Füßen des Mädchens weggekullert, bergauf bis zu dem Gesicht des Jungen, einem todernsten Gesicht, dem Gesicht eines Mannes, der soeben sein Verhängnis begriffen hat. Seine runden Augen funkelten vor Vergnügen. Er fuhr fort:

»Sie rief ein Kind, das zufällig in der Nähe war, ein rotznasiges Kind, eines der vielen Geschwister meiner Braut. Ich hatte nämlich auch eine Braut, nicht wahr, die Äcker stießen zusammen, alles klappte. Das Kind mußte also eins, zwei, drei zählen, bei drei liefen wir los. Mir war an dem fremden Mädchen nichts aufgefallen. Erst als sie sich nach mir umdrehte, um zu sehen, ob ich auch nachkäme – sie hatte nämlich sofort einen Vorsprung –, da fiel mir Bauernsohn auf, daß sie anders war als unsere Mädchen. Ich möchte nicht mal behaupten, daß mir in den Sinn kam, sie sei schön. Ich dachte: Teufel, kann das Weibsbild laufen. Ich strengte mich gewaltig an. Sie war längst über die Birke weg. Ich war wütend, ich rannte ihr nach. Ich fiel hin und fluchte und rannte. Es war Herbst. Es war ein Stoppelfeld. Sie bog die Haselnußbüsche auseinander, die man bei uns statt der Feldraine hält. Ich rannte ihr über die Wiesen nach, über ein paar Hügel. Sie blieb einen Augenblick stehen, und ich, ganz atemlos, kam nach. Sie hatte sich eine Gerte abgerissen und lachte mir zu und rannte in den Wald hinein. Ich hörte die Äste knacken, und manchmal sah ich noch ihr Kleid. Und dann sah ich nichts mehr. Ich horchte, aber ich hörte auch nichts mehr. Ich wollte rufen, aber ich wußte ja ihren Namen gar nicht. Ich dachte: Wennschon – Ich schnaufte mich ordentlich aus. Ich reckte mich im Gras. Ich habe euch doch gesagt, daß unsereins nie in den Wald kam. Wann auch? Er ist einem vor der Nase, aber eigentlich so, wie einem auch die Wolken vor der Nase sind. Damit hat unsereins nichts zu schaffen. Jetzt, wie ich da oben im Gras lag, es roch gar gut, die Vögelchen pfiffen, es war nicht zu hell, nicht zu dunkel, da dachte ich, daß es doch wirklich hier oben ganz gut zu leben geht. Ich schlief ein wenig. Ich wachte am späten Nachmittag auf. Jetzt suchen sie mich dort unten, dachte ich. Ich hatte plötzlich gar keine Lust, hinunterzugehen. Meine Mutter und meine Braut werden fragen: Wo warst du denn, wo kommst du denn her? Ich hatte wirklich den größten Abscheu vor ihrem Woher, Warum, Weshalb. Ich schlenderte ein bißchen umher. Ich kam an den Waldrand. Es war aber nicht das richtige Tal; ein Tal ohne Dorf, ohne Felder, mit ungeheuer starkem Gras. Ich wunderte mich über das Gras. Ich ging in den Wald zurück. Es war dunkel geworden. Ich tappte nur so herum. Da hörte ich etwas, ich hörte auch Stimmen, ich ging darauf zu. Das wart ihr, wißt ihr noch? Ich setzte mich zu euch, wißt ihr noch? Wie schmeckte mir euer Brot! Ihr habt mich gefragt, ob ich bleiben wollte; euch fehlte gerade ein fünfter Mann. Ich sagte: ›Gern‹, und ich blieb.«

Der Einäugige sagte: »So, als du damals zu uns kamst und gleich einverstanden warst mit unseren Vorschlägen, da war das gerade geschehen?« Sein einziges Auge blitzte auf. Wenn er scharf zuhörte, hatte er immer sein helles Auge geschlossen, dann war es den anderen, als blicke er aus dem dunklen Loch seiner leeren Augenhöhle. Er war ein großer, starker, hartknochiger Mensch, zerschunden und mitgenommen. Obwohl er vielleicht schon so alt wie der Alte war, sah er aus, als sei er gerade erst über die Mitte weg, vielleicht weil sein Leben länger bemessen war.

Man hörte draußen den Wirt an seinen Brettern hämmern. Der Wind hatte etwas nachgelassen. Das ganze Haus zitterte schwach und unaufhörlich, als hätte sich der Wind eine andere Art ausgedacht, es von der Stelle zu bewegen.

Das Mädchen hatte im Zuhören seine Haltung ein wenig verändert. Ihr linker Arm hing jetzt herunter. Der junge Jäger hätte jetzt durch jeden Zufall ihre Hand streifen können. Er packte mit seiner rechten Hand den Hals seines Hundes; der zitterte vor Freude. Der Junge hielt sogar den Atem an. Ein Nichts genügte, um das zu verscheuchen, was er für immer brauchte. Für immer, daran war kein Zweifel, was dieses Immer auch kosten möchte. Vielleicht war es auch geschenkt. Gerade weil sie so nah war, konnte er im Augenblick nichts von ihr sehen als das Stück Rock vor seinen Augen aus bläulichem, grobem Stoff, gerade an dieser Stelle sauber ausgeflickt. Man brauchte nicht ihren Gürtel zu sehen, den sie geknüpft hatte, wie es in ihrem Dorf bei den Mädchen üblich ist. Ein Mädchen zweifellos, doch ebenso zweifellos eins, das ganz nah vor der Hochzeit ist. Sie weiß es selbst noch nicht. Doch einer weiß es oder glaubt es zu wissen.

Das Mädchen regte sich nicht. Einen Arm hinter den Kopf geschoben, das Knie etwas vorgestellt, wartete sie aufs Weitererzählen.

Dem Jungen wurde angst, das Schweigen könnte fortdauern, sie könnte an ihren alten Platz zurückkehren. Er hatte aber auch Angst, zu beginnen. Er hatte nichts von solchen Dingen erlebt, wovon die anderen berichteten. Er hatte auch keine solche Leiden erfahren, mit denen die anderen prahlten. Er hatte kein Geständnis zu machen, kein Geheimnis zu verraten. Er fing nur an, weil das Mädchen wartete, in trockenem Ton, aber furchtsam: »Bei uns läuft eine Mauer um die ganze Stadt herum – sie ist mit Türmen besetzt. Es gibt auch noch einen solchen Wachtturm außerhalb der Stadt. Von diesem Wachtturm läuft eine zweite Mauer bis zur Stadtmauer. Der Wächter kann auf dieser Mauer spazierengehen. Dabei kann er viel sehen. Das Land ist ziemlich flach, es fällt nach beiden Seiten leicht ab. Es gibt einen Fluß. Man geht dort angeln. Die Frauen waschen dort. Der Wächter hatte natürlich Zeit, sich diese Frauen und Mädchen genau anzusehen. Er rief ihnen manchmal ein lustiges Wort zu. Die Mädchen, die diese niedrige, von Büschen umwachsene Mauer noch nicht bemerkt hatten, bekamen einen Schrecken.«

Der Junge erzählte heftig, als hätte er das Mädchen, das neben ihm stand, vergessen – obwohl er doch bloß ihrethalben erzählte. »Das ist übrigens auch noch heute so. Der damalige Wächter war ziemlich jung. Er hatte noch keine Frau. Wahrscheinlich, weil er jeden Tag zu vielen Frauen beim Waschen zusah.«

Gerade jetzt, als er gar nicht mehr auf sie achtgab, drehte das Mädchen ihr Gesicht und sah auf sein Haar hinunter. Der Hund sah ihn von unten an mit seinen kaltglänzenden, beinahe goldenen Augen.

»An einem windigen, kalten Herbsttag, als alle daheim

blieben, die es konnten, kam eine, die kommen mußte, mit ihrem Waschkorb. Sie hatte gewiß eine harte Herrschaft. Dabei war sie jung und mager. Sie fürchtete sich, ihre Hände in das schneidend kalte Wasser zu tunken. Dabei hatte sie turmhoch Wäsche mit. Ich kann nicht gut erzählen, wißt ihr. Das alles nämlich hat der Wächter gar nicht gesehen. Ich erzähle es nur. Das Mädchen, von dem ich jetzt erzählt habe, hat mit der Geschichte selbst überhaupt nichts zu tun. Es war nämlich nur das Mädchen, für das sie einsprang. Versteht ihr. Sie kam gerade den Fluß entlang. Sie bog einen Busch auseinander und sah, daß das Mädchen wasserscheu war. Sie sah, wie das kleine schwächliche Mädchen drei-, viermal versuchte, in das kalte Wasser zu langen. Sie rief das Mädchen zu sich heran. Sie ging dann hinaus auf den Fluß, auf einen geeigneten Stein. Sie rieb ein Stück nach dem andern. Die Kleine konnte inzwischen Hagebutten knabbern.«

Das Mädchen teilte mit ihrer Hand den Rauch vor ihrem Gesicht. Sie sah noch immer auf den Jungen hinunter. Nicht er, die anderen sahen auf ihrem Gesicht die zarten Schatten langer Wimpern. Er aber, obgleich er für sie erzählte, er starrte jetzt die andere an in seiner eigenen Geschichte:

»Der Wächter ging eines Morgens auf seiner Mauer spazieren. Da sah er sie waschen. Es war windig, der Fluß schäumte. Sie war anders als alle, die er je waschen gesehen hatte. Er stieg von seiner Mauer hinunter. Er sah sich dieses Mädchen aus der Nähe an, als traue er seinen Augen nicht. Nichts half ihm. Seine Augen hatten richtig gesehen. Und wie sie waschen konnte! Wie schnell! Wie sauber! Und keine Klagen über die Kälte, über abgescheuerte Hände. Sie reckte sich nach jedem durchgewaschenen Stück. Er sah ihre Brust, ihre Schultern, ihre hohen Beine –

Er hatte bis jetzt keine gewollt. Die wollte er von der Stelle weg. Sie mußte ja seine Werbung am ersten Tag für verrückt halten. Damit tröstete er sich. Er fragte sie jede Woche, sooft sie kam. Sie mußte schließlich von seiner Standhaftigkeit überzeugt sein. Sie lachte ihn auch nicht aus. Sie wies ihn auch nicht entschieden ab. Sie sagte bloß, sie sei doch vielleicht noch zu jung zum Heiraten. Zu jung, aber die Wochen vergingen ja. Allerdings, ihre Schultern waren ihm auf den ersten Blick fester, ihre Brust kräftiger erschienen. Er wartete also. Er bat sie jedesmal. Es mußte ja schließlich verlockender sein, die Frau eines Wächters zu werden, als für Fremde Wäsche zu waschen. Sie wies seine Werbung jeden Abend zurück, nicht schroff, sondern sanft. Und wenn sie ihn auch jeden Abend zurückwies, so ließ sie ihm bei aller Entschiedenheit doch immer ein klein wenig Hoffnung für den kommenden Abend.

Schließlich war zwar nicht seine Geduld zu Ende, aber seine Gelassenheit, ich meine, die äußere Gelassenheit, die er immerhin aus Stolz vorgetäuscht hatte. Er behauptete eines Abends, diesmal müsse sie ihm auf der Stelle folgen, Wäsche Wäsche sein lassen, in die Stadt nicht mehr zurückkehren oder höchstens morgen als seine Frau. Da lachte sie zum erstenmal, die bisher kaum gelächelt hatte. Sie rief: ›Sieh dich doch einmal um!‹ Er gehorchte ihr und sah sich um. Er hatte bisher, auch wenn sie weg gewesen war, nur ihr Gesicht gesehen. Nun sah er sich um. Längst war der Herbst vergangen. Und wohl auch der Winter und wohl auch der Frühling. Denn die Folge der Jahreszeiten war ja wohl nicht gestört worden.

Am Flußufer blühte das Wiesenschaumkraut. An der Mauer blühten die Brombeerhecken. Es mußte bald wieder Herbst werden. Er war doch erstaunt. Er sah jetzt auch auf die Stadt. Er hatte wirklich die letzte Zeit seinen Wächterberuf vernachlässigt. Die Stadt hätte überfallen werden können. Er hatte ja gar nicht bemerkt, daß man dort das Mauerwerk geflickt hatte, dort eine neue höhere Mauer gezogen. Ein alter Turm fehlte, zwei neue waren gebaut. Eine Brücke war über den Fluß geschlagen. Er schüttelte den Kopf. Er machte ein paar Schritte auf dem Ufervorsprung, um sich alles genau zu betrachten. Er sah dann auch auf das ruhige, klare Wasser zu seinen Füßen, einen kleinen blanken See zwischen zwei Steinen. Er sah sich selbst. Seine Haut war runzlig, sein Haar war weiß. Er drehte sich langsam nach ihr um, die hinter ihm stand. Man kann wohl sagen, daß er sie zum zweitenmal ansah. Sein erster Blick hatte ja lange genug gedauert. Sie war, wie sie immer gewesen war, schön und ruhig, wenn auch eine Spur zu jung, eine Spur zu zart, um sofort zu heiraten. Da erkannte er sie. Er fiel vor ihr nieder. Es war aber ein Niederfallen, von dem man nicht mehr aufsteht.«

Der neben dem Einäugigen saß, der hübsche, selbstsichere Bursche – er war vielleicht vierzig alt –, der fragte lächelnd: »Ist er daran gestorben?« Der Junge sagte: »Sicher.« – »Er war doch alt, erzählst du. Vermutlich wäre er sowieso bald gestorben.« Der Junge wollte zornig erwidern. Der Einäugige kam ihm zuvor. Er sagte ruhig: »Das kannst du nun aber wirklich bei allen Menschen sagen. Sogar bei solchen, die sich mit nackter Brust dem Feind entgegenwerfen, könntest du sagen, daß sie sowieso einmal gestorben wären.« – »Das könnte ich auch. Gewiß.«

Der Junge sah plötzlich mit einem Ruck auf das Gesicht des Mädchens. Das alles mußte ihr ja mißfallen: Ihr Gesicht war errötet, dann wieder abgeblaßt; jetzt spöttisch, dann sanft. Er war beunruhigt. Bis er begriff, daß es nur der Feuerschein war, der abziehende Rauch, der ihr Gesicht unaufhörlich veränderte. In Wirklichkeit blieb es unbewegt.

Der Einäugige fragte fast grob: »Du hast sie natürlich nie gesehen?« Der hübsche Bursche lachte schallend. »Natürlich nicht. Wozu soll ich sie wohl gesehen haben? Ich will sie auch gar nicht sehen. Das sind alles Verrücktheiten. Überspanntes Zeug. Es gibt ja zum Glück in unserem Land schöne Mädchen, die man sich ruhig ansehen kann, ohne daß man dann gleich Gefahr läuft, verzaubert zu werden oder in sonstige Unannehmlichkeiten verwickelt.« Er zwinkerte der Magd zu. Er war wirklich ein hübscher Kerl, das mußte ihm der Neid lassen. Er lehnte sich zurück, er streckte ein Bein vor. Das Mädchen erwiderte ruhig seinen Blick, ohne zu erröten. Er hätte sich sein ganzes Gezwinker sparen können und der Junge seine Eifersucht. So kalt und ruhig konnte ihm bloß eine in das hübsche Gesicht sehen, die all das nicht kannte, worauf er anspielte, oder von all dem übergenug hatte. Er aber, soviel er prahlte, konnte das gar nicht unterscheiden. »Wenn sie dich verzaubert«, sagte der Einäugige, »dann muß sie dir gleich einen Bach oder einen See dazuzaubern, in dem du dich bespiegeln kannst.« – »Ach, ach – du allerdings hast Glück gehabt, ihr Pfeil ist in dein Aug geflogen.« – »Ich habe mein Aug durch den dümmsten Zufall verloren. Als halbes Kind. Durch einen Kalkspritzer – das hab ich ja schon oft erzählt. Du aber hörst nur dich. Ich sah sie, ja – aber viel später. Das hat damit nichts zu tun.«

Sein eigner Hund, nämlich der, der abseits lag mit weggestreckten Beinen, fing plötzlich im Schlaf zu jaulen an. Ein dünnes, fast singendes Jaulen, das die Magd auflachen machte. Das merkte aber niemand, weil alle ihre Hunde beruhigen mußten, die dieses Jaulen in Wut gebracht hatte. Der Einäugige weckte seinen Hund. Der schüttelte seine Zotteln und kam heran. Zuletzt waren alle Hunde beruhigt und legten sich, wie sie gelegen hatten, die Schnauzen auf dem Boden oder auf den Füßen ihrer Herren. Man hörte wieder den Wind und dann ein starkes Geriesel von Fichtennadeln.

Der Einäugige fuhr fort: »Als ich gar zu traurig war, weil ich nicht mehr in den Wald hinauf konnte – ich fürchtete damals, mein zweites Auge durch irgendeinen Zufall auch zu verlieren, jetzt aber fürchte ich mich nicht mehr –, schickte mich mein Vater mit meinen Verwandten weit fort in die Stadt. Ich war zuerst ganz verwirrt von dem Lärm. Ich lief in den Gassen herum wie ein Betrunkener, der sich an allem stieß und dem alles im Weg war und der selbst allen im Weg war. Bald aber hatte ich mich nicht nur gewöhnt an den Lärm und an das Durcheinander, sondern ich fühlte mich heimisch darin. Mein Verwandter hatte Gerbereien am Fluß, und er ließ mich zuerst die Fellbündel ausladen, dann allerlei Arten von Gerben erlernen, dann machte er mich zum Aufseher über die Auslader und über die Gerber. Er pflegte zu sagen, ich sehe mit einem Aug mehr als seine Söhne mit zwei. Ich erfuhr den Tod meiner Eltern und schloß mich dadurch noch mehr an diesen Verwandten an. Ich war schon ein älterer Mensch, als auch er starb. Zugehörig der Stadt, als sei ich darin geboren. Vertraut mit der Gerberei, als seien alle meine Ahnen Gerber gewesen. Ich hatte mich nicht verheiratet, weil ich ganz in der Familie aufging, die mein Verwandter meinem Schutz empfohlen hatte. Im geheimen dachte ich manchmal darüber nach, ob ich seine Witwe heiraten sollte, die etwas zu alt, oder seine Tochter, die etwas zu jung für mich war. Dann ist alles anders gekommen dadurch, daß mich das Heimweh packte. Ich ging in eine Kneipe, und in der Kneipe saßen drei Männer aus der Gegend, in der ich geboren war. Einer davon trug ein Wams, wie mein Vater ein Wams getragen hatte. Ich verbiß mein Heimweh, ich wollte es für Kinderei halten. Schließlich war es stärker als ich und stärker als alles andere. Ich verließ also die Familie meines Verwandten unter irgendeinem Vorwand. Ich übertrug die Oberaufsicht einem der Söhne, den ich plötzlich für fähig genug hielt. Ich machte mich auf, immer den Fluß entlang. Schließlich kam die Flußkrümmung, hinter der das Dorf lag, in dem meine Großeltern gewohnt hatten. Damals hatte es noch am Waldrand gelegen, jetzt war der Wald längst abgeholzt – man sah nicht einmal mehr Holzbestände lagern. Das ganze Ufer war mit Korn bedeckt und mit Reben und mit aller Art Obstbäumen. Die Menschen hatten sich ganz verändert. Sie waren aus Jägern, Holzfällern und Köhlern zu Gärtnern und Weinbauern geworden. Ich kannte niemand mehr wieder. Jetzt ging ich weg vom Fluß, bergauf, und der Kamm des Gebirges war hinter den Hügeln. Da war nichts verändert, ich kannte die einzelnen Zacken. Ich stieg über eine Gebirgskette, hinter der das Tal lag, in dem ich geboren war. Ich mußte mich aber verirrt haben. Ich fand das Dorf nicht. Der tiefe Wald, der bis in den Talgrund gereicht hatte, wäre unverkennbar gewesen. Aber es gab den Wald nicht. Ich war in ein falsches Tal gestiegen. Dieses Tal war völlig kahl. Auf dem einen Bergabfall konnte man noch die Baumstümpfe der Rodungen sehen, aber der andere Gebirgsabfall samt allen Nebentälern war bis auf die Wurzeln ausgeschlagen. Gras wuchs nur noch da, wo man noch keine Gruben abgestochen hatte, keine Pfähle gerammt, kein Grundwasser abgeleitet. Eine ungeheure Geschäftigkeit war in diesem fremden Tal, in das ich mich hineinverirrt hatte. Eine Wolke von Hobelstaub lag über allem. Es wimmelte von Bauarbeitern. Dieses ganze geschäftige Leben zog sich bis zu der zweiten Krümmung des Flusses hinunter, und am Fluß standen Lagerhäuser, ganzfertige, halbfertige und eben erst begonnene. Es gab welche, die erst aus vier Eckpfählen bestanden, und schon hatte man Kisten und Fässer dazwischen ausgeladen. Ich fragte jemand, ganz verwirrt von dem Durcheinander, wie ich denn in mein Dorf käme. Er rief andere herbei, und die andern lachten. Niemand kannte das Dorf. Ich fragte nach dem Tal. ›Früher hatte man das Tal so genannt‹, bekam ich zur Antwort. ›Welches Tal?‹ – ›Eben dieses.‹ Ich sah mich um. Ich ging langsam weiter und hörte die Leute in meinem Rücken lachen. Ich stieg den Abhang hinauf, auf dem die Baumstümpfe stehengeblieben waren. Schließlich erkannte ich doch mein Tal wieder: an einzelnen unverwüstbaren Zügen, wie sie schließlich allem innewohnen. Schließlich war dort unten die zweite Flußkrümmung. Schließlich waren dort oben zwei Gebirgszacken. Auch der niedrige stumpfe Berg hinter dem Tal hatte als Ganzes nicht weggeräumt werden können.

Ich setzte mich also auf einen Baumstumpf und betrachtete das Tal, das nach Westen hin flach und breit in die Ebene auslief, und den stumpfen, niedrigen Berg hinter dem Tal, alles wimmelnd von schleppenden und bauenden Menschen, lauter einzelne kleine, genau verständliche Vorgänge statt meiner undurchdringlichen Wildnis; ich weidete förmlich mein Herz und meine Augen an Enttäuschung. Trotzdem, wieviel es auch zu sehen gab, nach einer gewissen Zeit hatte ich alle Einzelheiten drei- und viermal gesehen, während man doch, wenn man in einen Wald hineinsieht, der immer nur ein einziger Wald ist, niemals müde wird. Ich aber wurde schnell müde von all diesen vielen Menschengruppen und angefangenen Bauwerken und halbgepflasterten Wegen. Ich schloß meine Augen und langweilte mich. Ich war sogar plötzlich zu müde, um zu verzweifeln. Von weit her war ich gekommen, und jetzt langweilte ich mich. Ich sehnte mich sogar nach der Fremde zurück, wie ich mich aus der Fremde hierher gesehnt hatte. Dort in der großen Stadt waren Straßen und Häuser wenigstens fertig, die Luft war nicht mehr erfüllt von Hobelstaub, es roch nicht mehr nach Mörtel. Von alters her wohnten dort die Menschen, ihr Gewirr von Gassen, konnte man sagen, hatte weit mehr mit der Wildnis zu tun, als was ich jetzt vor mir sah. Ich spürte das Abendlicht auf meinen geschlossenen Augen. Ich hätte mir vielleicht vorstellen können, daß jetzt der tiefe, dunkle Wald unter mir liege. Das stellte ich mir aber nicht vor. Ich stellte mir die Stadt vor, die ich verlassen hatte, mit ihren Gassen und Märkten.

Ich weiß nicht, warum ich schließlich die Augen öffnete. Ich glaube nicht, daß mich etwas berührt hat. Vielleicht war es einen Augenblick etwas kühler in meinem Gesicht geworden von einem Schatten. Ich öffnete meine Augen, und sie stand vor mir. Sie war barhäuptig;

sonst aber war sie genauso gekleidet wie die Mädchen meiner Heimat. Sie trug sogar ihren Gürtel, wie ihn bei uns die Mädchen bis zur Hochzeit tragen. Sie hatte in ihrem Haar ein weißes Fusselchen hängen. Ich wollte es, glaube ich, wegblasen, ließ es aber dann. Sie nickte mir kurz zu, sie sagte nichts.

Auf einmal schlug es wie ein Blitz durch mich durch, daß sie doch nicht bloß irgendein Mädchen aus meiner Heimat war, sondern einer der unsterblichen Götter, verwandt mit den höchsten. Ihr Bruder war ein mächtiger Gott, vielleicht sogar der mächtigste. Da warf ich mich vor ihr nieder und zeigte ihr nicht durch Worte, aber durch meine ganze Haltung, wie ich mich schämte, daß ich sie nicht sofort gebührend begrüßt hatte. Ich faßte mit beiden Armen um ihre Knie und drückte mein Gesicht in ihr Kleid. Ich weinte. Ich muß wirklich sehr geweint haben. Denn als ich mich aufrichtete, sah ich zu meiner Beschämung den feuchten Fleck auf ihrem Kleid, da, wo es von ihrem vorgestreckten Knie ein wenig gespannt war. Sie sagte: ›Warum weinst du eigentlich?‹ Da öffnete sich mein Herz, denn seine Stunde war gekommen. Ich erzählte ihr alles, was mir widerfahren war. Ich erzählte ihr meine ganze Jugend bis zu dem Augenblick, da ich das Pech hatte, mein Auge zu verlieren. Ich erzählte ihr mein Leben in der Fremde, ich verschwieg keine Einzelheit, natürlich vergaß ich auch keinen Augenblick, daß ich ein Mädchen vor mir hatte. Ich erzählte ihr, wie mich das Heimweh überfiel, zuerst hie und da bei irgendeiner Gelegenheit und dann immer häufiger, bis ich kaum mehr etwas roch oder anfaßte, was mich nicht auf Umwegen an die Heimat erinnerte; ob man nun Holz auslud auf dem Kanal, ob es nachts wo pfiff, ob ich eintrat in eine stockdunkle Torfahrt, ob mich das spröde Haar eines Weibes streifte. Wie schließlich das Heimweh Tag und Nacht da war, weil es zuletzt überhaupt nichts mehr gab, was mich nicht an die Heimat erinnern konnte. Ich erzählte ihr, wie ich mich schließlich aufraffte und alles zurückließ. Und welche Enttäuschung mich erwartete. Ich erzählte ihr, was mir geschehen war bis zu dem Augenblick, als ich die Augen öffnete.

Ich atmete auf, als ich fertig war. Jetzt wird sie mich trösten, dachte ich bei mir, sie wird ihre ganze Macht zeigen, sie wird mir beistehen. Mein Schmerz ist ja auch ihr Schmerz – ich sah sie an. Ich erschrak. Ihr Gesicht war hart und streng. Sie zog die Brauen zusammen. Sie antwortete: ›So ist das also mit dir. Du hast deinen alten Wald gesucht, und er war nicht mehr da. Und deshalb weinst du. Du wolltest deine Wildnis wiederfinden, deine eigene alte Wildnis, und du findest ein Baugelände. Und weil du deinen alten Wald nicht mehr findest, deshalb schiltst du die Baumfäller Frevler und Schufte die Maurer und Narren die Städtebauer.‹

Ich rief: ›Aber bist du denn nicht selbst zornig? Bringt es dich denn nicht zur Verzweiflung, was du hier unten siehst? Trauerst du nicht um das, was aus deinen Wäldern geworden ist, Späne für Lagerschuppen, Reifen für Fässer?‹

Sie sagte: ›Ich zornig? Auf wen denn? Du vergißt, daß sie meine Schwester ist, die Göttin dieser Stadt. Da drunten sitzt sie rittlings auf einem Hebekran, sie winkt mir zu und lacht. Ich freue mich mit ihr. Ich weiß, daß ihr nichts so lieb ist wie das Gehämmer und das Quietschen von Winden und Sägen. Ihr gefällt das. Nicht mir. Aber mir ist es auch nicht zuwider. Wenn ich aus einem

Wald heraustrete, um in den nächsten Wald hineinzulaufen, über einen Bergkamm weg oder auch über eine große Steppe, und ich schließe meine Augen vor der ungewohnten Klarheit, vor dem ungebrochenen Tageslicht, dann höre ich auch schon die Schwester pfeifen am äußersten Rand der Steppe oder in einem der Täler. Ich pfeife zurück. Ich laufe ein Stück ins Licht. Ich bleibe stehen und sehe mich um. Ich muß lachen. Da trottet sie ja wahrhaftig schon wieder, die doch die klügste und strahlendste unter uns Schwestern ist, demütig und stumm hinter so einem klobigen Kerl her, der die Axt über der Schulter hat und am Gürtel ein Bündel mit Brot und Schleifstein. Sie folgt ihm in jede Einöde, die er wählt, bis zum Waldrand. Sie hockt sich in seiner Nähe aufs Moos und starrt entzückt hin, wie er, der erste in dieser Wildnis, zum ersten Axthieb ausholt. Sie ist verliebt in den groben Burschen. In ihren Augen ist er ein Städtegründer. Ich aber laufe weiter.

Nun willst du, ich soll traurig sein. Eine abgeholzte Stelle soll mich zur Verzweiflung bringen. Sieh mal, was auf meinem Haar liegt.‹

Sie drehte ihr Gesicht weg. Auf ihrem dicken Haar über dem Ohr hing immer noch dieses weiße Fusselchen. Es kam mir natürlich nicht in den Sinn, daß es das war, was sie mir zeigen wollte. Ein weißes gefiedertes Samenkörnchen, ein paar solcher Dinger waren in ihrem Haar hängengebliehen. Sie schüttelte heftig ihren Kopf. All die feinen Körner flogen weg. Sie sagte: ›Eins ist in deinem Schnürsenkel hängengeblieben. Eins wird da drüben hängenbleiben am Rand der Kalkgrube. Eins zwischen den Dielen des großen Lagerhauses, das man gerade dort unten aufbaut. Das ist der neue Wald.‹ Ich spürte eine flüchtige Freude, aber mein Herz war zu geschwächt vor Enttäuschung, um sie halten zu können. Ich rief: ›Ein neuer Wald, aber wann?‹ Da lachte sie: ›Ihr mit euren Wettspielen, wer der erste ist, wir mit unseren Wettspielen, wer der letzte ist! Wann? Wann? Dann, wenn Tausende von euch die Geduld verloren haben für was nicht alles. Ihr pflegt ja zuerst die Geduld zu verlieren, dann den Glauben, dann die Sache selbst.‹

Ich sagte: ›Aber wenn eines Tages aller Wald weg ist – –‹ Sie äffte mir nach: ›Aller Wald, aller Wald. Davor fürchtet ihr euch, das denkt ihr euch aus, wenn ihr die Geduld verliert. Denn die Geduld verlieren, das heißt doch, sich heimlich fürchten, es könnte auch schlecht ausgehen, es könnte einem auch abhanden kommen. Nimm ruhig das Schlimmste an. Was du für das Schlimmste hältst. Nimm ruhig an, aller Wald sei weg. Es gäbe auf Erden keinen Wald mehr. Was kann mir das schon ausmachen? Wenn es irgendwo einen Mann gibt, der den Kopf in die Hände stützt und nachdenkt, was das gewesen sein mag, Wald, wovon ihm irgendein alter Mann erzählt hat, früher hätte es das noch gegeben. Und er stützt den Kopf in die Hände, und er steckt die Finger in die Ohren, daß er rauscht, dieser Wald, den er sich vorstellt halb falsch, halb richtig – dann leuchte ich ebenso auf, dann ist meine Macht ebenso ungebrochen wie zu der Zeit, als die ganze Erde von einer Wildnis bedeckt war, die noch keine Axt berührt hatte.‹

Ich schloß die Augen, um über all das nachzudenken. Als ich die Augen wieder öffnete, war sie fort. Eine eigentümliche Kahlheit hatte sich der Rodung bemächtigt, des ganzen Bergabhanges, der doch ohnedies kahl war. Er war, als hätte man von jedem Baumstumpf noch etwas weggezogen. Traurig war ich nicht mehr. Warum, weiß ich nicht. Außerdem war der Tag zu Ende. Ich fror.«

Er machte eine Bewegung mit der Hand, um abzuschließen. Einer fragte: »Später hast du sie nie mehr gesehen?« – »Nein. Ich ging zunächst wieder in die Stadt zurück. Dort lebte ich jahrelang, wie ich auch vorher dort gelebt hatte. Erst viel später bot sich mir durch Zufall die Gelegenheit, in diese Gegend des Landes zu kommen. Ich hatte diese Gelegenheit freilich nicht mehr gesucht, nicht einmal mehr herbeigewünscht: Wie der Zufall sie brachte, griff ich zu.«

Der junge Jäger fragte: »Wie du nun wieder im Wald warst, hier bei uns, bist du ihr da nie nachgegangen, hast du sie nicht selbst angerufen?« – »Nein. Daß man die Götter durch Anrufungen erreichen kann, ist ein Aberglaube. Sie kommen, wenn man sie vergißt. Wenn man sogar den Wunsch nicht mehr hat, sie wiederzusehen, dann stehen sie plötzlich vor einem.«

»Jetzt aber – – wünschst du dir nicht, daß sie kommen soll, daß sie plötzlich vor dir stehen soll, so wie damals?« Er dachte kurz nach, dann sagte er: »Nein, eigentlich nicht; es ist alles noch frisch. Ich brauche es jetzt nicht mehr.«

Der Junge wollte ihm sagen, daß er das überhaupt nicht verstünde, da trat der Wirt ein. Er war vom Regen durchnäßt. Er fuhr die Magd an: »Was stehst du denn herum? Bist du hergekommen, um Geschichten zu hören?« Der Junge fuhr hoch. Es juckte ihn, dem Wirt etwas draufzugeben. Das Mädchen sah dem Wirt gerade ins Gesicht. Sie änderte ihre Haltung nicht, die weder zu stolz noch zu locker war. Der Wirt fragte: »Bist du mit deiner Arbeit fertig?« Das Mädchen erwiderte: »Ja.«

Der Wirt sah sich das Mädchen von oben bis unten an. Sie sah ihm, ohne zu blinzeln, immer nur ins Gesicht. Ihr eigenes Gesicht war etwas bleicher geworden, wahrscheinlich nur, weil es aus dem Feuerschein weggedreht war. Der junge Jäger dachte, das Mädchen brauche das nicht mehr lange auszuhalten.

Einstweilen war noch der Wirt ihr Herr. Er befahl: »Füll den Eimer!« Er fügte hinzu: »Merkst du nicht von selbst, daß er leer ist?« Das Mädchen erwiderte nichts. Sie faßte mit einer Hand die Kette und mit der anderen den Henkel. Die Männer sahen ihr zu, als verstünde das Mädchen eine neue, ganz überraschende Art, einen Eimer auszuhängen. Sie richtete sich auf. Das Kleid spannte sich etwas über ihrer Brust. Die Männer drehten die Köpfe, wie sie zur Tür ging, ohne mit dem Eimer zu schlenkern. Vergessen waren alle Geschichten, die man soeben erzählt hatte, als hätten sie von den gewöhnlichsten Dingen gehandelt, die man immerfort hören kann. Die Männer vergaßen jetzt alles bis auf die schmalen, nackten Fersen des Mädchens, die sich bei jedem Schritt aus dem Schuhzeug hoben.

Das Mädchen öffnete die Tür und drückte sie rasch gegen die Wand. Ein heftiger Windstoß fuhr herein. Er schlug ihr den Regen vors Gesicht, das Kleid um die Hüften. Sie stellte den Eimer draußen ab und zog die Tür hinter sich zu. Alle, bis auf den Wirt, der den etwas verbogenen Haken prüfte, horchten gespannt nach außen. Die Hunde horchten mit hochgestellten Ohren. Man hörte den Eimer am Brunnen aufschlagen. Man hörte die Kette knirschen, man hörte den Eimer dann noch einmal aufschlagen. Eine gewisse Zeit verging. Der Wirt knurrte schon. Aber auch die alten Jäger warteten. Der junge

Jäger wartete wie ein Verliebter, dem jede nicht ihm bestimmte Bewegung ein Anlaß zur Eifersucht wird und jedes Fernbleiben ein Verhängnis.

Wie war es jetzt auch still. Mit dem letzten Aufschlagen des Eimers war die Welt auf einmal verstummt. Selbst der Wirt, der nicht auf die Schritte gehorcht hatte, horchte jetzt auf die Stille, die einem das Herz stocken machte. Alle starrten auf die Tür. Plötzlich quietschte die nasse Erde vor der großen Haupttür. Die Hunde schlugen wild an. Alle drehten die Köpfe. Jemand, der hausfremd sein mußte, hantierte draußen am Riegel. Schließlich ließ der sich zurückschieben. Die Männer hielten ihre Hunde zurück, die alle bebten und knurrten. Auf der Schwelle stand eine ältere Frau, zwischen vierzig und fünfzig, in groben Kleidern und Schuhen, mit groben, harten, wenn auch nicht bösen Zügen. Sie hatte ein Bündel in der Hand. Eine starke, wahrscheinlich lederne Schnur war so um das Bündel geknüpft, daß eine Schlinge abstand, durch die man den Gürtel ziehen oder das Handgelenk stecken konnte. Da sie von allen nur angestarrt und von niemand begrüßt wurde, trat sie vor den Wirt hin und sagte: »Ich bin die neue Magd.« Sie mißdeutete sein maßloses Anstarren. Sie erklärte: »Ich konnte erst einen Tag später weg. Auf meiner alten Stelle ist die Frau zu früh ins Kindbett gekommen.« Der Wirt starrte sie immer nur an. Sie sagte rauher: »Hätte ich sie im Stich lassen sollen?« Sie fügte hinzu: »Eine solche Magd wollt Ihr wohl auch nicht.«

Der Wirt wandte sich wortlos ab und ging zur Nebentür. Auf dem groben, flachen Gesicht der Frau entstand ein Ausdruck von Stolz und Bitterkeit: Wenn ihm diese Erklärung nicht genügt, kann man ihm nicht helfen, dann ist es eben mein Schicksal, einem harten, unverständigen Herrn dienen zu müssen.

Die Jäger standen jetzt auch auf und folgten dem Wirt. Der Hund des Jüngsten lief mit ihnen. Die anderen knurrten jetzt schlimmer. Aber die Frau wehrte sie ganz geschickt von sich ab mit einem eintönigen Zureden, mit einer Furchtlosigkeit, wie sie nur aus traurigem Herzen kommt; denn das Wichtigste ging ihm längst verloren, und es braucht darum nicht mehr zu zittern. Die Jäger drängten in die offene Nebentür.

Die Umrisse des Brunnens zeigten sich schwach in dem regendunklen Abend. An der Schwelle neben dem Türpfosten stand der gefüllte Eimer. Doch keine Spur führte von der Schwelle zum Brunnen und von dem Brunnen zurück zur Schwelle. Und warum schlug denn kein Zweig an die Hauswand, und warum rieselten keine Fichtennadeln, obwohl zwischen Dach und Hochwald die Wolken jagten? Auf einmal tönten tief drinnen im Wald, wohl stundenweit weg, zwei dünne, langgezogene Pfiffe, die einem das Herz erbeben machten. Ein Fichtenzweig streifte die Wand und schüttelte seine Nadeln ab. Der ganze Wald rauschte.

Die Männer kehrten um das Feuer zurück, wobei sie vermieden, sich anzusehen. Jetzt guckte auch die Magd durch die leere Tür. Sie erblickte den vollen Eimer. Sie hob ihn auf, bevor es ihr noch befohlen wurde, und hängte ihn an den Haken über dem Feuer. Das war ihre erste Arbeit in diesem Haus.

Das Obdach

An einem Morgen im September 1940, als auf der Place de la Concorde in Paris die größte Hakenkreuzfahne der deutsch besetzten Länder wehte und die Schlangen vor den Läden so lang wie die Straßen selbst waren, erfuhr eine gewisse Luise Meunier, Frau eines Drehers, Mutter von drei Kindern, daß man in einem Geschäft im XIV. Arrondissement Eier kaufen könnte.

Sie machte sich rasch auf, stand eine Stunde Schlange an, bekam fünf Eier, für jedes Familienmitglied eins. Dabei war ihr eingefallen, daß ihr in derselben Straße eine Schulfreundin lebte, Annette Villard, Hotelangestellte. Sie traf die Villard auch an, jedoch in einem für diese ruhige, ordentliche Person befremdlich erregten Zustand.

Die Villard erzählte, Fenster und Waschbecken scheuernd, wobei ihr die Meunier manchen Handgriff tat, daß gestern mittag die Gestapo einen Mieter verhaftet habe, der sich im Hotel als Elsässer eingetragen, jedoch, wie sich inzwischen herausgestellt hatte, aus einem deutschen Konzentrationslager vor einigen Jahren entflohen war. Der Mieter, erzählte die Villard, Scheiben reibend, sei in die Santé gebracht worden, von dort aus würde er bald nach Deutschland abtransportiert werden und wahrscheinlich an die Wand gestellt. Doch was ihr weit näher gehe als dieser Mieter, denn schließlich Mann sei Mann, Krieg sei Krieg, das sei der Sohn des Mieters. Der Deutsche habe nämlich ein Kind, einen Knaben von zwölf Jahren, der habe mit ihm das Zimmer geteilt, sei hier in die Schule gegangen, rede französisch wie sie selbst, die Mutter sei tot, die Verhältnisse seien undurchsichtig wie meistens bei den Fremden. Der Knabe habe, heimkommend von der Schule, die Verhaftung des Vaters stumm, ohne Tränen, zur Kenntnis genommen. Doch von dem Gestapooffizier aufgefordert, sein Zeug zusammenzupacken, damit er am nächsten Tag abgeholt werden könne und nach Deutschland zurückgebracht zu seinen Verwandten, da habe er plötzlich laut erwidert, er schmisse sich eher unter ein Camion, als daß er in diese Familie zurückkehre. Der Gestapooffizier habe ihm scharf erwidert, es drehe sich nicht darum, zurück oder nicht zurück, sondern zu den Verwandten zurück oder in die Korrektionsanstalt. – Der Knabe habe Vertrauen zu ihr, Annette, er habe sie in der Nacht um Hilfe gebeten, sie habe ihn auch frühmorgens weg in ein kleines Café gebracht, dessen Patron ihr Freund sei. Da sitze er nun und warte. Sie habe geglaubt, es sei leicht, den Knaben unterzubringen, doch bisher habe sie immer nur nein gehört, die Furcht sei zu groß. Die eigene Patronin fürchte sich sehr vor den Deutschen und sei erbost über die Flucht des Knaben.

Die Meunier hatte sich alles schweigend angehört, erst als die Villard fertig war, sagte sie: »Ich möchte gern einmal einen solchen Knaben sehen.« Worauf ihr die Villard das Café nannte und noch hinzufügte: »Du fürchtest dich doch nicht etwa, dem Jungen Wäsche zu bringen?«

Der Patron des Cafés, bei dem sie sich durch einen Zettel der Villard auswies, führte sie in sein morgens geschlossenes Billardzimmer. Da saß der Knabe und sah in den Hof. Der Knabe war so groß wie ihr ältester Sohn, er war auch ähnlich gekleidet, seine Augen waren grau, in seinen Zügen war nichts Besonderes, was ihn als den Sohn eines Fremden stempelte. Die Meunier erklärte, sie brächte ihm Wäsche. Er dankte nicht, er sah ihr nur plötzlich scharf ins Gesicht. Die Meunier war bisher eine Mutter gewesen wie alle Mütter: Schlange stehen, aus nichts etwas, aus etwas viel machen, Heimarbeit zu der Hausarbeit übernehmen, das alles war selbstverständlich. Jetzt, unter dem Blick des Jungen, wuchs mit gewaltigem Ruck das Maß des Selbstverständlichen, und mit dem Maß ihre Kraft. Sie sagte: »Sei heute abend um sieben im Café Biard an den Hallen.«

Sie machte sich eilig heim. Um weniges ansehnlich auf den Tisch zu bringen, braucht es lange Küche. Ihr Mann war schon da. Er hatte ein Kriegsjahr in der Maginotlinie gelegen, er war seit drei Wochen demobilisiert, vor einer Woche hatte sein Betrieb wieder aufgemacht, er war auf Halbtagsarbeit gesetzt, er verbrachte den größten Teil der Freizeit im Bistro, dann kam er wütend über sich selbst heim, weil er von den wenigen Sous noch welche im Bistro gelassen hatte. Die Frau, zu bewegt, um auf seine Miene zu achten, begann zugleich mit dem Eierschlagen ihren Bericht, der bei dem Mann vorbauen sollte. Doch wie sie auf dem Punkt angelangt war, da der fremde Knabe, aus dem Hotel weggelaufen, in Paris Schutz vor den Deutschen suche, unterbrach er sie folgendermaßen: »Deine Freundin Annette hat wirklich sehr dumm getan, einen solchen Unsinn zu unterstützen. Ich hätte an ihrer Stelle den Jungen eingesperrt. Der Deutsche soll selbst sehn, wie er mit seinen Landsleuten fertig wird – Er hat selbst nicht für sein Kind gesorgt. Der Offizier hat also auch recht, wenn er das Kind nach Haus schickt. Der Hitler hat nun einmal die Welt besetzt, da nützen keine Phrasen was dagegen.« Worauf die Frau schlau genug war, rasch etwas andres zu erzählen. In ihrem Herzen sah sie zum erstenmal klar, was aus dem Mann geworden war, der früher bei jedem Streik, bei jeder Demonstration mitgemacht hatte und sich am 14. Juli stets so betragen, als wollte er ganz allein die Bastille noch einmal stürmen. Er glich aber jenem Riesen Christophorus in dem Märchen – ihm gleichen viele –, der immer zu dem übergeht, der ihm am stärksten scheint und sich als stärker erweist als sein jeweiliger Herr, so daß er zuletzt beim Teufel endet. Doch weder in der Natur der Frau noch in ihrem ausgefüllten Tag war Raum zum Trauern. Der Mann war nun einmal ihr Mann, sie war nun einmal die Frau, da war nun einmal der fremde Junge, der jetzt auf sie wartete. Sie lief daher abends in das Café bei den Hallen und sagte zu dem Kind: »Ich kann dich erst morgen zu mir nehmen.« Der Knabe sah sie wieder scharf an, er sagte: »Sie brauchen mich nicht zu nehmen, wenn Sie Angst haben.« Die Frau erwiderte trocken, es handle sich nur darum, einen Tag zu warten. Sie bat die Patronin, das Kind eine Nacht zu behalten, es sei mit ihr verwandt. An dieser Bitte war nichts Besonderes, da Paris von Flüchtlingen wimmelte.

Am nächsten Tag erklärte sie ihrem Mann: »Ich habe meine Kusine Alice getroffen, ihr Mann ist in Pithiviers im Gefangenenlazarett, sie will ihn ein paar Tage besuchen. Sie hat mich gebeten, ihr Kind solange aufzunehmen.« Der Mann, der Fremde in seinen vier Wänden nicht leiden konnte, erwiderte: »Daß ja kein Dauerzustand daraus wird.« Sie richtete also für den Knaben eine Matratze. Sie hatte ihn unterwegs gefragt: »Warum willst du eigentlich nicht zurück?« Er hatte geantwortet: »Sie können mich immer noch hierlassen, wenn Sie Angst haben. Zu meinen Verwandten werde ich doch nicht gehen. Mein Vater und meine Mutter wurden beide von Hitler verhaftet. Sie schrieben und druckten und verteilten Flugblätter. Meine Mutter starb. Sie sehen, mir fehlt ein Vorderzahn. Den hat man mir dort in der Schule ausgeschlagen, weil ich ihr Lied nicht mitsingen wollte. Auch meine Verwandten waren Nazis. Sie quälten mich am meisten. Sie beschimpften Vater und Mutter.« Die Frau hatte ihn darauf nur gebeten zu schweigen, dem Mann gegenüber, den Kindern und den Nachbarn.

Die Kinder konnten den fremden Knaben weder gut noch schlecht leiden. Er hielt sich abseits und lachte nicht. Der Mann konnte den Knaben sofort nicht leiden; er sagte, der Blick des Knaben mißfalle ihm. Er schalt seine Frau, die von der eigenen Ration dem Knaben abgab, er schalt auch die Kusine, es sei eine Zumutung, anderen Kinder aufzuladen. Und solche Klagen pflegten bei ihm in Belehrungen überzugehen, der Krieg sei nun einmal verloren, die Deutschen hätten nun einmal das Land besetzt, die hätten aber Disziplin, die verstünden sich auf Ordnung. Als einmal der Junge die Milchkanne umstieß, sprang er los und schlug ihn. Die Frau wollte später den Jungen trösten, der aber sagte: »Noch besser hier als dort.«

»Ich möchte«, sagte der Mann, »einmal wieder ein richtiges Stück Gruyère zum Nachtisch haben.« Am Abend kam er ganz aufgeregt heim. »Stell dir vor, was ich gesehen habe. Ein riesiger deutscher Camion, ganz voll mit Rädern von Käse. Die kaufen, was sie Lust haben. Die drucken Millionen und geben sie aus.«

Nach zwei, drei Wochen begab sich die Meunier zu ihrer Freundin Annette. Die war über den Besuch nicht erfreut, bedeutete ihr, sich in diesem Quartier nicht mehr blicken zu lassen, die Gestapo habe geflucht, gedroht. Sie habe sogar herausbekommen, in welchem Café der Knabe gewartet habe, auch daß ihn dort eine Frau besucht, daß beide den Ort zu verschiedenen Zeiten verlassen hatten. – Auf ihrem Heimweg bedachte die Meunier noch einmal die Gefahr, in die sie sich und die Ihren gebracht hatte. Wie lange sie auch erwog, was sie ohne Erwägen in einem raschen Gefühl getan hatte, der Heimweg selbst bestätigte ihren Entschluß, die Schlangen vor den offenen Geschäften, die Läden vor den geschloßnen, das Hupen der deutschen Autos, die über die Boulevards sausten, und über den Toren die Hakenkreuze. So daß sie beim Eintritt in ihre Küche dem fremden Knaben in einem zweiten Willkomm übers Haar strich.

Der Mann aber fuhr sie an, sie hätte an diesem Kind einen Narren gefressen. Er selber ließ seine Mürrischkeit, da die eignen Kinder ihn dauerten – alle Hoffnungen hatten sich plötzlich in eine klägliche Aussicht verwandelt auf eine trübe, unfreie Zukunft –, an dem fremden aus. Da der Knabe zu vorsichtig war und zu schweigsam, um einen Anlaß zu geben, schlug er ihn ohne solchen, indem er behauptete, der Blick des Knaben sei frech. Er selber war um sein letztes Vergnügen gebracht worden. Er hatte noch immer den größten Teil seiner freien Zeit im Bistro verbracht, was ihn etwas erleichtert hatte. Jetzt war einem Schmied am Ende der

Gasse die Schmiede zwangsweise von den Deutschen abgekauft worden.

Die Gasse, bisher recht still und hakenkreuzfrei, fing plötzlich von deutschen Monteuren zu wimmeln an. Es stauten sich deutsche Wagen, die repariert werden sollten, und Nazisoldaten besetzten die Wirtschaft und fühlten sich dort daheim. Der Mann der Meunier konnte den Anblick nicht ertragen. Oft fand ihn die Frau stumm vor dem Küchentisch. Sie fragte ihn einmal, als er fast eine Stunde reglos gesessen hatte, den Kopf auf den Armen, mit offenen Augen, woran er wohl eben gedacht habe. Darauf sagte er: »An nichts und an alles. Und außerdem noch an etwas ganz Abgelegenes. Ich habe soeben, stell dir vor, an diesen Deutschen gedacht, von dem dir einmal deine Freundin Annette erzählt hat, ich weiß nicht, ob du dich noch erinnerst, der Deutsche, der gegen Hitler war, der Deutsche, den die Deutschen verhafteten. Ich möchte wohl wissen, was aus ihm geworden ist. Aus ihm und aus seinem Sohn.« Die Meunier erwiderte: »Ich habe kürzlich die Villard getroffen. Sie haben damals den Deutschen in die Santé gebracht. Er ist inzwischen vielleicht schon erschlagen worden. Das Kind ist verschwunden. Paris ist groß. Es wird sich ein Obdach gefunden haben.«

Da niemand gern zwischen Nazisoldaten sein Glas austrank, zog man oft mit ein paar Flaschen in Meuniers Küche, was ihnen früher ungewohnt gewesen wäre und beinah zuwider. Die meisten waren Meuniers Arbeitskollegen aus demselben Betrieb, man sprach freiweg. Der Patron in dem Betrieb hatte sein Büro dem deutschen Kommissar eingeräumt. Der ging und kam nach Belieben. Die deutschen Sachverständigen prüften, wogen, nahmen ab. Man gab sich nicht einmal mehr Mühe, in den Büros der Verwaltung geheimzuhalten, für wen geschuftet wurde. Die Fertigteile aus dem zusammengeraubten Metall wurden nach Osten geschickt, um andren Völkern die Gurgel abzudrehen. Das war das Ende vom Lied, verkürzte Arbeitszeit, verkürzter Arbeitslohn, Streikverbot. Die Meunier ließ ihre Läden herunter, man dämpfte die Stimmen. Der fremde Junge senkte die Augen, als fürchte er selbst, daß sein Blick so scharf sei, daß er sein Herz verraten könnte. Er war so bleich, so hager geworden, daß ihn der Meunier mürrisch betrachtete und die Furcht äußerte, er möge von einer Krankheit befallen sein und die eigenen Kinder noch anstecken. Die Meunier hatte an sich selbst einen Brief geschrieben, in dem die Kusine bat, den Knaben noch zu behalten, ihr Mann sei schwerkrank, sie ziehe vor, sich für eine Weile in seiner Nähe einzumieten. – »Die macht sich's bequem mit ihrem Bengel«, sagte der Meunier. Die Meunier lobte eilig den Jungen, er sei sehr anstellig, er ginge schon jeden Morgen um vier in die Hallen, zum Beispiel hätte er heute dieses Stück Rindfleisch ohne Karten ergattert.

Auf dem gleichen Hof mit den Meuniers wohnten zwei Schwestern, die waren immer recht übel gewesen, jetzt gingen sie gern ins Bistro hinüber und hockten auf den Knien der deutschen Monteure. Der Polizist sah sich's an, dann nahm er die beiden Schwestern mit aufs Revier, sie heulten und sträubten sich, er ließ sie in die Kontrolliste eintragen. Die ganze Gasse freute sich sehr darüber, doch leider wurden die Schwestern jetzt noch viel übler, die deutschen Monteure gingen bei ihnen jetzt aus und ein, sie machten den Hof zu dem ihren, man hörte den Lärm in Meuniers Küche. Dem Meunier und seinen Gästen war es längst nicht mehr zum Lachen, der Meunier lobte jetzt nicht mehr die deutsche Ordnung, mit feiner, gewissenhafter, gründlicher Ordnung war ihm das Leben zerstört worden, im Betrieb und daheim, seine kleinen und großen Freuden, sein Wohlstand, seine Ehre, seine Ruhe, seine Nahrung, seine Luft.

Eines Tages fand sich der Meunier allein mit seiner Frau. Nach langem Schweigen brach es aus ihm heraus, er rief: »Sie haben die Macht, was willst du! Wie stark ist dieser Teufel! Wenn es nur auf der Welt einen gäbe, der stärker wäre als er! Wir aber, wir sind ohnmächtig. Wir machen den Mund auf, und sie schlagen uns tot. Wie jener Deutsche, von dem dir einmal deine Annette erzählt hat, du hast ihn vielleicht vergessen, ich nicht. Er hat immerhin was riskiert. Und sein Sohn, alle Achtung! Deine Kusine mag sich selbst aus dem Dreck helfen mit ihrem Bengel. Das macht mich nicht warm. Den Sohn dieses Deutschen, den würde ich aufnehmen, der könnte mich warm machen. Ich würde ihn höher halten als meine eigenen Söhne, ich würde ihn besser füttern. Einen solchen Knaben bei sich zu beherbergen, und diese Banditen gehn aus und ein und ahnen nicht, was ich wage und was ich für einer bin und wen ich bei mir versteckt habe! Ich würde mit offnen Armen einen solchen Jungen aufnehmen.«

Die Frau drehte sich weg und sagte: »Du hast ihn bereits aufgenommen.«

Ich habe diese Geschichte erzählen hören in meinem Hotel im XVI. Arrondissement von jener Annette, die dort ihren Dienst genommen hatte, weil es ihr auf der alten Stelle nicht mehr geheuer war.

Post ins Gelobte Land

Im letzten Jahrzehnt des vorigen Jahrhunderts, als fast die ganze jüdische Einwohnerschaft des polnischen Städtchens L. bei einem Pogrom von den Kosaken erschlagen worden war, floh der Rest einer Familie Grünbaum nach Wien zu der mit einem Kürschner verheirateten ältesten Tochter. Nachdem die übrigen Kinder zugrunde gegangen, bestand die Familie noch aus dem Schwiegersohn Nathan Levi, dem Enkel und den Schwiegereltern. Die junge Frau Levi, die zweite Tochter Grünbaum, war nicht durch Tritte oder Schläge in dem Pogrom selbst umgekommen, sondern an den Folgen einer Frühgeburt, da sie die Ermordung der eigenen Brüder, in einem Keller versteckt, durch eine Luke mit angesehen hatte. Sie war die Lieblingstochter gewesen. Die ältere, zu der man jetzt fuhr, hatte früher als ungefällig und unleidlich gegolten; man hätte vielleicht sonst nicht ihre Heirat weit weg, wenn auch in eine der Stadt entstammende Familie, gebilligt. Sie hatte in ihrem länglichen, etwas schiefen Gesicht ziemlich uneinnehmende, verdrießliche Züge, wobei man nicht sagen konnte, ob ihr verdrossenes Gemüt an dem Aussehen schuld war oder erst das Aussehen ihr Gemüt bedrückt hatte.

Als sie ihre Leute am Wiener Ostbahnhof abholte, da konnte sich die Mutter in aller Verzweiflung nicht von der Empfindung befreien, wie tot, wie schmählich gestorben die sanfte, die jüngere Tochter war und wie unverändert grämlich und schiefmäulig die ältere lebte. Denn die Verzweiflung, statt zu mildern, schärft unermüdlich die Erinnerung an die Toten und den Anblick der Lebenden. Wie die Tochter, so der Schwiegersohn. Ob sie sich in ihrer Grämlichkeit gefunden oder später angesteckt hatten, er war nachtragend und mißgünstig. Die Kinder des Kürschners waren gar nicht erfreut über den kleinen Vetter, der Essen und Kammer teilte. Die Enge der Wohnung machte den Großen das Unbehagen noch lästiger. Man hätte vielleicht nach soviel Leid über jeden Zuschlupf froh sein müssen. Doch konnte man, weil man dem Tod entronnen war, dem Leben nicht schlechthin danken, nur weil es da war, doch grau, freudlos, öde.

Der Schwiegersohn Levi half sofort in der Kürschnerei. Er saß am liebsten abseits in einem Winkel, seinen kleinen Sohn auf den Knien. Er war ein Fremdling in der Familie der toten Frau. Die Schwiegereltern hatten ihn in L. als Waisenkind ohne Anhang aufgenommen. Er hatte mit den zwei Söhnen, die jetzt auch umgekommen waren, in der Kürschnerei Grünbaum das Handwerk gelernt. Er hatte sehr rasch als Schwiegersohn gegolten. Die alten Grünbaums pries man für diesen Entschluß, und ihre Wohltaten galten dadurch belohnt, daß der junge Levi fleißig und ehrenhaft war. Er hatte die jüngste Tochter von klein auf als seine Braut angesehen. Er war auch jetzt noch, trotz seines beträchtlichen Bartes, im Herzen gar jung, gar wenig gewillt, sich auf die neuen Darbietungen des Lebens einzulassen, er hatte auch jetzt noch so knabenhaft wenig Bewußtsein von der Länge und Mannigfalt des Lebens, daß er nur eine lästige Zwischenzeit zu überstehen glaubte, nach der er wieder mit seiner Frau vereint sein würde. Die Schwiegermutter dagegen trug sich schnell mit Umzugsgedanken. Sie wußte, daß man im Leid ein unfreundliches Dasein nicht gleichgültig aufnimmt, sondern schmerzlicher und bedürftiger. Ein Brief ihrer eigenen Schwester aus Schlesien brachte sie auf den Ausweg. Die jetzt schon betagte Frau Löb war einstmals mit ihrem Mann, dem Altkleiderhändler, nach Kattowitz zu einer Messe gefahren. Sie waren dort hängengeblieben, weniger durch Wohlstand festgehalten als durch die lebhafte Hoffnung auf Wohlstand. Jetzt schrieb sie, wie froh sie sei über die Unterkunft ihrer Schwester. Sie hätte ja sonst auch bei ihr Obdach gefunden. Frau Grünbaum antwortete sofort, mit ihrer Unterkunft sei es leider schlecht bestellt, sie zögen alle die Weiterfahrt nach Schlesien vor. Ihr Mann und ihr Schwiegersohn könnten dem Schwager dort an die Hand gehen.

Sie wickelte daraufhin das Enkelkind in viele Tücher. Der Schwiegersohn, der klein gewachsen war, nahm es meistens auf seine Knie. Er gab es nur ungern den Großeltern rechts und links von ihm ab in jener Nacht, in der sie nach Deutschland fuhren. Der Wiener Familie kam die Abfahrt verwunderlich, doch nicht ungeschickt. Sie trug sich nur mit allerlei Nebengedanken über das Reisegeld, das plötzlich zur Verfügung war. Der Familie Löb kam die Ankunft überraschend und nicht sonderlich beglückend. Sie war arm und die Wohnung eng. Grünbaum und Schwiegersohn suchten Kürschnerarbeit, da der Kleiderhandel nicht mehr als zwei Hände brauchte. Sie fanden wenig Beschäftigung, denn die Werkstätten waren überfüllt. Der junge Levi grämte sich mit den Großeltern um den Jungen, an dem ihre Herzen hingen, weil er vor Schwäche still war. Frau Grünbaum, von Natur eher heiter und unternehmend, wäre trotzdem nach und nach mit den Ihren der Trostlosigkeit des täglichen Lebens anheimgefallen, wenn nicht ein unerwarteter Zwischenfall plötzlich alle aufgerüttelt hätte.

Der Schwiegersohn Nathan Levi hatte einen Bruder gehabt, der längst allen aus dem Gedächtnis entschwunden war. Er hatte vor langer Zeit, wenn man zufällig seiner noch einmal erwähnte, als Taugenichts gegolten. Er war, als die Eltern Levi noch lebten, auch in der Kürschnerei angelernt worden, wobei er Gelegenheit gefunden hatte, irgendeinen ausländischen Händler auf einer Reise zu begleiten, da er – so hatte man damals behauptet – in seiner Unbeständigkeit auf Reiserei erpicht war. Er war jedenfalls schon damals auf eine jetzt nicht mehr erklärbare Weise nach Paris geraten und von dort nie mehr heimgefahren, aus Angst vor den Folgen einer Unterschlagung, wie das Gerücht rasch aufkam, weil man sonst für die absurde Umsiedlung keinen Grund wußte. Jetzt kam von der Hand dieses verschollenen Bruders, durch die Hilfe und Findigkeit vieler jüdischer Gemeinden, ein langer Brief, in dem er den jungen Levi um Auskunft bat, wie es ihm und den Seinen bei dem Pogrom ergangen sei, von dem er in den Zeitungen gelesen hatte. Der junge Levi schrieb sofort zurück. Die folgenden Tage verliefen für alle höchst aufgemuntert im Briefabwarten, da sich auch der ödeste Zeitabschnitt durch das bloße Warten belebt.

Zuerst kam eine Sendung Geld durch ein Telegramm auf die Bank, das erstaunlichste Ereignis für die Familie. Dann kam das Telegramm, das die Ankunft des älteren Levi ankündigte, der ihrem Lebensablauf also nicht entschwunden war wie ihrem Gedächtnis. Frau Grünbaum benutzte den Rest ihrer eigenen Ersparnisse – um keinen Preis das eben geschenkte Geld –, um zum Empfang alle möglichen Speisen zu kaufen, Geflügel und Fisch und Wein, und alle Zutaten, um den besten Kuchen zu backen. Zum erstenmal seit dem Unglück zog sie sich und den Enkel sorgfältig an, sie bürstete und bügelte die Hosen für den Mann und den Schwiegersohn.

Der jüngere Bruder ging den älteren an der Bahn abholen. Man hatte inzwischen die ganze Wohnung soweit verschönt, wie man eine Stube und eine Küche auffrischen kann, ohne die Wände zu verschieben. Der Gast, Salomon Levi, war höher gewachsen als sein Bruder. Sein Gesicht sah nackt aus, weil es rasiert war, bis auf den Schnurrbart auf der Oberlippe. Dadurch sah der Ältere wie der Sohn des Bärtigen aus. Er trug einen steifen Hut, einen engen, aber neuen Mantel, Handschuhe und eine kleine lederne Reisetasche. Frau Grünbaum wäre sowohl durch das Aussehen wie durch die Sprache verstört gewesen, wenn nicht ihre durch das Unglück im Guten und im Schlechten geschärften Sinne sofort gemerkt hätten, wie gut und wie mitleidig seine Augen waren. Wenn er auch bisweilen noch jiddisch sprach, es zischte fremd, oder es kam ungewohnt aus der Nase statt aus der Kehle, und wenn er dabei die Hände bewegte, dann drehte er zu den fremden Lauten fremde Kurven in die Luft. Er setzte erschrocken den steifen Hut auf, als man zu Tisch ging, weil alle schon den Kopf bedeckt hatten. Die Grünbaums ärgerten sich über gar nichts und trugen ihm gar nichts nach, weil er das Kind nicht nur lobte, sondern auf den Armen hochschwang, vor allem aber, weil er von dem Pogrom nie genug hören konnte: Alle übrigen Menschen waren ja inzwischen längst der Schilderungen müde geworden, so daß sie jene Erinnerung in sich vergraben hatten, wo sie dann freilich das Herz abdrückte. Er ließ sich gern solche Begebenheiten, von denen man seine Brust am liebsten befreite, immerzu wiederholen. Er merkte genau alles Gute, was man ihm antat. Er lobte die Klöße in der Suppe, und er pries den Fisch und die Füllung des Fisches und sogar ein gehäckeltes Kraut in der Soße, und als ihm auf der Zunge der Apfelstrudel zerging, krümmte er sich zusammen und kniff die Augen zu. Wie viele Fehler er auch machte, die Gebete beim Händewaschen, über dem Brot und über dem Wein und auch das Tischgebet selbst verloren ihre Einförmigkeit und ihre achtlose Gewöhnung und wurden frisch in ihrem Klang und sonderbar in vielen Wendungen, nur weil er ungeschickt mitbrummte und den Oberkörper dazu schaukelte.

Nachts auf dem Heimweg ins Hotel erzählte er seinem Bruder, er sei niemals wegen Geldunterschlagung in Paris geblieben, sondern weil ihm die Stadt überaus gut gefiel. Er sei zudem reich genug geworden, um alle etwaigen früheren Schulden leicht abzutragen. Er machte jetzt den Vorschlag, die ganze Familie fahre mit ihm nach Frankreich. Der alte Grünbaum und der Bruder könnten in seiner eigenen großen Kürschnerei, in der es Verkäufer, Buchhalter und Handwerker gab, nach Verlangen unterkommen. Vor allem könnte der kleine Junge ordentlich gepflegt werden, und er könnte eine ordentliche Schule besuchen.

Die Folge aller Erwägungen war der dritte Umzug der Flüchtlinge, diesmal mit allerlei Zuwendungen an Mann und Frau Löb und sogar mit einer Geldsendung an die Kürschnerfamilie in Wien. Denn nachträglich wurde

Frau Grünbaum auch dieser Tochter gerecht, die, wie sie jetzt einsah, an ihren äußeren und inneren Unzulänglichkeiten so unschuldig war wie an einem Gebrechen.

Der Bruder Salomon Levi wohnte am rechten Seineufer, wo das Viertel St. Paul an den Kai stößt. Er mietete dort schon am ersten Tag für die Ankömmlinge eine Wohnung und kaufte mit Frau Grünbaum die nötigen Möbel in den Warenhäusern. Frau Grünbaum war benommen von der Wildnis der Stadt. Niemand behandelte die Fremde mit Neugierde oder mit Geringschätzung. Sie stieß in den Straßen und in den Geschäften auf fremdere Fremde, auf Gelbe und auf Schwarze, und manchmal stieß sie auf ihresgleichen. Doch ließ man sie alle ungeschoren, wie sie auch der Stadt keinen Abbruch taten, so wenig wie sonderbare Pflanzen einer Wildnis Abbruch tun. Frau Grünbaum fühlte sich hier an dem äußersten Punkt der ihr bekannten Welt fast so gut wie daheim.

Die Grünbaums lebten ungeschoren fort, als hätten sie nach St. Paul ihr Heimatstädtchen mitgeschleift, sogar den Bäcker und den Fleischer. Es stellte sich heraus, daß durch irgendwelche Zufälle auch die Schwester ihrer ehemaligen Schneiderin hierhergeraten war. Der alte Grünbaum galt bald als eine Art Aufseher in der Kürschnerei, in der der Schwiegersohn Nathan Levi eine Art Werkmeister wurde, denn er wollte durchaus beim Handwerk bleiben. Der Junge lernte zunächst hebräisch lesen und schreiben bei dem Schwager der heimischen Schneiderin, der eine Vorschule für die Kinder eröffnet hatte.

Die Synagoge befand sich unweit der Wohnung in einem Gemäuer, das, wie der ältere Bruder Levi wußte, der Turm des Palastes war, den König Heinrich IV. vor vielen Jahrhunderten erbaut hatte. Jetzt war er teilweise verfallen, die Reste seiner Gemäuer waren von allerlei Volk bewohnt. In der Gasse lagen die Keller der Lumpensammler, deren Staub die Luft noch dämmeriger machte. Der Hof der Synagoge steckte voll von dem Gerümpel eines Schreiners, der zugleich Synagogendiener war. Die Bretter lehnten in den Spitzbögen gegen die abgeschabten Säulen. Das Schreinermännchen, verwachsen und bärtig, war schon vor langem aus einer Nachbarstadt von L. zugezogen. Es gab noch Reste von Wappen an der zertretenen Wendeltreppe, die sich zur Frauenabteilung hinaufdrehte. Der Türrahmen war abgegriffen. Beim Eintreten küßten die Frauen ihre zwei Fingerspitzen, um damit die Gebetkapsel zu berühren.

Wie glimmten drunten, wo die Männer beteten, die Kerzen, die an den Jahrzeittagen für alle toten Verwandten brannten!

Frau Grünbaum erkannte von oben die eigene Kerze oder glaubte sie zu erkennen; sie suchte sie zärtlich, als sei sie die Tochter selbst. Sie zeigte sie auch dem Kleinen, den sie herauf in den Frauenraum genommen hatte, bevor er endgültig mit den Männern zum Gebet ging.

Sie hatten sich rasch in ihrem Quartier eingelebt: das winzige L. in der unbekannten Stadt, mit vertrauten Gesichtern, mit den gewohnten Läden, um ein paar heimische Gassen und Plätze. Nathan Levi sprach bald ganz geläufig französisch. Der Sohn sprach es noch besser, obwohl an ihm ein paar russische und ein paar polnische Worte hängengeblieben waren, und etwas Hebräisch und Jiddisch. Der ältere Levi drängte den jüngeren, wieder zu heiraten. Der widersetzte sich lächelnd in seiner sanften Art. Er lief aus der Werkstatt täglich rasch heim, um mit dem Kind zu schwatzen und zu erfahren, was es gelernt hatte; wenn es einmal krank war, kam er noch früher und noch rascher und verbrachte die Nacht am Bett. Er lehnte auch jeden Heiratsvorschlag ab, als die Schwiegereltern starben, viel früher, als man erwartete, und kurz nacheinander. Nach all den Plagen, die sie ruhig überstanden hatten, war ihnen offenbar endlich erlaubt gewesen, vom Leben erschöpft zu sein. Doch nach ihrem Tod gelang es dem Bruder Salomon Levi, da seine Heiratsvermittlungen fehlschlugen, mit einem ganz anderen, auch schon lange umsonst vorgebrachten Vorschlag durchzudringen. Der Neffe gehöre jetzt in eine vernünftige Schule. Es sei höchste Zeit. Französisch müsse er lernen und überhaupt alle Kenntnisse, die Knaben hierzulande geboten wurden. Er drang schließlich durch. Er brachte das Kind in das Lycée Charlemagne, die höhere Schule von St. Paul. Vom nächsten Morgen ab führte der Vater den Jungen selbst in die Schule, er holte ihn mittags ab, damit er nicht in Versuchung gebracht werde, an den verbotenen Schulmahlzeiten teilzunehmen.

Der Junge war bald viel zufriedener in der Schule, als sein Vater erwartet hatte. Er wurde von seinen Lehrern und Mitschülern nicht gequält und nicht geschlagen. Er wurde nur verspottet, wenn er schlecht französisch sprach. Er gab sich von selbst Mühe, auf den Klang zu kommen, der ihm gefiel, weil ihm auch die Worte gefielen. Er glaubte des Sinnes habhaft zu werden, wenn er sich den Klang einprägte. Er schloß sich bald einem pfiffigen, rauflustigen Jungen an, dem Sohn eines Wagenkontrolleurs im Viertel, der brachte ihm nach und nach allerlei Spiele und Verse bei und mit der Freundschaft die Sprache. Er war jetzt in seiner schwarzen Ärmelschürze, flink, mager, klugäugig, einer von den Hunderttausenden Schulbuben von Paris. Er schloß sich am Vorabend jedes 14. Juli der Familie des Schulfreundes an, der Wagenkontrolleurfamilie. Er steckte viele Stunden in dem Gewühl auf der Place de la Bastille. Er vergaß sein Tischgebet, wenn er mit dieser Familie aß und trank, er tanzte mit den Töchtern in dem gemeinsamen Tanz der Straße.

Er war bald viel lieber in der Schule als daheim. Das bloße Dasein der Großeltern hatte früher alle besänftigt. Der Vater und der Onkel stritten jetzt gern. Der Lehrer Rosenzweig, der Schwager der Schneiderin aus L., war beim Essen und Streiten dabei. Es ging um die Ereignisse, die die eigene Gemeinde und alle Gemeinden der Welt seit vielen Jahren in Aufregung brachten. Ein Jude in Wien, der jetzt schon geraume Zeit tot war, war auf den Gedanken gekommen, das Gelobte Land, das Gott versprochen hatte, sofort für das jüdische Volk zu fordern. Es sollte aus allen Ländern der Welt, in denen es verfolgt wurde, in seine Heimat nach Palästina zurückkehren.

Der Bruder Salomon Levi trat heiß für die neue Lehre ein. Der Lehrer Rosenzweig wog das Für und Wider so heftig, als ob zwei Seelen in seiner Brust kämpften, nach Art von Menschen, die unschlüssig zwischen zwei Grundsätzen stehen. Der Vater Levi mischte sich nicht ein; er hörte lächelnd zu. Von klein auf war es sein heimlicher, sein inbrünstiger Wunsch gewesen, vor seinem Tod mit eigenen Augen das Gelobte Land zu sehen. Doch dieser Wunsch hatte keine politischen Grenzen, er war nur von Gott erfüllbar. Seine Wurzel war der Glaube, nicht ein Landstreifen in Vorderasien. Man lebte in der Verbannung, ob man in Paris oder in L.

lebte, in Amerika oder in Wien, in der Verbannung, die Gott verhängt hatte.

Er zürnte auch nicht, er lächelte, als sein Bruder plötzlich Herzls Photographie über seinem Schreibtisch in der Kürschnerei aufhängte. Dasselbe dem Wesen des Bruders eigentümliche Gesetz, das ihn als Jungen mit allen Vorstellungen seiner Familie hatte brechen lassen, zwang ihn jetzt zum zweitenmal, als alter Mann, mit den früheren Vorstellungen zu brechen und die Protokolle der zionistischen Kongresse begierig zu verfolgen.

Der Junge saß während all dem Streit vergnügt kauend am Tisch bei den drei Alten. Sein Vater versuchte manchmal heimlich, sein Haar oder wenigstens seine Hand zu berühren. Der Junge horchte weniger auf die Gespräche, die ihm gleichgültig waren, als auf den Lärm der Straße, bis er den Pfiff des Schulfreundes erkannte.

Nur an den Festtagen war er mit Leib und Seele daheim, als ob ihn das sanfte Kerzenlicht fester schmiede als alle Streite und Meinungen, aber auch fester als alle Rufe und Pfiffe. Der Vater, am Sederabend auf seinem Ehrenplatz in den roten Kissen, sah zaghaft und kindlich aus, trotz seines Bartes. Er nickte dem Kleinen zu, damit er aufspringe und nach dem Brauch die Tür öffne, denn der Messias konnte in dieser Nacht durch alle Türen in allen Häusern der Welt unversehens eintreten, um sein Volk aus der Verbannung heimzuführen. Ein schwacher Hauch dieses Glaubens, der sich nicht lehren und nicht übertragen läßt, wehte den Jungen bei jedem Türöffnen an, die verstohlene Frage: »Wie, wenn er jetzt bei uns eintritt?« Obwohl er, der schlauer war als sein Vater, genau wußte, daß sie ganz sinnlos war.

Um diese Zeit, um sein dreizehntes Jahr, war sein alter Lehrer, Herr Rosenzweig, äußerst stolz, weil man wieder auf ihn zurückgriff. Er sollte das Kind auf den Festtag vorbereiten, an dem es in der Gemeinde unter die Männer aufgenommen wurde. Die drei Alten führten es zu dritt in die Synagoge in dem Palastturm Heinrichs IV. Sie glänzten vor Stolz, als die junge Stimme anhob, vertraut, fremdartig allein und feierlich ängstlich. Man weiß von alters her, daß die Köpfe der Knaben in diesem Jahr am wachsten und offensten sind. Darum kamen mit den überlieferten uralten Glaubenssätzen auch Gedanken hinein, von denen sich sein Vater nie hatte träumen lassen. Sie quälten ihn nicht; sie legten sich über die alten Gedanken, wie sich zwei Rinden übereinander um einen jungen Baum legen. Er ging noch immer mit seiner Schulfreundfamilie den 14. Juli feiern. Er war jetzt nicht mehr bloß vergnügt, weil getanzt und getrunken wurde. Sein Herz klopfte nicht bloß vor Freude über das Feuerwerk und den Schwung der Fahnen. Sein Lehrer im Lycée Charlemagne hätte selber nicht geahnt, daß seine herkömmlichen Worte den fremden, kleinen, mageren Jungen aufgewühlt hatten. Der Abend des 14. Juli sei ein Fest für alle Völker. Es gäbe bei diesem Fest keine eingeladenen Gäste, hier in Paris sei jeder an diesem Tag sein eigener Gastgeber auf der Place de la Bastille. An diesem Tag hätte das Volk von Paris für die ganze Welt das Mittelalter gesprengt. Er war ein Lehrer, der jeden Schüler mit seinen Augen packte, daß jeder glaubte, allein von den Augen gepackt zu werden.

Sie merkten gar nicht daheim, daß der Kleine am Sederabend nur notgedrungen die für den Jüngsten bestimmten Worte aus der Haggada vorlas, weil ihn sein

Vater verliebt betrachtete und weil er selbst sanft und höflich wie sein Vater war.

Er wuchs so schnell, daß er bald die drei Alten überragte. Kam das Jahr 1914; kam der Mord in Sarajewo; kam eine Kriegserklärung nach der anderen. Die Deutschen, die Belgien geschluckt hatten, drangen bis zur Marne vor. Die Gesichter wurden finster. Der kleine Levi trat überraschend früh zum Examen an. Der Vater erfuhr erst hinterher, daß nur die Schüler zugelassen waren, die sich bei der Armee freiwillig gestellt hatten. Beim Anblick der runden Mütze mit der roten Quaste auf dem Kopf seines Sohnes geriet er in einer Weise ins Zittern, daß seine Hände über den ganzen Krieg weg zitterten. Der Sohn war froh. Er war jetzt mit Leib und Seele, nicht bloß mit der luftigen, ungewissen Seele, dem Volk verpflichtet, dem er sich längst verbunden fühlte, dessen Sprache und dessen Gedanken längst in ihn gedrungen waren, vom Bastillesturz bis zum Dreyfusprozeß. Der Vater und der Onkel standen weinend am Bahnhof unter den Abschied nehmenden Eltern.

Als er auf Urlaub heimfuhr, erschien ihm der Vater noch winziger und noch kindlicher. Er selbst war der Starke, der Väterliche. Er hörte sich in der Kürschnerei die Sorgen von Vater und Onkel wie die Sorgen von zwei Söhnen an. Er hatte in einem Kriegswinter, in der Todesnähe, in der Kameradschaft, einen Weg zurückgelegt in Einschmelzung und in Erfahrung, den sonst Generationen brauchen. Als er im Argonnerwald schwer verwundet wurde, kam ihm die Erde erworben vor, in die er hineinblutete. Der Vater bekam die Nachricht von der Verwundung mit einer vom Sohn selbst gekritzelten Botschaft, die schlimmste Gefahr sei vorbei.

Er kam nach dem Waffenstillstand auf Krücken heim. Das häusliche Leben wäre ihm jetzt zuwider geworden, wenn ihn nicht eine völlig neue Idee beherrscht hätte. Sein liebster Kamerad war von schwerer, zuerst aussichtsloser Augenverwundung geheilt worden. Er hatte im Lazarett alle Phasen zwischen Hoffnung und Verzweiflung miterlebt, bis ein Augenarzt die Sehkraft gerettet hatte. Eine Neigung zur Medizin, die ihn dann und wann in den höheren Schulklassen überkommen hatte, hatte sich durch die Erfahrungen im Krieg noch verstärkt und auf ein besonderes Ziel geheftet: die Heilung der Augen. Der Vater, der einen Kürschner oder einen Kaufmann oder einen schlauen Juristen erwartet hatte, war zuerst über die Berufswahl verwundert. Dann sagte er sich, daß der Sohn durch Gottes Willen gerettet sei, und auch der Entschluß des Geretteten sei dann Gottes Wille.

Die Alliierten besetzten das Rheinland. Wilson kämpfte um den Frieden. Der Sohn Levi setzte mühselig durch, daß ihm der Vater ein eigenes Studierzimmer dicht bei der Klinik mietete. Nathan Levi war jetzt allein, viel mehr als je in seinem Leben, das immer in einer Familie verlaufen war. Er war jetzt nicht nur von dem Sohn, sondern auch von dem älteren Bruder überraschend schnell verlassen worden. Der englische Außenminister Balfour hatte den Juden Palästina als Heimat versprochen. Der Bruder Salomon Levi nahm sich plötzlich vor, das Gelobte Land mit eigenen Augen zu sehen, bevor er sich endgültig entschloß, die Balfour-Deklaration auf sich selbst anzuwenden. Er dachte sich diese Reise zunächst als ein Ferienunternehmen von höchstens drei Monaten. Er lud auch den Bruder zur Reisegesellschaft ein. Der machte ihm aber klar, daß er der Kürschnerei vorstehen müßte. Der Zurückgebliebene wurde bald durch Post von dem Mittelmeerdampfer beunruhigt, in der sich der Reisende kränklich und unfroh zeigte. Die Ferienfahrt wurde in einem Spital in Haifa unterbrochen und endigte mit der ewigen Ansiedlung im Heiligen Land auf dem Friedhof von Haifa.

Als die Todesnachricht nach Paris kam, ließ der Bruder Nathan Levi, der den Ältesten nur mit düsterem Vorgefühl und mit verstecktem Zweifel hatte abziehen sehen, das Kaddisch in derselben Synagoge in dem Palastturm sagen, in dem man schon Kaddisch für die Schwiegereltern sagte und für seine eigene, in L. umgekommene junge Frau. Er lief jedes Jahr zu ihrer Todesfeier durch die Gassen und Höfe von St. Paul, durch die ineinandergeschobenen Tore, durch den Nebeneingang des verwitterten Palastes, als laufe er zu einem Wiedersehen mit der Frau. Der Sohn, der ihn begleitete, kannte nicht mehr von der Mutter als die weiße, kurzzüngelnde Jahrzeitkerze. Er kam jedesmal für das Kaddisch nach St. Paul aus dem lateinischen Viertel. Die schmale, aus den Abfallkellern der Lumpensammler verstaubte Gasse, gesäumt von den Schloßzinnen, war von dem schmalen Licht angeglänzt, das durch das hohe, fast unbemerkte Fenster des Frauenstockwerks herunterdrang. Die Schreinerei war noch immer im Hof. Die Schreinersleute betreuten noch immer die Synagoge, jetzt schon in gebücktem Gang.

Es gab eine neu eröffnete Kneipe zwischen den Lumpenkellern. Die Gasse war von neuen jüdischen Zuzüglern bewohnt. Sie waren nach dem Kriegsende gekommen, weil ihnen daheim ihr Rabbiner versichert hatte, man könnte in dem neuen Staat Sowjetrußland die Kinder nicht fromm erziehen. Die gleiche Furcht vor der gleichen Revolution hatte noch eine andere Gruppe von Flüchtlingen angetrieben, die diese jüdischen Gesichter aus der Ukraine nur ungern wiedersahen: die Offiziere aus der Armee des Hetmans Petljura und alle ihre Kumpane, die noch vor kurzem viele Juden abgewürgt hatten, bis ihnen die eigene Heimat vergällt war, da Lenin sein Plakat anschlug: »Gegen die Schwarzen Hundertschaften und gegen die Pogrome.« Jetzt hatte die französische Polizei die Sorge, die weißen Zaristen von den jüdischen Emigranten getrennt zu halten. Sie konnte gleichwohl die Kugel nicht abfangen, mit der der Uhrmacher Schwarzbart aus St. Paul den Hetman der Ukraine, Petljura, abknallte; der hatte ihm in dem letzten Pogrom daheim seine ganze Familie ermordet.

Der junge Levi besuchte den Vater jeden Freitagabend. Nathan Levi dankte Gott, weil sein Sohn kein gewöhnlicher Kürschner geworden war, sondern ein auserwählter Mensch, der seinen Kranken ergeben war wie ein guter Lehrer seinen Schülern. Die Augenklinik war nicht nur für den Sohn, sie war auch für den Vater heiliger Boden. Der Vater ließ sich von dem Sohn Lehrbücher mit den Schemata des menschlichen Auges zeigen, über das offenbar sein Junge am meisten grübelte unter allen Organen, die Gott geschaffen hat. Er wunderte sich gar nicht, daß alle Professoren auf seinen Sohn bald aufmerksam wurden. Man ahnte auch schon in St. Paul vor dem Examen, daß der kleine Levi ein großer Augenarzt würde. Den Vater grämte bloß eins. Er selbst war in dem Alter des Sohnes Vater gewesen, die Liebe hatte sein Leben bis auf den heutigen Tag erhellt.

Er sprach über diesen Kummer mit seinem Nachbarn, dem Löb Mirsky. Der war jetzt sein Freund. Denn die plötzliche, zuerst unerträgliche Vereinsamung durch den Tod des Bruders und den Wegzug des Sohnes hatte die gute Folge, daß sich seine Augen auch für die Mitmenschen öffneten. Er hatte Anschluß an den Nachbarn gefunden, der schon längst vor dem Krieg, nach dem Ritualmordprozeß in Odessa und der daraus entstandenen Judenverfolgung, nach Paris verschlagen worden war. Er hatte, wie Levi, die Frau verloren und das Kind gerettet, eine Tochter, die ihm später den Haushalt führte, bis sie das Lernen mehr liebte, als es, wie ihr Vater glaubte, ihrem schönen Wuchs und ihrem ebenso schönen Angesicht zutunlich war. Die beiden Väter waren sich klar, daß ihre Kinder ein gutes Paar abgeben würden, wenn sie sich nicht den Plänen der Eltern durch die Einwirkung neuer Bräuche in dem neuen Land hartnäckig widersetzten. Der alte Levi, dem das schöne, störrische Mädchen überaus für den Sohn behagte, riet dem Nachbarn, endlich die Erlaubnis zu geben, daß die Tochter aller häuslichen Pflicht ledig werde und täglich zum Lernen auf das linke Seineufer nach der Sorbonne gehe. Es fügte sich dort, daß das Lernen die beiden jungen Leute ebenso sicher zusammenfügte wie der schlaueste Heiratsvermittler. Der junge Levi bemerkte schnell das dunkelbraune Haar, die sanften Augen, die durchsichtige Haut, den stillen Schritt. Die beiden Väter feierten nach dem Examen die ersehnte, die endlich geglückte Heirat.

Jakob Levi, der jetzt der Doktor Jacques Levi hieß, war noch längst nicht in dem Alter, in dem der Ruf eines Mannes sonst feststeht, als ihm zuerst in der Klinik seines Lehrers, dann in der eigenen Klinik an der Place de Sèvres der Zustrom der Kranken einen Namen machte. Der Vater freute sich, war aber erst glücklich, als er einen Enkel bekam, ein wenig später, als er gehofft hatte. Er hatte sich um so ungeduldiger Nachkommenschaft gewünscht, da er, genau wie dereinst seine Schwiegereltern, sich schwächer und älter fühlte, sobald er Frieden und Ruhe dazu hatte. Er saß oft in dem Sprechzimmer des Sohnes, wo er die Klagen und Lobpreisungen der Augenkranken anhörte. Dann fuhr er mit dem Sohn heim, um ein wenig mit dem Enkel zu spielen, und später, um die Schulhefte zu betrachten, wie er ehemals die des Sohnes betrachtet hatte.

Er trat eines Tages zu ungewohnter Zeit in die Klinik an der Place de Sèvres, als die Sprechstunde gerade beendet wurde. Er bedeutete dem erstaunten Sohn, er sei absichtlich gekommen, um mit ihm allein zu sprechen. Der Sohn hätte jetzt seine eigene Familie, sein eigenes Heim, sein Kind, seinen Beruf. Der Vater betrachte darum das Gebot erfüllt und die Zukunft seiner Nachkommenschaft gesichert. Der Doktor Jacques Levi wunderte sich, was sein Vater mit dem Besuch bezweckte. Er war noch erstaunter, als der Alte fortfuhr, in viel gewichtigerem, feierlicherem Ton, als er sonst zu sprechen pflegte, Gottes Wege seien unergründlich. Man bedenke, wie er nach dem Pogrom von L. zuerst nach Wien, dann von Wien nach Kattowitz, von Kattowitz nach Paris geflohen sei, den Sohn auf den Knien, und wie die Familie in dem Sohn gewachsen sei. Er sprach, als hätte er schon vergessen, daß der Sohn im weißen Arztkittel ihm gegenübersaß. Er wünschte wohl noch ein wenig der Hauptsache auszuweichen, die ihm endlich aus dem Mund kam.

Er sei nicht älter als jetzt sein Enkel gewesen, da hätte die ganze Stadt L. einen alten Mann an die Bahn begleitet, der abgefahren sei, um im Gelobten Land zu sterben. Das Reiseziel sei ihm schon damals als das verlockendste vorgekommen, das sich ein Mensch ausdenken könnte. Er könnte sich auch heute noch gut an den Abschied erinnern, als hätte er gestern stattgefunden. Damals sei der gewaltige Wunsch in sein Herz gepflanzt worden, auf demselben Fleck sterben zu dürfen, wenn er so alt sei wie der Alte. Er habe den Wunsch auch nie vergessen, nur tief in sich verborgen. Er habe bereits im geheimen das nötige Geld für die Reise gesammelt, auch für den letzten Aufenthalt in dem Altersheim in Jerusalem. Er hätte die Auflösung der Kürschnerei bereits dem Nachbarn übertragen, so daß nichts überstürzt werde.

Der junge Levi staunte über den Bericht des Vaters, der von mehr Entschlußkraft zeugte, als er dem sachten, weichen Mann je zugetraut hätte. Und diese Entschlußkraft bezog sich nicht auf die Lebensumstände, sondern auf das Sterben. Er staunte auch, daß der alte Mann, der sonst anschmiegsam und sehr offen war, den Plan wie ein Geheimnis verborgen hatte, sowohl in der letzten Zeit, als die Verwirklichung möglich wurde, wie durch sein ganzes früheres Leben, da der Plan nur ein Traum war. Er stellte dem alten Levi vor, daß ihm schon sein Umzug aus St. Paul nach dem Quartier Latin einen Schmerz bedeutet hätte, obwohl man doch keine halbe Stunde brauchte, um über die Brücke zu gehen. Er las aber in den glänzenden Augen des Alten, bevor er noch seine Warnung beendigt hatte, die Antwort. »Gewiß, wenn man stirbt, geht man einen weiteren Weg, als man je im Leben für möglich gehalten hat.« Der Sohn brach ab. Er verstand, daß es keinen Zweck hatte, seinen Vater abzuhalten. Es war im Gegenteil seine Pflicht, die Abreise zu erleichtern, damit der alte Mann seinen Tod ruhig erwarten konnte.

Der Vater, dem jede Trennung fast das Herz gebrochen hatte, bereitete sich selbst fliegend auf die Abreise vor. Er lud seine Kinder nach St. Paul zum Abschiedsessen ein, das so heiter wurde wie ein Feiertagsabend. Sein Sohn mußte ihm beim Abschied versprechen, regelmäßig zu schreiben. Er konnte sich ruhig auf den Tod vorbereiten in dem Land seiner Väter, wenn alles, was hinter ihm lag, besorgt war. Der Sohn schrieb seinen ersten Brief, bevor er den alten Mann an den Hafen brachte. Der Vater meldete in seinem ersten Brief zugleich seine glückliche Ankunft und den Dank für die Post, die er schon empfangen hatte.

Man fühlte an diesem Dank, daß der Alte beruhigt war, weil sein Anteil am Leben erfüllt war. Er dankte Gott, der ihm erlaubt hatte, in das Gelobte Land zurückzukehren, aus dem ihn nun nichts mehr wegbringen konnte. Er fühlte bei jedem Schritt, daß er jetzt auf der Erde ging, in der begraben zu liegen er sich von jeher gesehnt hatte. Er dachte zuerst überhaupt kaum mehr an das Leben, das er verlassen hatte. Er hatte zunächst nicht einmal Sehnsucht nach seinem Sohn oder nach seinem Enkel. Er dachte höchstens an seine tote Frau, die in seinen Träumen so sanft und so still wie er selbst war, die jüngste und lieblichste Tote. Er merkte kaum, daß das Heilige Land viel heißer war als all die Länder, die er bis jetzt auf Erden durchquert hatte. Er gab nicht auf die fremden Gesichter acht und die sonderbaren Gepflogenheiten und die Streitigkeiten um ihn herum, die nicht minder heftig wurden als in St. Paul. Weil man nicht wissen konnte, wieviel Zeit noch verging, bis man ihn ins Grab legte, ging er sehr vorsichtig mit seiner Barschaft um. Er wohnte in dem Asyl, das von alten, einsamen Männern bewohnt war, die gleich ihm aus allen Teilen der Welt gekommen waren, um hier im Gelobten Land zu sterben in einem kleinen Zimmer wie seins, das er mit einem Bewohner teilte. Er selbst war sanft und still, sein Zimmergenosse war grobknochig und ein wenig bösartig. Während Nathan Levi gern für sich allein nachdachte und lernte und betete, geriet der andere gern in Händel und in die heftigsten Auseinandersetzungen nicht nur mit diesem und jenem Hausgenossen, auch in der Gemeinde, sogar mit Gott selbst; er war für die Schlauheit berühmt, mit der er Erklärungen und Einwände einstreute, während Levi, früh gealtert, für ein wenig töricht galt.

Der alte Levi wurde sich nach und nach erst darüber klar, daß er immerhin noch auf Erden lebte, in alle Mißhelligkeiten des irdischen Lebens verstrickt. Indem er sich darüber klar wurde, fühlte er auch die Last des eigenen Alters. Er dachte weniger an die Tote, die er liebte, und desto mehr an die Lebenden, die er gleichfalls liebte. Er schrieb besorgt an den Sohn, den Doktor Levi in Paris. Er wartete aufgeregt auf Antwort. Er fühlte sich eine Zeitlang ruhiger, wenn ihn die Post über das Wohl der Familie beschwichtigte, die er daheim gelassen hatte. Vor seiner Abfahrt hatte er das Land, in dem er sich jetzt befand, für »Daheim« gehalten.

Der Arzt Levi schrieb viel leichter und heiterer, als er früher mit dem Vater hatte sprechen können. Die leise Unruhe entging ihm nicht, die erst nach und nach aus den Briefen des Alten klang, sowenig wie einem Vater die Unruhe in den Briefen des Sohnes entgeht. Als ihm der Alte einmal schrieb, er könne jetzt seinen Sohn gut brauchen, weil seine Augen schwächer würden, schrieb ihm der Sohn beinah streng zurück: »Du hast Gott bei der Ankunft gedankt, daß Du endlich angekommen bist. Es gibt überall gute Ärzte, besonders da, wo Du bist. Die Heilkunst ist nicht auf ein einzelnes Land beschränkt und erst recht nicht auf einen einzigen Menschen. Ich kann jetzt nicht zu Dir fahren, weil ich meine Hilfe vielen versprochen habe.« Der Vater setzte sich mit dem Brief an die hellste Stelle des kleinen Zimmers, an das Fenster, das auf den Garten ging. Es war kein üppiger Garten, ein paar junge Bäume umschlossen das Herz des Gartens, das Stückchen Rasen. Die Bäume waren von der Gemeinde gestiftet und gepflanzt worden. Ihr kleiner kreisrunder Schatten reichte gerade aus für eine zusammengerückte Gruppe von Greisen. Der alte Levi fühlte sich durch den Brief getröstet und auch ein klein wenig beschämt. Er nahm sich vor, von jetzt an seine Leiden und Schwächen zu verschweigen. Sein Sohn schrieb fortwährend fröhlich und beinahe aufmunternd, als ob er ahnte, daß sein Vater gerade solcher Briefe bedürfte. Er fragte nicht einmal mehr nach der Augenkrankheit, so daß der alte Mann sich beruhigte, der Sohn hätte seine kurze Klage vergessen.

Der Arzt hatte aber gar nichts vergessen. Er fragte nur deshalb nicht mehr, weil er wußte, daß er dem Alten ohnedies nie mehr würde helfen können. Er schrieb immer weiter leicht und froh, auch als sein eigenes Glück unversehens zerstört war. Auf einmal war ihm, der mitten in der Arbeit stand, der Tod viel näher als seinem Vater, der weggefahren war, um zu sterben.

Er hatte längst den Ruf eines großen Augenarztes, zu dem auch Kranke aus fremden Ländern fuhren. Er selbst sah in dem Erfolg nur ein zufälliges Zubehör seines Berufes, den er treu erfüllt hatte, Tag und Nacht, ohne sich von Müdigkeit oder von Zweifel irremachen zu lassen oder von Fehlschlägen oder von Klagen. Er war nicht stolz auf den Erfolg. Er war nur den Kranken dankbar, daß sie zu ihm kamen, weil sie bei ihm auf Heilung hofften. Die junge Frau hatte immer verstanden, daß zwischen daheim und Spital keine Trennung war. Sie hatte ihm von der ersten Stunde an beigestanden, damals, als sie im Hörsaal aufeinandergestoßen waren, ohne zu wissen, daß sie einen Plan ihrer Väter erfüllten. Sie hatte immer danach verlangt, aus dem engen Heim herauszukommen, in dem es nur eine Art Pflichten gab, die ihr dürftig und kleinlich vorkamen. Jetzt hatte sie ernste, schwerwiegende Pflichten in ihrem Haus, in dem die Kranken zur Familie zählten, an den Betten der Kranken, bei der Erziehung des kleinen Sohnes, die nur ein Teil ihrer Pflichten war. Die Eltern freuten sich, daß ihr Sohn in dem Land aufwachsen konnte, in dem sie erst Wurzel hatten schlagen müssen, daß er nicht erst in der Schule Französisch lernte, sondern schon vorher so gut wie sein Lehrer sprach. Wenn sie den Jungen vom Fenster riefen, dann freuten sie sich, wenn er mit den Gassenbuben spielte, so daß er gar nicht von dem Knäuel sich balgender Buben zu trennen war, anstatt, wie früher sein Vater, verlegen, in seltsamen Kleidungsstücken aus der Haustür dem Spiel zuzusehen. Sie teilten Sorgen und Freuden in ihrem gemeinsamen Leben, wie immer in ihren Familien die Väter und Mütter Sorgen und Freuden geteilt hatten, nur waren es andere Sorgen und andere Freuden gewesen.

Der Arzt merkte frühzeitig, als sein äußeres Glück beneidet wurde, daß sein Glück von innen heraus bedroht war. Er täuschte sich nicht über die Art seiner Krankheit, die ihn zuerst nur gelegentlich plagte. Er konnte selbst seinen Todestag beinahe festsetzen, als alle Heilversuche fehlgeschlagen waren. Er nutzte die Zeit, in der er noch kräftig und ruhig war. Sein Vater brauchte nie zu erfahren, daß er vor ihm hatte sterben müssen. Er schrieb darum, obwohl ihn die Schmerzen schon hinderten, mit Aufbietung seiner letzten Kräfte soviel Briefe, wie sein Vater in den vereinbarten Abständen zu empfangen gewöhnt war. Er gab das Bündel vorbereiteter Post seiner Frau und nahm ihr ebenso feierlich, wie ihn sein Vater zum Schreiben verpflichtet hatte, das Versprechen ab, nach seinem Tod einen Brief nach dem anderen abzuschicken. Wenn er sich, von Schmerzen gepackt, zum Schreiben zwang, dann fragte sie lächelnd, als sei damit die Gewißheit weggeschoben, wie er denn für die kommenden Jahre Dinge vorausbeschreiben könne. Ihr Mann erwiderte, daß es Dinge genug zu beschreiben gäbe, die nichts auf der Welt veränderte.

Er schickte selbst einen Patienten nach dem anderen zu fremden Ärzten, von denen jeder, wie er beteuerte, ebensoviel wie er selbst verstand. Er machte sich klar, was er gesund nie geglaubt hätte, daß seiner nicht länger bedurft wurde und daß die Gesunden und Kranken ohne ihn auskommen mußten, da die Heilkunst nicht auf einen Menschen beschränkt war, genau wie er seinem Vater gesagt hatte.

Die junge Frau glaubte selbst dann noch nicht an seinen Tod, als er das Kind nicht mehr erkannte. Selbst als er schon auf dem Totenbett lag, konnte sie sich das

Kind nicht als Waisenkind vorstellen. Bei dem Begräbnis waren die ehemaligen Nachbarn noch einmal stolz auf den jungen Levi, der es so weit gebracht hatte. Denn viele Ärzte mit großen Namen kamen zu seiner Beerdigung und kleine bärtige Landsleute, sogar der immer noch rüstige Lehrer Rosenzweig. Es kam auch der Lehrer vom Lycée Charlemagne. Ein jeder von beiden dachte bei sich, daß er den Toten zu dem gemacht hatte, was er im Leben gewesen war.

Die Frau schickte pünktlich den ersten Brief an den alten Levi aus dem Vermächtnis des Toten, das ihr wie ein Auftrag des Lebenden vorkam. »Du wunderst Dich vielleicht«, stand in dem Brief, »daß ich nicht sofort zu Dir gereist bin, als Du mir zu verstehen gegeben hast, daß Du krank bist. Du hast mich selbst beim Abschied gelehrt, daß es eine noch höhere Verpflichtung gibt. Du bist von Deiner Familie weggefahren, um Deinen brennendsten Wunsch zu erfüllen. Ich habe damals sofort verstanden, daß nicht Deine Liebe zu mir sehr klein war, sondern Dein Wunsch sehr groß.«

Die Frau besorgte dem Toten Brief nach Brief, so wie sie ihm lebend jede Last abgenommen hatte. Ein jeder Brief fügte ihr gemeinsam gelebtes, jäh gespaltenes Leben wieder zusammen. Der alte Levi freute sich, wenn er einen Brief bekam, daß er so klug gewesen war, die zwei widerspenstigen jungen Leute, die sich keinen Befehlen gefügt hätten, mit einer List zusammenzubringen. Der Sohn schien auch jetzt zu bereuen, daß er den alten Mann nie hatte an seinem Glück genug teilnehmen lassen. Er fand jetzt auch Worte, um ihm begreiflich zu machen, was ihn mit der Frau verband, als ob er sich früher geschämt hätte, etwas zu rühmen, was der

Alte nicht begriffen hätte. Der alte Levi konnte das Bild der jungen Frau nicht recht erkennen, das manchem Brief beigefügt war. Er labte sich an den lobenden Ausrufen seiner Freunde. Er dachte aber, daß keine Frau der Welt, sie mochte sein, wie sie wollte, es je mit seiner eigenen hätte aufnehmen können.

»Ich brauche Dir, lieber Vater, nicht erst zu beschreiben, wie wir drei den Feiertag ohne Dich verbracht haben. Wir lassen den Sessel für Dich frei, als seiest Du nur eben aus dem Zimmer gegangen.« Der alte Levi versuchte, den Brief selbst zu lesen, erreichte aber bald nicht mehr, als das Papier zwischen seinen Fingern zu befühlen. Sein Zimmergefährte, der selbst keine Post bekam und daher mit Neugierde diese Briefe erwartete, kam rasch herbei, um sie langsam und gründlich vorzulesen. Der Alte diktierte ihm auch bald seine Antworten, damit den Sohn seine zittrige Schrift nicht beunruhige. Allmählich gewöhnten sich auch die übrigen Greise im Altersheim, mit ihm auf die Post aus Paris zu warten und ihn zu trösten, wenn er zu lange warten mußte.

Die junge Frau in Paris genoß die väterlich einförmige Antwort an den weit weg lebenden Sohn, als sei durch diesen Briefwechsel der Tod selbst überlistet. An Festtagen sperrte sie sich in ihr dunkles Zimmer, wo sie am besten des Schimmers verlorener Feste habhaft wurde. Sie machte sich die Absendung der von dem Mann hinterlassenen Briefe zu einer abergläubisch genauen Pflicht. Die neuen Bewohner des Hauses hatten ihr eine Zuflucht gelassen. Sie hießen Dumesnil, der Mann, ein Augenarzt, war der Freund des Toten gewesen. Er hatte eine junge Frau, so alt wie die Witwe, sie waren in alten Tagen in Freuden und Sorgen zwei gute Paare gewesen.

Jetzt war von der alten Freundschaft nichts übrig als der kleine magere Junge und die schweigsame, über die Trauerzeit hinaus dunkelgekleidete Frau, die sich durch nichts bewegen ließ, an ihren Freuden teilzunehmen. Sie schien sich immer nur zu wundern, wie leicht und wie schnell sie den Toten vergessen hatten. Der alte Mann allein wartete sehnsüchtig auf die Briefe. Für ihn war der Mann lebendig wie für sie selbst.

Der alte Levi spürte jetzt immer deutlicher, daß er noch mit einem Fuß auf der Erde stand. Die Erde ließ ihn so leicht nicht fort, wie er geglaubt hatte. Die alten Männer saßen jetzt oft in großer Unruhe beisammen. Das Land ihrer Väter war genauso wie alle Länder der Welt von Unruhe aufgewühlt und von den düsteren Nachrichten, die wie Schwärme von Todesvögeln dem Krieg vorauszogen. Was Hitler beging, war nur ein Nachspiel von alten berühmten Untaten, die ihnen geläufiger waren als alles, was heute geschah, und ihnen traumhaft und zeitlos vorkamen. Der Aufschub des Krieges war einer der ohnmächtigen Versuche, dem Unvermeidlichen zu entgehen. Der Ausbruch des Krieges war das häufig erlebte Vorspiel des unvermeidlichen Endes. Wenn ihre eigene Erinnerung versagte, fanden sie immer noch in der Bibel Vergleiche mit ungeheurem Gemetzel, mit Einkerkerungen und Hinrichtungen und auch mit unwahrscheinlichen Heldentaten. Dort fanden sie Beispiele aus den Zeiten der Richter und der Könige von scheinbar aussichtslosen Wagnissen um des Glaubens willen, auch von todesmutigen Rückzugsgefechten einer kleinen Schar. Und giftige Pfeilregen waren über die Städte gegangen, so tödlich wie heute die Bomben auf London. Sie saßen eng um den alten

Levi herum, der an Wuchs unter ihnen der kleinste Greis war, in dem kleinen runden Schatten, der ihnen allen am Garten am besten behagte. Sie steckten auf diesem Rasenplätzchen die Köpfe zusammen, als wüchsen die starren Bärte aus einer einzigen Dolde.

Der Vater Levi merkte an ihrem fortwährenden Trost, wie schlimm es jetzt in Europa stand und welche Gefahren sein Fleisch und Blut bedrohten. Fast jeder Trost hat ja die Wirkung, daß man an seiner Maßlosigkeit die Gefahr am besten ahnt. Die Jugendtage waren ihm selbst im Alter nur noch klarer geworden. Die Tritte der Kosaken waren ihm nie verhallt. Das weiße, im Sterben glänzende Gesicht seiner Frau war ihm jung und weiß geblieben. Der Kranz von seidigen und von struppigen Bärten zuckte und zitterte um seinen eigenen Bart herum, der gar nicht klein und fein wie er selbst war, sondern greisenhaft wuchtig. »Lieber Vater, unsere Gedanken bleiben bei Dir. Der eine von uns wird weit gerufen, der andere darf nicht von dem Platz weggehen, auf den er einmal gestellt worden ist.« Der alte Levi schloß sich schon längst nicht mehr mit seinen Briefen ein; da er ohnedies auf die Hilfe aller seiner Gefährten angewiesen war, teilte er nicht bloß die Wege mit ihnen, da er nicht mehr allein gehen konnte, die Handgriffe beim Anziehen, die zahllosen Befürchtungen und Mutmaßungen. Er hatte sich auch daran gewöhnt, das Beste mit ihnen zu teilen: die Briefe des Sohnes und den Trost, der ihm aus ihnen kam. »Lieber Vater, was auch geschieht, meine Arbeit bleibt immer dieselbe. Was auch der Tag für Ereignisse bringt, mein Tagewerk ist mir vorgeschrieben. Was auch die Menschen für Wege einschlagen müssen, ich gehe jeden Morgen denselben Weg, von meinem

Haus zu meinen Kranken. Was sich auch jetzt auf der Welt ereignet, die aufregendsten und geheimnisvollsten Ereignisse vollziehen sich für mich in dem Augenspiegel. Ich danke Dir Tag und Nacht, lieber Vater, daß Du mir damals keinen Widerstand entgegengesetzt, sondern mich immer nur bestärkt hast in dem Beruf, den ich mir gewählt habe.« Die weißen und grauen Zotteln kitzelten Levis Gesicht, wenn ihre Köpfe sich über den Brief beugten. Er ließ ihn nicht gern aus der Hand, selbst wenn er ihn nicht entziffern konnte.

Die Witwe in Paris hatte den Ausbruch des Krieges mit all der Ruhe und Gleichmäßigkeit erlebt, die Menschen aufbringen, die an Leid gewöhnt sind. Sie konnte den anderen zeigen, wie man sich in schweren Tagen verhält, die ihr geläufiger waren als jenen, die immer nur gute erlebt hatten. Sie war früher beinah ein Hemmnis geworden, weil es ihr nie gelungen war, sich in die Lustigkeiten und Festlichkeiten zu fügen. Die Doktorsleute freuten sich jetzt, wenn sie eintrat, gewappnet gegen Kummer. Sie wunderten sich, weil sie an ihrem Geburtsland hing, in dem sie als Kind nur Schlechtes erlebt hatte. Seit Polen verbrannt und verwüstet war, besann sie sich nur auf die guten Stunden. Sie sprach von den Bauersleuten, die ihr einen Apfel geschenkt hatten, damals, als man ihre Mutter erschlug. Das ganze gequälte Volk setzte sich jetzt für sie aus dieser Art Bauersleuten zusammen. Der dicke Rock der Bäuerin, in den sie sich einmal hatte ausweinen können, verdeckte damals und heute das Schlechte.

Der alte Mann wartete desto ungeduldiger auf Post, je dringlicher ihn seine Freunde trösteten.

»Lieber Vater, Du darfst nicht verzweifeln, wenn die Post von mir manchmal eine kurze Zeit ausbleibt. Was auch kommen mag, ich bin immer auf meinem Posten. Meine Pflichten verändern sich nie. Du kannst Dir an jeder Stunde am Tag vorstellen, was ich gerade tue. Für mich gibt es keine Zerstreuung und keine Ablenkung mehr. Ich stehe auf, sobald mich ein Kranker braucht.« Gewiß, den Sohn hielt im Krieg die Pflicht erst recht bei den Kranken fest. Das Glück über den Brief fiel mit dem Segen des kleinen Schattens zusammen, da ihm die Sonne sonst weh tat. Soweit man sich aus dem Gelobten Land in ein schlechtes sehnen kann, hatte er manchmal geheime, sich selbst nicht eingestandene Sehnsucht nach Kälte, die einem die Backen zerbiß, nach der vor Frost gesprungenen Erde, nach unbändigem Schneegestöber. Er labte sich, bis ein neuer Brief kam, an dem Geknister des alten, den er heimlich, statt mit dem Blick mit den Fingerspitzen genoß. Er bat manchmal seine Hausgefährten, den alten Brief zu wiederholen. Sie folgten ihm gerne, weil solche Briefe auch sie trösteten.

Die Witwe des Arztes rüstete schon in Paris ihr Gepäck, um abzufahren. Man sagte sich in der Stadt, daß Hitler die Maginotlinie umgangen hätte und jede Stunde näher rücke. Die Flüchtlinge übernachteten auf den Straßen und in Bahnhöfen. Die Autos schleppten seltsame Lasten durch die Tore: Statuen des Louvre, Kisten voller Banknoten, Instrumente von Spitälern, bunte Glasfenster aus den Kirchen. Die junge Frau sah den bepackten Postautos mit dem Gedanken nach, ob jetzt ein Brief ihres Mannes vor dem Einmarsch der Nazis das Schiff erreichen konnte.

Der Fall von Paris war schon zu den Ohren des alten Levi gekommen, als er den Brief in der Hand hatte, auf den er diesmal in einer Verzweiflung hatte warten müssen, die nur durch das Alter gemildert war und durch die Nähe des Todes, der alles dämpft und mildert.

Der älteste Greis, dem merkwürdig scharfe Augen geblieben waren, wie auch sein Verstand scharf und klar war, las allen genau und eindringlich vor: »Mir hat heute morgen ein Kranker einen Traum erzählt, ein junger Mensch, der kürzlich ein Auge verlor. Wir sind noch um sein zweites Auge besorgt. Ich fürchte, ich kann es nicht mehr retten, obwohl ich bemüht bin, ihm das Gegenteil zu versichern. Mir träumte, erzählte er, mein zweites Auge sei gleichfalls verloren. Ich war verzweifelt. Man nimmt mir meinen Verband ab. Auf einmal sehe ich alles mit beiden Augen, sogar mit dem Auge, das gar nicht mehr da ist; ich sehe Sie, ich sehe das Licht; ich sehe den ganzen Krankensaal. – Ein andrer erzählt mir im Spital, er liebe die Nacht am meisten, denn wenn ihm auch tagsüber alles dunkel sei, bei Nacht im Traume erkenne er seine Frau wieder, die Gesichter seiner Kinder.«

Dem Vater dünkte, der Sohn, der sich stets vorm Wortemachen gescheut hatte, fände jetzt erst im Schreiben seine verborgene Beredsamkeit. Er hätte jetzt erst Lust, die kleinen Begebenheiten zu schildern, die er früher bei Fragen gern übergangen hatte.

»Mir wird oft bang, wenn mich die Kranken drängen, ihnen die ganze Wahrheit zu sagen. Sie sagen zwar, ganze Wahrheit, doch was sie meinen, ist Hoffnung. Ich weiß aber schon durch einen Blick, ob ihre Krankheit heilbar ist oder ob nur der Tod sie heilen kann.«

Der alte Levi fühlte, daß solche Worte auch auf ihn selbst gemünzt waren. Er stellte sich unter dem Ewigen Licht eine milde Klarheit vor, die ihm kein Arzt mehr verschaffen konnte, und wäre er selbst dem Sohn überlegen.

Die Witwe des Arztes hatte inzwischen mit ihrem Kind den Ausgang aus Paris angetreten. Sie gehörten zu den Verdammten, die das Jüngste Gericht in der teuflischen Juniwoche von Sonntag bis Mittwoch über die Route d' Orléans gegen die Loire jagte. Sie drückte in dem Auto der Arztfreunde ihr Kind hart an sich. Sie kamen ruckweise vorwärts in dem Wirbel und in den Stokkungen des Menschenstroms. Am Straßenrand lagen die Trümmer verunglückter und von Fliegern zerstörter Autos in Klumpen von Toten und von Verwundeten. In dem Unglück, dem das Herz nicht mehr gewachsen war, erschien selbst der Tod nur ein unvermeidlicher Zwischenfall. Auf vielen Bäumen hatten Mütter die Namen der plötzlich im Gewühl verlorengegangenen Kinder angeschrieben. Die Witwe des Arztes hatte nicht mehr das Bewußtsein, ihr Mann sei tot, viel eher, er sei in dem Wust verlorengegangen. Die tiefe Gleichgültigkeit der Frau, ihr Unbewegtsein von Todesgefahr, das ihr die Verzweiflung eingab, erschien ihren Reisegefährten als Mut. Sie krochen alle zusammen unter das Auto, wenn ein Fliegergeschwader am Himmel heransurrte. Sie hörten jedesmal um sich herum in Splittern und Trümmern das Geheul von Menschen. Sie hatten das Glück, daß ihr Wagen heil blieb. Sie merkten erst im Weiterfahren, daß das Kind gestreift worden war. Weil es viel zu verstört war, um zu klagen, bemerkten sie seine Wunde erst, als sein Kittel von Blut trätschte. Sie fuhren das Ufer der Loire entlang auf der Suche nach einer Brücke, die noch nicht gesprengt war. Die Menschen schrien, zwischen Pfeilern baumelnd, in ihren zerbrochenen Wagen. Das Kind lag auf den Knien der Mutter, betäubt oder in krankem Schlaf. Es schlief auch noch auf der rechten Loireseite, als sie nachts in ein Gehöft krochen. Sie rasteten, bis sich der Junge erholt hatte. Dann fuhren sie rasch gegen Süden. Obwohl die Frau ihr ganzes Gepäck bei der Reise eingebüßt hatte, trug sie das Päckchen von ihrem Mann hinterlassener Briefe noch unversehrt in der Tasche. Es war ihr ein ebenso teures Gut wie dem alten Vater, die Bürgschaft des Lebens. Sie setzte das Kind am Bahnhof von Toulouse in den Schoß der Freundin, um den nächsten Brief einzuwerfen.

Sie fanden Zuflucht in einem Dorf an der Rhône, das von Flüchtlingen vollgestopft war. Die Dumesnil waren ihrer Untätigkeit bald müde. Sie trauten dem Waffenstillstand sowenig wie den neuen Herren in Vichy, die ihn unterschrieben hatten. Sie rüsteten sich, von Marseille nach Algier zu fahren, weil dort ihre Kraft gebraucht werden konnte. Sie drangen umsonst in die Frau Levi ein, sich mit dem Kind ihnen anzuschließen. Doch eben das Kind, das immer noch schwach und kränklich herumlag, wurde der Frau zum Anlaß, ihre Reise hinauszuschieben; ein Anlaß, der eher ein Vorwand war, ihre restlichen, viel zu geringen Kräfte nicht länger gegen ein Schicksal aufzulehnen, in das sie von vornherein ergeben war, weil sie keinen Widerstand mehr aufbrachte. So daß die Dumesnil nicht mehr aus Freundespflicht bei ihr aushalten konnten, sondern sich auf ihre eigene Kraft und auf ihr eigenes Schicksal verließen. Frau Levi gab den Freunden den letzten Brief des Toten, da sie ihrem Schicksal schon selbst mißtraute, nach Afrika mit, damit er sicher befördert wurde. Das Bild des alten Vaters hatte zwar seine Leuchtkraft eingebüßt wie alle Erinnerungen, das Bild des Toten war aber klarer geworden.

Als der alte Levi den Brief bekam, den die Frau noch

selbst in Toulouse eingeworfen hatte, da rückten die Greise dicht um ihn herum. Der greiseste Greis, dem der Brief nur noch schimmerte, las ihm in die Augen und Ohren. »Das Kind fragt uns oft, wann Du wieder zurückkommst. Es kann nicht verstehen, daß Du fort bist. Ich denke manchmal, wie schlau die Kinder sind, daß sie den Tod nicht wahrhaben wollen. Sie halten das Sterben für einen von den sonderbaren Einfällen, die wir Erwachsenen manchmal haben.«

Obwohl der alte Levi schon längst nicht mehr lesen konnte, setzte er sich in seiner freien Zeit allein mit dem Brief an den gewohnten schattigen Platz. Man hätte von weitem glauben können, er sei noch ein junger, gesunder, scharfsichtiger Mensch, wenn man ihn beobachtete, weil er den Bogen immer wieder entfaltete und das Kuvert glättete und, immer wieder die Lippen bewegend, über die Zeilen flog, deren bloßer Schimmer ihm vertraut war. Er war viele Wochen mit dem Brief ruhig. Dann fing er an, auf einen neuen zu warten, zuerst im geheimen, immer noch von dem alten getröstet, dann seufzend und nach Post fragend und schließlich laut unruhig und sichtbar gequält. Die Mitbewohner trösteten ihn, so gut sie konnten. Doch konnten sie nicht verhindern, daß er stets nach der Ankunft des Postboten horchte und manchmal tappend und tastend dem Briefträger entgegenging, nur um zu erfahren, daß sein Sohn noch nicht geschrieben hatte. Der Älteste, der helläugige Greis, der auch der Schlaueste war, kam auf den Gedanken, selbst einen Brief zu verfassen, denn der alte Levi könnte den echten ja nicht mehr lesen. Die Hausgefährten weigerten sich. Ein solcher Betrug erschien ihnen sündhaft. Wenn schon ein Unglück bestimmt sei, dann müsse es ertragen werden.

Inzwischen wartete jene Arztfamilie Dumesnil an ihrem Bestimmungsort in Algier auf die Ankunft der jungen Frau mit dem Knaben. Statt ihrer kam nur die Nachricht, der Sohn sei noch zu krank, um abzufahren. Sie drängten, weil die Nazibesetzung Frankreichs von Tag zu Tag drohte. Die Witwe begann zwar endlich, ihre Überfahrt anzuordnen, die immer verschoben wurde, wie es vielen ging, durch die Beschaffung all der Zulassungspapiere. Die Frau des französischen Arztes erinnerte sich unterdessen ihres festen Versprechens, den anvertrauten Brief an den alten Levi zu besorgen. Sie verstand, daß die Absendung dieses Briefes ein Gelöbnis war, das ihre Freundin unverbrüchlich ernst nahm.

Der alte Levi war von Krankheit und vor Verzweiflung winzig zusammengeschrumpft. Genau das war eingetreten, was der Sohn verhindern wollte. Statt Friede im Land seiner Väter zu finden, war er in Gedanken im Land seiner Kinder, in dem es blutig und wild herging. Er malte sich alle Leiden aus, die den Sohn betroffen haben konnten. Es deuchte ihn jetzt, er hätte ihn im Stich gelassen.

Er saß an seinem gewohnten Platz, den letzten Brief in einem fort mit den Fingern zerknitternd, als sein Nachbar herankeuchte, der neue Brief sei gekommen. Man rief den Helläugigen; um zuzuhören, drängten die anderen Hausgenossen um den Greis.

»Mein lieber Vater, ich habe in der Nacht geträumt, ich ginge durch die Höfe und Gänge von St. Paul, ich war ein kleiner Junge, ich ging gar nicht an Deiner Hand, sondern an Großvaters Hand. Wir gingen die Wendeltreppe hinauf in den ersten Stock der Synagoge. Die

Großmutter zeigte mir von oben herunter die Jahrzeitkerze, die für die Mutter angesteckt wurde. Ich sah auf das Flämmchen begierig hinunter.«

Der alte Levi drehte sein Gesicht, das vom Weinen schnell naß war. Er fühlte wieder einen Anflug von Sehnsucht nach seiner irdischen Heimat. Wie merkwürdig diese Sehnsucht nach einem elenden Land, in dem man nichts anderes erlebte als Schmach und Leiden. Die unklaren Gesichter sämtlicher alten Männer, die inzwischen alle herbeigekommen waren, durch die Neuigkeit von dem Brief in den Garten gelockt, verschwammen mit den Gesichtern noch viel älterer Männer, die die Zeit verwaschen hatte. Der alte Levi wunderte sich, weil auch sein Schwiegervater mit dem fransigen, dünnen Bärtchen hierhergefahren war. Der Lehrer Rosenzweig war auch gekommen, er fuchtelte streitsüchtig mit den Händen. Der Bruder der Schneiderin, der seinem kleinen Jungen in Paris die hebräische Schrift beigebracht hatte, als niemand noch ahnte, was für Ruhm der Junge erwerben sollte. Der Ruhm war dem Vater selbst unfaßbar geworden, nicht als ob er schon vergangen sei, sondern als ob er noch gar nicht begonnen hätte. Jetzt drängte sich jener Schreiner in den Kreis, der seine Werkstatt in dem Hof der Synagoge in St. Paul hatte. Er war ein spindeldürres Männchen, verwachsen, mit einer weißen Flocke von Bärtchen. Sie fingen alle miteinander an, sich aus dem Brief vorzumurmeln. Die schmale, schmutzige, ewig schattige Gasse war über ihnen von den Türmen und Zinnen des verfallenen Palastes gerändert.

Er trat unsicher in den Hof. Das krumme Männchen mit seiner weißen Flocke von Bärtchen nahm ihm die Kerze ab, die er vorsichtig in der Hand trug. Er steckte sie in ein freies Loch in der zinnernen Platte, in der es schon etliche Kerzen gab. Der Schwiegervater sprach das Gebet, und er zündete die Kerze an. Das glänzend bleiche, zarte Gesicht seiner Frau, die bei dem Pogrom im Keller gestorben war, glimmte in dem Flämmchen auf. Es war so lieblich, daß das Gesicht seiner Schwiegertochter nicht damit zu vergleichen war. Sie war so fein und dünn wie die Kerze, und alles, was nachkam, war vergänglich und unfaßbar wie die paar Wachstropfen, die auch zerschmolzen.

Die junge Witwe war nicht rechtzeitig abgefahren. Die Naziarmee besetzte ganz Frankreich. Die französischen Freunde in Algier liefen umsonst von einem Schiff zum andern. Sie bekamen nach einiger Zeit nur die Nachricht, die Frau mit dem kranken Kind sei irgendwohin verschleppt worden. Sie hatte, wie es zu gehen pflegt, die Abfahrt verschoben, um das Kind zu schonen, und dadurch nur den Untergang vorbereitet. Die Freunde hofften auf kein Wiedersehen mehr. Sie sprachen nur manchmal davon, Mann und Frau, die beiden Franzosen, ob man nicht einen Brief an den alten Levi verfassen müßte. Sie fanden auch einen Flüchtling, der imstande war, einen Brief zu verfassen, der ungefähr den Briefen entsprechen mochte, an die der alte Mann gewöhnt war. Da der alte Levi in dieser Zeit schon beerdigt war, erfuhr man nicht mehr, ob der Brief völlig gelungen war. Er befriedigte jedenfalls nicht die übrigen Hausbewohner. Sie waren bereits so stark an die Ankunft der Briefe gewöhnt, daß sie auch jetzt nach Levis Tod diesen Brief auf dem gewohnten Platz miteinander lasen. Vielleicht war nur die Abwesenheit des Empfängers daran schuld, daß sie sich nicht ganz so beruhigt und erquickt wie früher fühlten.

Der Ausflug der toten Mädchen

»Nein, von viel weiter her. Aus Europa.« Der Mann sah mich lächelnd an, als ob ich erwidert hätte: »Vom Mond.« Er war der Wirt der Pulqueria am Ausgang des Dorfes. Er trat vom Tisch zurück und fing an, reglos an die Hauswand gelehnt, mich zu betrachten, als suche er Spuren meiner phantastischen Herkunft.

Mir kam es plötzlich genauso phantastisch wie ihm vor, daß ich aus Europa nach Mexiko verschlagen war. – Das Dorf war festungsartig von Orgelkakteen umgeben wie von Palisaden. Ich konnte durch eine Ritze in die graubraunen Bergabfälle hineinsehen, die, kahl und wild wie ein Mondgebirge, durch ihren bloßen Anblick jeden Verdacht abwiesen, je etwas mit Leben zu tun gehabt zu haben. Zwei Pfefferbäume glühten am Rand einer völlig öden Schlucht. Auch diese Bäume schienen eher zu brennen als zu blühen. Der Wirt hatte sich auf den Boden gehockt, unter den riesigen Schatten seines Hutes. Er hatte aufgehört, mich zu betrachten, ihn lockten weder das Dorf noch die Berge, er starrte bewegungslos das einzige an, was ihm unermeßliche, unlösbare Rätsel aufgab: das vollkommene Nichts.

Ich lehnte mich gegen die Wand in den schmalen Schatten. Um Rettung genannt zu werden, dafür war die Zuflucht in diesem Land zu fragwürdig und zu ungewiß. Ich hatte Monate Krankheit gerade hinter mir, die mich hier erreicht hatte, obwohl mir die mannigfachen Gefahren des Krieges nichts hatten anhaben können. Wie es bisweilen zu gehen pflegt, die Rettungsversuche der Freunde hatten die offensichtlichen Unglücke von mir gebannt und versteckte Unglücke beschworen. – Ich konnte, obwohl mir die Augen vor Hitze und Müdigkeit brannten, den Teil des Weges verfolgen, der aus dem Dorf in die Wildnis führte. Der Weg war so weiß, daß er in die Innenseiten der Augenlider geritzt schien, sobald ich die Augen schloß. Ich sah auch am Rand der Schlucht den Winkel der weißen Mauer, die mir bereits vom Dach meiner Herberge aus in dem großen, höher gelegenen Dorf, aus dem ich heruntergestiegen war, in den Augen gelegen hatte. Ich hatte sofort nach der Mauer und nach dem Rancho gefragt oder was es sonst war, mit seinem einzelnen, vom Nachthimmel gefallenen Licht, doch niemand hatte mir Auskunft geben können. Ich hatte mich auf den Weg gemacht. Trotz Schwäche und Müdigkeit, die mich schon hier zum Ausschnaufen zwangen, mußte ich selbst herausfinden, was es mit dem Haus auf sich hatte. Die müßige Neugierde war nur der Restbestand meiner alten Reiselust, ein Antrieb aus gewohnheitsmäßigem Zwang. Ich würde, sobald sie befriedigt war, sofort zu dem vorgeschriebenen Obdach zurücksteigen. Die Bank, auf der ich ausruhte, war bis jetzt der letzte Punkt meiner Reise, sogar der äußerste westliche Punkt, an den ich jemals auf Erden geraten war. Die Lust auf absonderliche, ausschweifende Unternehmungen, die mich früher einmal beunruhigt hatte, war längst gestillt, bis zum Überdruß. Es gab nur noch eine einzige Unternehmung, die mich anspornen konnte: die Heimfahrt.

Das Rancho lag, wie die Berge selbst, in flimmrigem Dunst, von dem ich nicht wußte, ob er aus Sonnenstaub bestand oder aus eigener Müdigkeit, die alles vernebelte, so daß die Nähe entwich und die Ferne sich klärte wie eine Fata Morgana. Ich stand auf, da mir meine Müdigkeit schon zuwider war, wodurch der Dunst vor meinen Augen ein wenig verrauchte.

Ich ging durch den Einschnitt in der Palisade aus Kakteen und dann um den Hund herum, der, wie ein Kadaver völlig reglos, mit Staub bedeckt, auf dem Weg schlief, mit abgestreckten Beinen. Es war kurz vor der Regenzeit. Die offenen Wurzeln kahler, verschlungener Bäume klammerten sich an den Abhang, im Begriff zu versteinern. Die weiße Mauer rückte näher. Die Wolke von Staub oder auch von Müdigkeit, die sich schon ein wenig gelichtet hatte, verdichtete sich, in den Bergeinschnitten nicht dunkel wie Wolken sonst, sondern glänzend und flimmrig. Ich hätte an mein Fieber geglaubt, wenn nicht ein leichter heißer Windstoß die Wolken wie Nebelfetzen nach anderen Abhängen verweht hätte.

Es schimmerte grün hinter der langen weißen Mauer. Wahrscheinlich gab es einen Brunnen oder einen abgeleiteten Bach, der das Rancho mehr bewässerte als das Dorf. Dabei sah es unbewohnt aus mit dem niedrigen Haus, das auf der Wegseite fensterlos war. Das einzelne Licht gestern abend hatte wahrscheinlich, wenn es keine Täuschung gewesen war, dem Hofhüter gehört. Das Gitterwerk war, längst überflüssig und morsch, aus dem Toreingang gebrochen. Doch gab es im Torbogen noch die Reste eines von unzähligen Regenzeiten verwaschenen Wappens. Die Reste des Wappens kamen mir bekannt vor, wie die steinernen Muschelhälften, in denen es ruhte. Ich trat in das leere Tor. Ich hörte jetzt inwendig zu meinem Erstaunen ein leichtes, regelmäßiges Knarren. Ich ging noch einen Schritt weiter. Ich konnte das Grün im Garten jetzt riechen, das immer frischer und üppiger wurde, je länger ich hineinsah. Das Knarren wurde bald deutlicher, und ich sah in dem Gebüsch, das immer dichter und saftiger wurde, ein gleichmäßiges Auf und Ab von einer Schaukel oder von einem Wippbrett. Jetzt war meine Neugier wach, so daß ich durch das Tor lief, auf die Schaukel zu. Im selben Augenblick rief jemand: »Netty!«

Mit diesem Namen hatte mich seit der Schulzeit niemand mehr gerufen. Ich hatte gelernt, auf alle die guten und bösen Namen zu hören, mit denen mich Freunde und Feinde zu rufen pflegten, die Namen, die man mir in vielen Jahren in Straßen, Versammlungen, Festen, nächtlichen Zimmern, Polizeiverhören, Büchertiteln, Zeitungsberichten, Protokollen und Pässen beigelegt hatte. Ich hatte sogar, als ich krank und besinnungslos lag, manchmal auf jenen alten, frühen Namen gehofft, doch der Name blieb verloren, von dem ich in Selbsttäuschung glaubte, er könnte mich wieder gesund machen, jung, lustig, bereit zu dem alten Leben mit den alten Gefährten, das unwiederbringlich verloren war. Beim Klang meines alten Namens packte ich vor Bestürzung, obwohl man mich immer in der Klasse wegen dieser Bewegung verspottet hatte, mit beiden Fäusten nach meinen Zöpfen. Ich wunderte mich, daß ich die zwei dicken Zöpfe anpacken konnte: Man hatte sie also doch nicht im Krankenhaus abgeschnitten.

Der Baumstumpf, auf den die Wippschaukel genagelt war, schien auch zuerst in einer dicken Wolke zu stehen, doch teilte und klärte sich die Wolke sogleich in lauter Hagebuttenbüsche. Bald glänzten einzelne Butterblumen in dem Bodendunst, der aus der Erde durch das hohe und dichte Gras quoll, der Dunst verzog sich, bis Löwenzahn und Storchschnabel gesondert dastanden. Dazwischen gab es auch bräunlichrosa Büschel von Zittergras, das schon beim Hinsehen bebte.

Auf jedem Ende der Schaukel ritt ein Mädchen, meine zwei besten Schulfreundinnen. Leni stemmte sich kräftig mit ihren großen Füßen ab, die in eckigen Knopfschuhen steckten. Mir fiel ein, daß sie immer die Schuhe eines älteren Bruders erbte. Der Bruder war freilich schon im Herbst 1914 im ersten Weltkrieg gefallen. Ich wunderte mich zugleich, wieso man Lenis Gesicht gar keine Spur von den grimmigen Vorfällen anmerkte, die ihr Leben verdorben hatten. Ihr Gesicht war so glatt und blank wie ein frischer Apfel, und nicht der geringste Rest war darin, nicht die geringste Narbe von den Schlägen, die ihr die Gestapo bei der Verhaftung versetzt hatte, als sie sich weigerte, über ihren Mann auszusagen. Ihr dicker Mozartzopf stand beim Schaukeln stark vom Nacken ab. Sie hatte mit zusammengezogenen dichten Brauen in ihrem runden Gesicht den entschlossenen, etwas energischen Ausdruck, den sie von klein auf bei allen schwierigen Unternehmungen annahm. Ich kannte die Falte in ihrer Stirn, in ihrem sonst spiegelglatten und runden Apfelgesicht, von allen Gelegenheiten, von schwierigen Ballspielen und Wettschwimmen und Klassenaufsätzen und später auch bei erregten Versammlungen und beim Flugblätterverteilen. Ich hatte dieselbe Falte zwischen ihren Brauen zuletzt gesehen, als ich zu Hitlers Zeit, kurz vor der endgültigen Flucht, in meiner Vaterstadt meine

Freunde zum letztenmal traf. Sie hatte sie früher auch in der Stirn gehabt, als ihr Mann zur vereinbarten Zeit nicht an den vereinbarten Ort kam, woraus sich ergab, daß er in der von den Nazis verbotenen Druckerei verhaftet worden war. Sie hatte auch sicher Brauen und Mund verzogen, als man sie gleich darauf selbst verhaftete. Die Falte in ihrer Stirn, die früher nur bei besonderen Gelegenheiten entstand, wurde zu einem ständigen Merkmal, als man sie im Frauenkonzentrationslager im zweiten Winter dieses Krieges langsam, aber sicher an Hunger zugrunde gehen ließ. Ich wunderte mich, wieso ich ihren Kopf, der durch das breite Band um den Mozartzopf beschattet war, bisweilen vergessen konnte, wo ich doch sicher war, daß sie selbst im Tod ihr Apfelgesicht mit der eingekerbten Stirn behalten hatte.

Auf der anderen Schaukelseite hockte Marianne, das hübscheste Mädchen der Klasse, die hohen dünnen Beine vor sich auf dem Brett verschränkt. Sie hatte die aschblonden Zöpfe in Kringeln über die Ohren gesteckt. In ihrem Gesicht, so edel und regelmäßig geschnitten wie die Gesichter der steinernen Mädchenfiguren aus dem Mittelalter im Dom von Marburg, war nichts zu sehen als Heiterkeit und Anmut. Man sah ihr ebensowenig wie einer Blume Zeichen von Herzlosigkeit an, von Verschulden oder Gewissenskälte. Ich selbst vergaß sofort alles, was ich über sie wußte, und freute mich ihres Anblicks. Durch ihren stracksen mageren Körper lief jedesmal ein Ruck, wenn sie, ohne sich abzustoßen, den Schwung der Schaukel verstärkte. Sie sah aus, als ob sie auch mühelos abfliegen könnte, die Nelke zwischen den Zähnen, mit ihrer festen kleinen Brust in dem grünleinenen, verwaschenen Kittel.

Ich erkannte die Stimme der ältlichen Lehrerin, Fräulein Mees, auf der Suche nach uns, dicht hinter der niedrigen Mauer, die den Schaukelhof von der Kaffeeterrasse abtrennte. »Leni! Marianne! Netty!« Ich packte nicht mehr vor Erstaunen meine Zöpfe. Die Lehrerin hatte mich ja mit den anderen zusammen bei gar keinem anderen Namen rufen können. Marianne zog die Beine von der Schaukel und stellte, sobald das Brett nach Lenis Seite abwärts wippte, ihre Füße fest auf, damit Leni bequem absteigen konnte. Dann legte sie einen Arm um Lenis Hals und zupfte ihr behutsam Halme aus dem Haar. Mir kam jetzt alles unmöglich vor, was man mir über die beiden erzählt und geschrieben hatte. Wenn Marianne so vorsichtig die Schaukel für Leni festhielt und ihr mit soviel Freundschaft und soviel Behutsamkeit die Halme aus dem Haar zupfte und sogar ihren Arm um Lenis Hals schlang, dann konnte sie sich unmöglich mit kalten Worten später schroff weigern, Leni einen Freundschaftsdienst zu tun. Sie konnte unmöglich die Antwort über die Lippen bringen, sie kümmere sich nicht um ein Mädchen, das irgendwann, irgendwo einmal zufällig in ihre Klasse gegangen sei. Ein jeder Pfennig, an Leni und deren Familie gewandt, sei herausgeworfen, ein Betrug am Staat. Die Gestapobeamten, die nacheinander beide Eltern verhaftet hatten, erklärten vor den Nachbarn, das schutzlos zurückgebliebene Kind der Leni gehöre sofort in ein nationalsozialistisches Erziehungsheim. Darauf fingen Nachbarsfrauen das Kind am Spielplatz ab und hielten es versteckt, damit es nach Berlin zu Verwandten des Vaters fahren könnte. Sie liefen, um Reisegeld zu leihen, zu Marianne, die sie früher manchmal

Arm in Arm mit Leni erblickt hatten. Doch Marianne weigerte sich und fügte hinzu, ihr eigener Mann sei ein hoher Nazibeamter, und Leni samt ihrem Mann seien zu Recht arretiert, weil sie sich gegen Hitler vergangen hätten. Die Frauen fürchteten sich, sie würden noch selbst der Gestapo angezeigt.

Mir flog durch den Kopf, ob Lenis Töchterlein eine ähnlich eingekerbte Stirn gezeigt hatte wie ihre Mutter, als sie dann doch zur Zwangserziehung abgeholt wurde.

Jetzt zogen die beiden, Marianne und Leni, von denen eine ihres Kindes verlustig gegangen war durch das Verschulden der anderen, die Arme gegenseitig um die Hälse geschlungen, Schläfe an Schläfe gelehnt, aus dem Schaukelgärtchen. Ich wurde gerade ein wenig traurig, kam mir, wie es in der Schulzeit leicht geschah, ein wenig verbannt vor aus den gemeinsamen Spielen und herzlichen Freundschaften der anderen. Da blieben die beiden noch einmal stehen und nahmen mich in die Mitte.

Wir zogen wie drei Küken hinter der Ente, hinter Fräulein Mees her auf die Kaffeeterrasse. Fräulein Mees hinkte ein wenig, was sie, zusammen mit ihrem großen Hintern, einer Ente noch ähnlicher machte. Auf ihrem Busen, im Blusenausschnitt, hing ein großes schwarzes Kreuz. Ich hätte ein Lächeln verbissen, wie Leni und Marianne, doch milderte sich die Belustigung über ihren komischen Anblick durch eine schwer damit zu vereinende Achtung: Sie hatte später das klobige schwarze Kreuz im Kleidausschnitt nie abgelegt. Sie war ganz freimütig furchtlos statt mit einem Hakenkreuz mit ebendiesem Kreuz nach dem verbotenen Gottesdienst der Bekenntniskirche umhergegangen.

Die Kaffeeterrasse am Rhein war mit Rosenstöcken bepflanzt. Sie schienen, mit den Mädchen verglichen, so regelrecht, so kerzengerade, so wohlbehütet wie Gartenblumen neben Feldblumen. Durch den Geruch von Wasser und Garten drang verlockend Kaffeegeruch. Von den mit rot-weiß karierten Tüchern gedeckten Tischen vor dem langgestreckten niedrigen Gasthaus tönte das Gesumm junger Stimmen wie ein Bienenschwarm. Mich zog es zuerst dichter ans Ufer, damit ich die unbegrenzte sonnige Weite des Landes in mich einatmen konnte. Ich riß die zwei anderen, Leni und Marianne, zum Gartenzaun, wo wir in den Fluß sahen, der graublau und flimmrig an der Wirtschaft vorbeiströmte. Die Dörfer und Hügel auf dem gegenüberliegenden Ufer mit ihren Äckern und Wäldern spiegelten sich in einem Netz von Sonnenkringeln. Je mehr und je länger ich um mich sah, desto freier konnte ich atmen, desto rascher füllte sich mein Herz mit Heiterkeit. Denn fast unmerklich verflüchtigte sich der schwere Druck von Trübsinn, der auf jedem Atemzug gelegen hatte. Bei dem bloßen Anblick des weichen, hügeligen Landes gedieh die Lebensfreude und Heiterkeit statt der Schwermut aus dem Blut selbst, wie ein bestimmtes Korn aus einer bestimmten Luft und Erde.

Ein holländischer Dampfer mit einer Kette von acht Schleppkähnen fuhr durch die im Wasser widergespiegelten Hügel. Sie fuhren Holz. Die Schiffersfrau, umtanzt von ihrem Hündchen, kehrte gerade das Verdeck. Wir Mädchen warteten, bis im Rhein die weiße Spur hinter dem Zug aus Holzschleppern verschwunden war und nichts mehr im Wasser zu sehen als der Abglanz des gegenüberliegenden Ufers, der mit dem Abglanz unseres diesseitigen Gartens zusammenstieß. Wir machten kehrt zu den Kaffeetischen, voran unser wackliges Fräulein Mees, die mir gar nicht mehr drollig vorkam, mit ihrem ebenfalls wackligen Brustkreuz, das für mich auf einmal bedeutsam und unumstößlich geworden war und feierlich wie ein Wahrzeichen. Vielleicht gab es unter den Schulmädchen auch mürrische und schmierige: In ihren bunten Sommerkleidern, mit ihren hüpfenden Zöpfen und lustigen Kringeln sahen sie alle frisch und festlich aus. Weil die meisten Plätze besetzt waren, teilten sich Marianne und Leni Stuhl und Kaffeetasse. Eine kleine stupsnäsige Nora, mit dünnem Stimmchen, mit zwei um den Kopf gewundenen Zöpfen, in kariertem Kleidchen, schenkte selbstbewußt Kaffee ein und teilte Zucker aus, als sei sie selbst die Wirtin. Marianne, die sonst ihre ehemaligen Mitschülerinnen zu vergessen pflegte, erinnerte sich noch deutlich dieses Ausflugs, als Nora, die Leiterin der Nationalsozialistischen Frauenschaft geworden war, sie dort als Volksgenossin und ehemalige Schulkameradin begrüßte.

Die blaue Wolke von Dunst, die aus dem Rhein kam oder immer noch aus meinen übermüdeten Augen, vernebelte über allen Mädchentischen, so daß ich die einzelnen Gesichter von Nora und Leni und Marianne und wie sie sonst hießen, nicht mehr deutlich unterschied, wie sich keine einzelne Dolde mehr abhebt in einem Gewirr wilder Blumen. Ich hörte eine Weile das Gestreite, wo die jüngere Lehrerin, Fräulein Sichel, die gerade aus dem Gasthaus trat, sich am besten setzen könnte. Die Dunstwolke verschwebte von meinen Augen, so daß ich Fräulein Sichel genau erkannte, die frisch und hell gekleidet einherkam wie ihre Schülerinnen.

Sie setzte sich dicht neben mich, die hurtige Nora

schenkte ihr, der Lieblingslehrerin, Kaffee ein: In ihrer Gefälligkeit und Bereitschaft hatte sie Fräulein Sichels Platz sogar geschwind mit ein paar Jasminzweigen umwunden.

Das hätte die Nora sicher, wäre ihr Gedächtnis nicht ebenso dünn gewesen wie ihre Stimme, später bereut, als Leiterin der Nationalsozialistischen Frauenschaft unserer Stadt. Jetzt sah sie mit Stolz und beinahe sogar mit Verliebtheit zu, wie Fräulein Sichel einen von diesen Jasminzweigen in das Knopfloch ihrer Jacke steckte. Im ersten Weltkrieg würde sie sich noch immer freuen, daß sie in einer Abteilung des Frauendienstes, der durchfahrende Soldaten tränkte und speiste, die gleiche Dienstzeit wie Fräulein Sichel hatte. Doch später sollte sie dieselbe Lehrerin, die dann schon greisenhaft zittrig geworden war, mit groben Worten von einer Bank am Rhein herunterjagen, weil sie auf einer judenfreien Bank sitzen wollte. Mich selbst durchfuhr plötzlich, da ich dicht neben ihr saß, wie ein schweres Versäumnis in meinem Gedächtnis, als ob ich die höhere Pflicht hätte, mir auch die winzigsten Einzelheiten für immer zu merken, daß das Haar von Fräulein Sichel keineswegs von jeher schneeweiß war, wie ich es in Erinnerung hatte, sondern in der Zeit unseres Schulausfluges duftig braun, bis auf ein paar weiße Strähnen an ihren Schläfen. Es waren ihrer jetzt noch so wenig weiße, daß man sie zählen konnte, doch mich bestürzten sie, als sei ich zum erstenmal heute und hier auf eine Spur des Alters gestoßen. Alle übrigen Mädchen an unserem Tisch freuten sich mit Nora über die Nähe der jungen Lehrerin, ohne zu ahnen, daß sie später das Fräulein Sichel bespucken und als Judensau verhöhnen würden.

Die älteste von uns allen, Lore – sie trug Rock und Bluse und rötliches onduliertes Haar und hatte schon längst echte Liebschaften –, war inzwischen von einem Tisch zum anderen gegangen, um selbstgebackenen Kuchen zu verteilen. In diesem Mädchen wohnten allerlei kostbare häusliche Begabungen zusammen, die sich teils auf die Liebes-, teils auf die Kochkunst bezogen. Die Lore war immerzu überaus lustig und gefällig und zu drolligen Witzen und Streichen aufgelegt. Ihr ungewöhnlich frühzeitig begonnener, von den Lehrerinnen streng gerügter leichtfertiger Lebenswandel führte zu keiner Heirat und sogar zu keiner ernsthaften Liebesbeziehung, so daß sie, als die meisten längst würdige Mütter waren, noch immer wie heute aussah, als Mitschülerin, kurzröckig, mit großem, rotem, genäschigem Mund. Wie konnte es da mit ihr so ein finsteres Ende nehmen. Freiwilliges Sterben durch eine Röhre Schlafpulver. Ein verärgerter Naziliebhaber hatte sie, da ihre Untreue Rassenschande hieß, mit Konzentrationslager bedroht. Er hatte lange umsonst gelauert, sie endlich mit dem gesetzlich verbotenen Freund zu überraschen. Doch trotz seiner Eifersucht und Strafgier war ihm der Nachweis erst gelungen, als kurz vor diesem Krieg bei einer Fliegeralarmprobe der Luftwart alle Einwohner aus Zimmern und Betten in den Keller zwang, auch die Lore mit dem verfemten Liebsten.

Sie schenkte nun heimlich, was uns aber doch nicht entging, ein übriggebliebenes Zimtsternchen der ebenfalls auffällig hübschen, pfiffigen, mit zahllosen natürlichen Löckchen geputzten Ida. Sie war ihr in der Klasse die einzige Freundin, da Lore sonst wegen ihrer Belustigungen ziemlich schief angesehen wurde. Wir munkelten viel über die fidelen Verabredungen von Ida und Lore, auch über ihre gemeinsamen Besuche der Schwimmanstalten, wo sie gelenkige Gefährten zum Freischwimmen trafen. Ich weiß nur nicht, warum Ida, die heimlich das Zimtsternchen nagte, nie von der Feme der Mütter und Töchter getroffen wurde, vielleicht, weil sie eine Lehrerstochter war und Lore eine Friseurstochter. Ida machte beizeiten Schluß mit dem lockeren Leben, aber es kam auch bei ihr nicht zur Heirat, weil ihr Bräutigam vor Verdun fiel. Dieses Herzeleid trieb sie zur Krankenpflege, damit sie wenigstens den Verwundeten nützlich werden könnte. Da sie ihren Beruf mit dem Friedensschluß 1918 nicht aufgeben wollte, trat sie bei den Diakonissinnen ein. Ihre Lieblichkeit war schon ein wenig verwelkt, ihre Löckchen waren schon ein wenig grau, wie mit Asche bestreut, als sie Funktionärin bei den nationalsozialistischen Krankenschwestern wurde, und wenn sie auch in dem jetzigen Krieg keinen Bräutigam hatte, ihr Wunsch nach Rache, ihre Erbitterung waren immer noch wach. Sie prägte den jüngeren Pflegerinnen die staatlichen Anweisungen ein, die zur Vermeidung von Gesprächen und falschen Mitleidsdiensten bei der Pflege Kriegsgefangener mahnten. Doch ihre Anweisung, den frisch gekommenen Mull ausschließlich für Landsleute zu verwenden, nützte gar nichts. Denn an dem Ort ihrer neuen Tätigkeit, in das Spital weit hinter der Front, schlug eine Bombe ein, die Freunde und Feinde zerknallte und natürlich auch ihren Lockenkopf, über den jetzt noch einmal Lore fuhr mit fünf manikürten Fingern, wie nur sie allein in der Klasse welche hatte.

Gleichzeitig schlug Fräulein Mees mit dem Löffel an die Kaffeetasse und befahl uns, unseren Geldbeitrag zum

Kaffee in den Zwiebelmusterteller zu werfen, den sie gerade mit ihrer Lieblingsschülerin um die Tische herumschickte. Genauso flink und beherzt hatte sie später für die von den Nazis verpönte Bekenntniskirche gesammelt, wo sie, an solche Ämter gewöhnt, zuletzt Kassiererin geworden war. Kein ungefährliches Amt, aber sie hatte ebenso frisch und natürlich das Scherflein gesammelt. Die Lieblingsschülerin Gerda klapperte heute lustig mit dem Sammelteller und trug ihn dann zur Wirtin. Gerda war, ohne schön zu sein, einnehmend und gewandt, mit einem stutenartigen Schädel, mit grobem, zottigem Haar, starken Zähnen und schönen braunen, ebenfalls pferdeartigen, treuen und sanft gewölbten Augen. Sie jagte gleich darauf von der Wirtin zurück – auch darin glich sie einem Pferdchen, daß sie immer im Galopp war –, um die Erlaubnis zu erbitten, sich von der Klasse zu sondern und das nächste Schiff benutzen zu dürfen. Sie hatte im Gasthaus erfahren, daß das Kind der Besitzerin schwer erkrankt war. Da zu seiner Pflege sonst niemand da war, wollte Gerda die Kranke besorgen. Fräulein Mees beschwichtigte alle Einwände von Fräulein Sichel, und Gerda galoppierte zu ihrer Krankenpflege wie zu einem Fest. Sie war zur Krankenpflege und Menschenliebe geboren, zum Beruf einer Lehrerin in einem aus dem Bestand der Welt fast verschwundenen Sinn, als sei sie auserlesen, überall Kinder zu suchen, denen sie vonnöten war, und sie entdeckte auch immer und überall Hilfsbedürftige. Wenn auch ihr Leben zuletzt unbeachtet und sinnlos endete, so war darin doch nichts verloren, nicht die bescheidenste ihrer Hilfeleistungen. Ihr Leben selbst war leichter vertilgbar als die Spuren ihres Lebens, die im Gedächtnis von vielen sind, denen sie einmal zufällig geholfen hat. Wer aber war denn zur Stelle, ihr selbst zu helfen, als ihr eigener Mann, gegen ihr Verbot und gegen ihre Drohung, die Hakenkreuzfahne, wie es der neue Staat befahl, zum Ersten Mai heraushängte, weil man ihm sonst die Stelle gekündigt hätte? Niemand war da, um sie rechtzeitig zu beruhigen, als sie, vom Markt heimlaufend, die schauerlich geflaggte Wohnung erblickte, voll Scham und Verzweiflung hinaufstürzte und den Gashahn aufdrehte. Niemand stand ihr bei. Sie blieb in dieser Stunde hoffnungslos allein, wie vielen sie selbst auch beigestanden hatte.

Ein Dampfer tutete vom Rhein her. Wir reckten unsere Köpfe. Auf seinem weißen Rumpf stand in goldener Schrift »Remagen«. Obwohl er weitab trieb, konnte ich den Namen mit meinen kranken Augen glatt entziffern. Ich sah das Rauchgekräusel überm Schornstein und die Luken der Kajüte. Ich verfolgte die Fahrbahn des Dampfers, die sich in einem fort glättete und in einem fort neu entstand. Meine Augen hatten sich inzwischen in der gewohnten vertrauten Welt eingewöhnt, ich sah alles noch schärfer als bei der Durchfahrt des holländischen Schleppers. Es haftete diesem Dampferchen »Remagen« auf dem breiten stillen Strom, Dörfer streifend und Hügelketten und Wolkenzüge, eine durch nichts verlorene, durch nichts verlierbare Klarheit an, die durch nichts auf der Welt zu trüben war. Ich hatte auch bereits selbst auf dem Deck des Dampfers und in den Bullaugen die bekannten Gesichter festgestellt, die die Mädchen jetzt laut ausriefen: »Lehrer Schenk! Lehrer Reiß! Otto Helmholz! Eugen Lütgens! Fritz Müller!«

Alle Mädchen riefen miteinander: »Das ist das Realgymnasium! Das ist die Unterprima!« Ob diese Klasse, die wie wir ihren Ausflug machte, hier bei der nächsten Dampferstation halten würde? Fräulein Sichel und Fräulein Mees befahlen nach kurzer Beratung uns Mädchen das Aufstellen in Viererreihen, da sie auf jeden Fall das Zusammentreffen der beiden Klassen vermeiden wollten. Marianne, deren Zöpfe sich bei der Schaukelfahrt aufgelöst hatten, begann ihre Schnecken über den Ohren frisch aufzustecken, denn ihre Freundin Leni, mit der sie seit der gemeinsamen Schaukelei den Stuhl geteilt hatte, stellte mit besseren Augen fest, Otto Fresenius sei auch an Bord, Mariannes liebster Werber und Tänzer. Leni flüsterte ihr überdies zu: »Sie steigen hier aus; er zeigt mit der Hand.«

Fresenius, ein dunkelblonder schlaksiger Junge von siebzehn Jahren, der schon längst hartnäckig vom Schiff herwinkte, wäre auch zu uns herübergeschwommen, um mit seinem Mädchen vereint zu sein. Marianne hing den Arm fest um Lenis Hals, ihr war die Freundin, an die sie sich später überhaupt nicht mehr erinnern wollte, als man um ihre Hilfe bat, wie eine echte Schwester, in Freud und Not der Liebe eine gute Betreuerin, die gewissenhaft Briefe und heimliche Zusammentreffen vermittelte. Marianne, die immer ein schönes gesundes Mädchen war, wurde durch die bloße Nähe des Freundes ein solches Wunder an Zartheit und Anmut, daß sie wie ein sagenhaftes Kind von allen Schulmädchen abstach. Otto Fresenius hatte bereits daheim seiner Mutter, mit der er Geheimnisse teilte, seine Zuneigung verraten. Da die Mutter sich selbst an der glücklichen Wahl freute, meinte sie, daß einmal später, wenn man gebührend wartete, nichts einer Ehe im Wege stünde. Zum Verlobungsfest kam es dann auch, aber zur

Hochzeit nie, denn der Bräutigam fiel ja schon 1914 in einem Studentenbataillon in den Argonnen.

Der Dampfer »Remagen« machte jetzt eine Drehung zum Landungssteg. Unsere zwei Lehrerinnen, die zur Heimfahrt der Mädchen das Schiff aus entgegengesetzter Richtung abwarten mußten, begannen sofort, uns abzuzählen. Leni und Marianne sahen gespannt dem Dampfer entgegen. Leni drehte so neugierig ihren Kopf, als ob sie ahne, daß auch ihre eigene Zukunft, der Ablauf ihres eigenen Schicksals, von der Vereinigung oder Trennung des Liebespaares abhänge. Wär es allein nach Leni gegangen statt nach Kaiser Wilhelms Mobilmachung und später nach den französischen Scharfschützen, die beiden wären sicher ein Paar geworden. Sie fühlte genau, wie gut die zwei jungen Leute an Herz und Körper zusammenpaßten. Dann hätte sich Marianne auch später nie geweigert, für Lenis Kind zu sorgen. Otto Fresenius hätte vielleicht schon vorher Mittel gefunden, der Leni zur Flucht zu verhelfen. Er hätte wahrscheinlich dem zarten schönen Gesicht seiner Frau Marianne nach und nach einen solchen Zug von Rechtlichkeit, von gemeinsam geachteter Menschenwürde eingeprägt, der sie dann verhindert hätte, ihre Schulfreundin zu verleugnen.

Jetzt kam Otto Fresenius, dem ein Geschoß im ersten Weltkrieg den Bauch zerreißen sollte, von seiner Liebe angespornt, als erster über den Landungssteg auf den Wirtsgarten zu. Marianne, die eine Hand nie von Lenis Schulter wegzog, gab ihm ihre freie Hand und überließ sie ihm. Nicht nur der Leni und mir, uns Kindern allen war es klar, daß diese zwei ein Liebespaar waren. Sie gaben uns zum erstenmal, nicht geträumt, nicht gelesen aus Dichtungen oder Märchen oder aus klassischen Dramen, sondern echt und wirklich, den richten Begriff eines Liebespaares, wie es die Natur selbst geplant und zusammengefügt hat.

Einen Finger noch immer in seinen gehängt, zeigte Mariannes Gesicht einen Ausdruck völliger Ergebenheit, der jetzt zum Ausdruck ewiger Treue wurde zu dem hohen, mageren, dunkelblonden Jungen, um den sie auch, wenn ihr Feldpostbrief mit dem Stempel »Gefallen« zurückkommt, wie eine Witwe in Schwarz trauern wird. In diesen schweren Tagen, in denen Marianne, die ich doch früher das Leben anbeten sah mit seinen großen und kleinen Freuden, ob es um ihre Liebe ging oder um die Wippschaukel, am Leben schlechthin verzweifelte, würde die Freundin Leni, um die sie jetzt ihren Arm gelegt hielt, die Bekanntschaft des Urlaubers Fritz machen, aus einer Eisenbahnerfamilie unserer Stadt. Während Marianne lange Zeit von einer schwarzen Wolke umhüllt war, in verzweifelter Anmut, in tieftrauriger Lieblichkeit, war Leni der reifste, rosigste Apfel. Die beiden Freundinnen waren dadurch eine Zeitlang auf die gewöhnliche menschliche Weise entfremdet, mit der Leid und Glück entfremdet sind. Nach dem Ablauf der Trauerzeit würde sich Marianne nach verschiedenen Treffen in Kaffeewirtschaften am Rheinufer, mit ineinandergehakten Fingern wie jetzt und dem gleichen Ausdruck ewiger Treue wie jetzt auf dem länglichen sanften Gesicht, eine neue Verbindung mit einem gewissen Gustav Liebig wählen, der den ersten Weltkrieg heil überstanden hatte und der später in unserer Stadt SS-Sturmbannführer werden sollte. Das wäre Otto Fresenius, selbst wenn er gesund aus dem Krieg gekommen wäre, nie geworden, weder SS-Sturmbannführer noch Vertrauensmann der Gauleitung. Die

Spur von Gerechtigkeit und Rechtlichkeit, die seinen Zügen schon jetzt im Knabengesicht unverkennbar innewohnte, machte ihn untauglich für eine solche Laufbahn und solchen Beruf. Leni war nur beruhigt, als sie erfuhr, daß ihre Klassengefährtin, an der sie damals noch hing wie an einer Schwester, sich in ein frisches, neue Freuden versprechendes Schicksal gefunden hatte. Sie war genau wie jetzt viel zu töricht, um zu ahnen, daß die Schicksale der Knaben und Mädchen zusammen das Schicksal der Heimat, das Schicksal des Volkes ausmachen, daß darum über kurz oder lang das Leid oder Glück ihrer Klassenfreundin sie selbst beschatten oder besonnen könnte. Mir entging jetzt genausowenig wie Leni das lautlose, unaustilgbare Gelöbnis im Gesicht Mariannes, das leicht, wie zufällig, an den Arm des Freundes gelehnt war, die Bürgschaft unzerstörbarer Zusammengehörigkeit. Leni atmete tief auf, als sei es für sie ein besonderes Glück, Zeuge solcher Liebe zu sein. Ehe sie, Leni und ihr Mann, von der Gestapo verhaftet sein würden, sollte Marianne von ihrem neuen Mann Liebig, dem sie auch ewige Treue gelobt hatte, so viel verächtliche Worte über den Mann ihrer Schulfreundin hören, daß ihr selbst bald die Freundschaft mit einem für so verächtlich gehaltenen Mädchen entglitt. Lenis Mann hatte sich mit allen Mitteln gesträubt, in die SA oder SS einzutreten. Mariannes Mann, der stolz auf Rang und Ordnung war, wäre dort in der SS sein Vorgesetzter geworden. Wie er merkte, daß Lenis Mann den von ihm für so ehrenvoll gehaltenen Eintritt verschmähte, machte er die Behörden der kleinen Stadt auf den nachlässigen Untertan aufmerksam.

Nach und nach war die ganze Knabenklasse mit ihren zwei Lehrern gelandet. Ein gewisser Herr Neeb, ein junger Lehrer mit blondem Schnurrbärtchen, ließ nach einer Verbeugung gegen die beiden Lehrerinnen seinen scharfen Blick über uns Mädchen gehen, wobei er feststellte, daß Gerda, die er unwillkürlich suchte, nicht dabei war. Gerda pflegte und wusch noch immer im Gasthaus das kranke Kind der Wirtin, ahnte nichts von dem Knabenzustrom draußen im Garten, auch nicht, daß sie der Lehrer Neeb bereits vermißte, dem sie schon bei anderen Gelegenheiten durch ihre braunen Augen und durch ihre Hilfsbereitschaft aufgefallen war. Erst nach 1918, nach dem Abschluß des ersten Weltkrieges, als die Gerda schon selbst Lehrerin war und schon beide die Schulverbesserungen der Weimarer Republik unterstützten, sollten sie sich endgültig in dem jüngst gegründeten »Bund entschiedener Schulreformer« treffen. Aber die Gerda blieb den alten Zielen und Wünschen treuer als er. Nachdem er endlich mit dem Mädchen verheiratet war, das er wegen ihrer Gesinnung gewählt hatte, achtete er bald ein Zusammenleben in Frieden und Wohlstand höher als die gemeinsame Gesinnung. Deshalb hing er auch die Hakenkreuzfahne aus seinem Wohnzimmerfenster, denn das Gesetz bedrohte ihn im Unterlassungsfall, seine Stellung und dadurch das Brot für seine Familie zu verlieren.

Nicht nur mir war Neebs Enttäuschung aufgefallen, weil er in unserer Schar das Mädchen Gerda nicht sah, die er später so sicher finden und zu der Seinen machen sollte, daß er dadurch ihren Tod mitverschuldete. Else war, glaube ich, die Jüngste von uns allen, ein dickzöpfiges rundes Mädchen mit einem runden, kirschenroten Mund. Sie äußerte scheinbar beiläufig, gleichmütig, daß noch eine von uns, Gerda, im Gasthaus geblieben sei, um ein erkranktes Kind zu versorgen. Else, die ich und alle bald vergaßen in ihrer Kleinheit und Unauffälligkeit, wie man eben an irgendeinem Strauch eine bestimmte dicke Knospe vergißt, hatte noch gar keine eigenen Liebesgeschichten, liebte es aber, die der anderen ausfindig zu machen und darin herumzustöbern. Jetzt belehrte sie das Aufglänzen in den Augen des Herrn Neeb, daß sie richtig geraten hatte, sie fügte scheinbar zufällig hinzu: »Das Krankenzimmer ist gleich hinter der Küche.« Während die Else solchermaßen ihre Schlauheit erprobte, und sie konnte mit ihren glitzernden Kinderaugen Neebs Gedanken viel besser entziffern als mit erwachsenen, durch Erfahrung getrübten Augen, sollte ihre eigene Liebe noch lange auf sich warten lassen. Denn ihr künftiger Mann, der Schreiner Ebi, ging erst noch in den Krieg. Er hatte schon damals Spitzbärtchen und Bäuchlein und war viel älter als sie. Als er die immer noch runde und stupsnäsige Else nach dem damaligen Friedensschluß zur Schreinermeisterin machte, kam es ihm im Geschäft gelegen, daß sie inzwischen Buchhaltung auf der Handelsschule gelernt hatte. Beiden war die Schreinerei wichtig und ihre drei Kinder. Der Schreiner pflegte später zu sagen, für ihn laufe sein Handwerk gleich, ob in Darmstadt, der Provinzialhauptstadt, großherzogliche oder sozialdemokratische Ministerräte säßen. Auch Hitlers Macht und den Ausbruch des neuen Krieges sah er wie eine Art böses Naturereignis an, wie ein Gewitter oder wie einen Schneesturm. Er war damals schon ziemlich gealtert. Auch in Elses buschigen Zöpfen gab es manche graue Strähnen. Seine Meinung zu ändern fand er wohl auch keine Zeit, als bei dem englischen Fliegerangriff auf Mainz innerhalb fünf Minuten seine

Frau Else, er selbst, seine Kinder und seine Gesellen das Leben verließen, mit seinem Haus und seiner Werkstatt in Staub und Fetzen verwandelt.

Während die Else, fest und rund wie ein Knödelchen, durch nichts anderes zu zersplittern als durch eine Bombe, in ihre Mädchenreihe hineinsprang, nahm Marianne ihren Platz in der äußersten Ecke der hintersten Reihe ein, wo Otto noch immer neben ihr stehen konnte, ihre Hand in seiner. Sie sahen über den Zaun weg ins Wasser, wo sich ihre Schatten mit den Spiegelbildern der Berge und Wolken vermischten und der weißen Mauer der Ausflugswirtschaft. Sie sprachen nichts miteinander, sie waren sich völlig gewiß, daß nichts sie trennen konnte, keine Viererreihen und keine Dampferabfahrt, nicht einmal später der gemeinsame Tod im geruhsamen Alter in einer Schar gemeinsam gezeugter und aufgezogener Kinder.

Der ältere Lehrer der Knabenklasse – er schlürfte dahin und räusperte sich, er hieß bei den Buben der »Greis« – kam über den Landungssteg in den Garten, von seinen Knaben umgeben. Sie setzten sich flink und gierig an den Tisch, den wir Mädchen eben verlassen hatten, und die Wirtin, die froh war, daß ihr krankes Kind noch immer von Gerda betreut wurde, brachte ihr frisches, blauweißes Zwiebelmustergeschirr. Der Knabenklassenchef, Lehrer Reiß, fing seinen Kaffee zu schlecken an. Es klang, als schlürfe ein bärtiger Riese.

Umgekehrt wie es sonst geschieht, erlebte der Lehrer das Absterben seiner jungen Schüler im folgenden und im jetzigen Krieg, in schwarzweißroten und in Hakenkreuzregimentern. Er aber überlebte alles unbeschadet. Denn er wurde allmählich zu alt, nicht bloß für Kämpfe, sondern auch für auslegbare Äußerungen, die ihn hätten in Haft und Konzentrationslager bringen können.

Während die teils gesitteten, teils strolchigen Buben, die um den »Greis« herumbummelten, den Kobolden aus der Sage glichen, war der Mädchenschwarm drunten im Garten piepsig und elfig. Bei unserer Abzählung hatte man festgestellt, daß ein paar Mädchen fehlten. Lore saß in der Knabenklasse, denn sie blieb immer so lange wie möglich, heute sowohl wie ihr ganzes, übrigens durch Nazieifersucht schlecht beendetes Leben, in männlicher Gesellschaft. Neben ihr kicherte eine gewisse Elli, die ihren Tanzstundenfreund plötzlich entdeckt hatte, Walter, ein pausbäckiges Knäblein. Jetzt waren die zu seinem Kummer noch kurzen Höschen zu stramm über seinem festen Hintern, später würde er, ein zwar schon ältlicher, aber noch äußerst ansehnlicher SS-Mann, als Transportleiter Lenis verhafteten Mann für immer fortbringen. Leni stellte sich weiter sorgfältig schräg, damit Marianne die letzten Worte mit ihrem Liebsten wechseln konnte, ohne daß sie nur ahnen konnte, von wieviel künftigen Feindschaften sie hier im Garten umgeben war. Ida, die künftige Diakonissin, trottete pfeifend mit drolligen Tanzschritten zu uns herunter: die runden Kulleraugen der kleinen Burschen und die schrägen, behaglichen des alten Kaffeeschlürfers von Lehrer lagen erfreut auf ihrem Lockenkopf, um den ein Samtband gedreht war. Einmal im russischen Winter 1943, wenn ihr Spital unerwartet unter dem Bombardement liegt, wird sie genauso klar wie ich jetzt an das Samtbändchen in ihrem Haar denken und an das weiße, sonnige Wirtshaus und den Garten am Rhein und an die ankommenden Knaben und die abfahrenden Mädchen.

Marianne hatte die Hand ihres Otto Fresenius losgelassen. Sie hatte auch ihren Arm nicht mehr auf Lenis Schulter, sie stand in ihrer Mädchenreihe allein und verlassen im Nachdenken der Liebe. Trotz dieser irdischsten aller Gesinnungen stach sie jetzt von den anderen Mädchen durch eine beinahe überirdische Schönheit ab. Otto Fresenius kehrte zu dem Knabentisch zurück, Seite an Seite mit dem jungen Lehrer Neeb. Der betrug sich ohne Spott und Fragen wie ein guter Kamerad, weil er ja in derselben Klasse ein Mädchen suchte und weil er auch bei den Allerjüngsten Liebesunternehmungen achtete. Da diesen Jungen, den Otto, soviel rascher als den älteren Lehrer der Tod von seiner Liebsten reißen würde, blieb ihm im kurzen Leben Treue für immer gewährt und alles Böse erspart, alle Versuchungen, alle Gemeinheit und Schande, denen der ältere Mann zum Opfer fiel, als er für sich und Gerda eine staatlich bezahlte Stelle retten wollte.

Fräulein Mees, mit dem mächtigen, unzerstörbaren Kreuz auf dem Busen, bewachte sorgfältig uns Mädchen, damit keines vor der Ankunft eines Dampfers zu ihrem Tanzstundenfreund durchbrannte. Fräulein Sichel war auf die Suche nach einer gewissen Sophie Meier gegangen, fand sie auch schließlich auf der Wippschaukel mit einem Jungen, Herbert Becker, zusammen, der genau wie sie selbst schmächtig und bebrillt war, so daß sie eher Geschwistern glichen als einem Liebespaar. Herbert Becker jagte beim Anblick der Lehrerin davon. Ich sah ihn noch oft durch unsere Stadt jagen, grinsend und Grimassen schneidend. Er hatte noch immer das gleiche bebrillte, pfiffige Bubengesicht, als ich ihn vor wenigen Jahren in Frankreich wiedertraf, da er gerade aus dem spanischen Bürgerkrieg kam. Sophie wurde von Fräulein Sichel wegen ihrer Rumtreiberei ausgescholten, so daß sie ihre von Tränen feucht gewordene Brille putzen mußte. Nicht nur das Haar der Lehrerin, in dem ich auch jetzt wieder verwundert ein Gemisch grauer Strähnen feststellte, auch das Haar der Schülerin Sophie, jetzt noch so schwarz wie Ebenholz, wie das Haar Schneewittchens, sollte über und über weiß sein, als sie zusammen im vollgepferchten plombierten Waggon von den Nazis nach Polen deportiert wurden. Sophie war sogar völlig verhutzelt und veraltert, als sie in den Armen von Fräulein Sichel wie eine gleichaltrige Schwester überraschend abstarb.

Wir trösteten Sophie und putzten ihre Brillengläser, als Fräulein Mees in die Hände klatschte zum Abzug an die Dampferstation. Wir schämten uns, weil die Knabenklasse beobachtete, wie man uns aufmarschieren ließ, und weil sich alle über den schiefen wackligen Entengang unserer Lehrerin belustigten. Nur bei mir milderte sich der Spott durch die Achtung vor ihrer immer gleichgebliebenen Haltung, der auch die Vorladung vor das von Hitler in Szene gesetzte Volksgericht mit Androhung von Gefängnis nichts anhaben konnte. Wir warteten alle zusammen auf dem Landungssteg, bis unser Dampfer sein Seil auswarf. Mir erschien das Auffangen des Seiles durch den Bootsmann, das Winden des Seiles um den Pflock, das Aufstellen der Schiffsbrücke ungemein behende, der Willkomm einer neuen Welt, die Bürgschaft unserer Wasserfahrt, so daß alle Reisen über unendliche Meere von einem Kontinent zum anderen verblaßten und abenteuerlich wurden wie Kinderträume. Sie waren bei weitem nicht so erregend, so wirklichkeitstreu im Geruch von Holz und Wasser, im leichten Geschwank der Schiffsbrücke, im Knirschen der Seile wie der Antritt der zwanzig Minuten langen Rheinfahrt nach meiner Vaterstadt.

Ich sprang aufs Verdeck, um nahe am Steuerrad zu sitzen. Das Schiffsglöckchen läutete, das Seil wurde eingeholt, der Dampfer drehte. Sein weißer glitzernder Bogen von Schaum grub sich in den Fluß ein. Mir fielen alle weißen Schaumritzen ein, die alle möglichen Schiffe unter allen möglichen Breitengraden in die Meere gefurcht hatten. Die Flüchtigkeit und die Unverrückbarkeit einer Fahrt, die Bodenlosigkeit und die Erreichbarkeit des Wassers hatten sich mir nie mehr so stark einprägen können. Da stellte sich plötzlich Fräulein Sichel vor mich. Sie sah in der Sonne sehr jung aus in ihrem getupften Kleid mit ihrer festen kleinen Brust. Sie sagte zu mir mit blanken grauen Augen, weil ich gern fahre und weil ich gern Aufsätze schreibe, sollte ich für die nächste Deutschstunde eine Beschreibung des Schulausfluges machen.

Alle Mädchen der Schulklasse, die das Verdeck der Kajüte vorzogen, kamen um mich herum herauf auf die Bänke gestürzt. Aus dem Garten winkten und pfiffen die Knaben. Lore pfiff schrill zurück, sie wurde dafür heftig von Fräulein Mees ausgescholten, derweil die drüben im selben Takt fortfuhren zu pfeifen, Marianne beugte sich weit über das Geländer und ließ den Otto nicht aus den Augen, als könne schon diese Trennung für immer sein wie später die im Krieg 1914. Als sie ihren Freund nicht mehr erkennen konnte, legte sie einen Arm um mich und einen um Leni. Ich spürte zugleich mit der Zärtlichkeit ihres mageren bloßen Armes den

Aufglanz der Sonne auf meinem Nacken. Ich sah jetzt auch zu Otto Fresenius zurück, der immer noch seinem Mädchen nachstarrte, als könnte er sie im Auge behalten und, da sie jetzt ihren Kopf an Leni lehnte, für immer an unverbrüchliche Freundschaft erinnern.

Wir drei sahen eng umarmt stromaufwärts. Die schräge Nachmittagssonne auf den Hügeln und Weinbergen plusterte da und dort die weißen und rosa Obstblütenbäume. Im späten Sonnenschein glänzten ein paar Fenster wie in einer Feuersbrunst. Die Dörfer schienen zu wachsen, je näher man kam, und, wenn man sie kaum gestreift hatte, zusammenzuschrumpfen. Das war der angeborene Wunsch nach Fahrt, den man nie stillen kann, weil man alles nur im Vorbeifahren streift. Wir fuhren unter der Rheinbrücke durch, über die bald im ersten Weltkrieg Militärzüge fahren sollten mit all den Knaben, die jetzt im Garten ihren Kaffee tranken, und mit den Schülern aller Schulen. Als dieser Krieg endete, rückten die Soldaten der Alliierten über die gleiche Brücke und später Hitler mit seiner blutjungen Armee, die das gesperrte Rheinland wieder besetzte, bis die neuen Militärzüge zum neuen Weltkrieg alle Knaben des Volkes zum Sterben rollten. Unser Dampfer fuhr an der Petersau vorbei, auf der einer der Brückenpfeiler ruhte. Wir winkten alle zu den drei weißen Häuschen, die uns von klein auf vertraut waren wie aus Bilderbüchern mit Hexenmärchen. Die Häuschen und ein Angler spiegelten sich im Wasser, dazu das Dorf auf der anderen Seite, das mit seinen Raps- und Kornfeldern über einen Saum rosa Apfelbäume in einem ineinandergeduckten Schwarm von Giebeldächern bis zu dem Kirchturmspitzlein auf dem Bergabfall in einem gotischen Dreieck anstieg.

Das späte Licht schien bald in eine Tallücke mit einer Eisenbahnspur, bald gegen eine entlegene Kapelle, und alles lugte rasch noch einmal aus dem Rhein, bevor es in der Dämmerung verschwand.

Wir waren alle im stillen Licht still geworden, so daß man das Krächzen von ein paar Vögeln hörte und das Fabrikgeheul aus Amöneburg. Sogar Lore war völlig verstummt. Marianne und Leni und ich, wir hatten alle drei unsere Arme ineinander verschränkt in einer Verbundenheit, die einfach zu der großen Verbundenheit alles Irdischen unter der Sonne gehörte. Marianne hatte noch immer den Kopf an Lenis Kopf gelehnt. Wie konnte dann später ein Betrug, ein Wahn in ihre Gedanken eindringen, daß sie und ihr Mann allein die Liebe zu diesem Land gepachtet hätten und deshalb mit gutem Recht das Mädchen, an das sie sich jetzt lehnte, verachteten und anzeigten. Nie hat uns jemand, als noch Zeit dazu war, an diese gemeinsame Fahrt erinnert. Wie viele Aufsätze auch noch geschrieben wurden über die Heimat und die Geschichte der Heimat und die Liebe zur Heimat, nie wurde erwähnt, daß vornehmlich unser Schwarm aneinandergelehnter Mädchen, stromaufwärts im schrägen Nachmittagslicht, zur Heimat gehörte.

Ein Flußarm zweigte schon ab zum Floßhafen, aus dem frisch gefälltes, geschnittenes und geflößtes Holz nach Holland gebracht wurde. Die Stadt schien mir noch entfernt genug zu liegen, als könnte sie mich nie zum Aussteigen und Bleiben zwingen, obwohl mir ihr Floßhafen, die Platanenreihen und Warenspeicher am Ufer viel vertrauter waren als jegliche Einfahrt in fremde Städte, die mich zum Bleiben gezwungen haben. Ich erkannte nach und nach schon vertraute Straßenzüge und

Dachfirste und Kirchtürme unversehrt und vertraut, gleich längst untergegangenen Orten in Märchen und Liedern. Der eine Tag Schulausflug schien mir alles zugleich entfernt und zurückgeschenkt zu haben.

Als jetzt der Dampfer seinen Anlegebogen machte und Kinder und Strolche sich müßig zu unserer Ankunft drängten, schienen wir nicht nach dem Ausflug, sondern nach jahrelanger Reise heimzukehren. Kein Loch, kein Brandschaden hafteten dieser vertrauten winkligen, wimmligen Stadt an, so daß sich meine Beunruhigung legte und ich mich daheim fühlte.

Die Lotte verabschiedete sich zuerst, kaum waren die Seile ausgeworfen. Sie wollte zur Abendmesse in den Dom, der schon bis zur Schiffsbrücke läutete. Die Lotte endete später im Kloster auf der Rheininsel Nonnenwerth, von wo man sie mit einem Trupp Schwestern über die holländische Grenze schaffte, aber das Schicksal kam ihnen nach. – Die Klasse verabschiedete sich von den Lehrerinnen. Fräulein Sichel erinnerte mich noch einmal an den Schulaufsatz, ihre grauen Augen blinkten wie feingescheuerte Kieselsteine. Dann teilte sich unsere Klasse nach den verschiedenen Wohnrichtungen in einzelne Schwärme auf.

Leni und Marianne gingen eingehängt auf die Rheinstraße. Marianne hatte noch immer eine rote Nelke zwischen den Zähnen. Sie hatte die gleiche Nelke in das Band von Lenis Mozartzopf gesteckt. Ich sehe Marianne immer weiter mit ihrer roten Nelke zwischen den Zähnen, auch wie sie den Nachbarinnen der Leni bösartige Antworten gibt, auch wie sie mit halbverkohltem Körper, in rauchenden Kleiderfetzen in der Asche ihres Elternhauses liegt. Denn die Feuerwehr kam zu spät, um

Marianne zu retten, als das Feuer des Bombardements von den unmittelbar getroffenen Häusern auf die Rheinstraße übergriff, wo sie gerade bei ihren Eltern zu Gast war. Sie hatte keinen leichteren Tod als die von ihr verleugnete Leni, die von Hunger und Krankheiten im Konzentrationslager abstarb. Doch durch die Verleugnung überlebte das Kind Lenis das Bombardement. Denn es wurde von der Gestapo in ein abgelegenes Nazierziehungsheim gebracht.

Ich trottete mit ein paar Schülerinnen Richtung Christhofstraße. Zuerst war mir bang. Wie wir vom Rhein her in die Innenstadt einbogen, da legte sich's hart auf mein Herz, als ob mir etwas Unsinniges, etwas Böses bevorstünde, vielleicht eine heillose Nachricht oder ein Unheil, das ich über dem sonnigen Ausflug leichtfertig vergessen hatte. Dann verstand ich klar, die Christhofskirche konnte unmöglich bei einem nächtlichen Fliegerangriff zerstört worden sein, denn wir hörten ihr Abendläuten. Ich hatte mich überhaupt umsonst gegraut, auf diesem Weg heimzugehen, weil sich mir im Gedächtnis festgehakt hatte, dieser mittlere Stadtstreifen sei völlig von Bomben zerstört. Es ging mir auch durch den Kopf, daß jene Zeitungsphotographie sich geirrt haben möchte, auf der alle Gassen und Plätze abrasiert oder zerstört waren. Ich dachte zuerst, man hätte vielleicht auf Goebbels' Befehl, um über das Ausmaß des Angriffs zu täuschen, eine Scheinstadt mit äußerster Geschwindigkeit aufgebaut, in der kein Stein mehr wie früher auf dem anderen stand, die aber immerhin ganz kompakt und ansehnlich anmutete. Wir waren ja alle längst gewöhnt an solche Art Vorspiegelung und Betrug, nicht nur bei Bombenangriffen, sondern auch bei anderen Vorkommnissen, die schwer zu durchschauen waren.

Doch die Häuser, die Treppen, der Brunnen standen wie immer. Auch Brauns Tapetengeschäft, das mit der Familie in diesem Krieg verbrannt sein sollte, nachdem ihm im ersten Krieg durch ein Fliegerabwehrgeschoß nur die Schaufenster zertrümmert worden waren, zeigte die geblümten und gestreiften Tapetenauslagen, so daß die Marie Braun, die zuletzt neben mir gegangen war, rasch in das Geschäft ihres Vaters ging. Die nächste unter uns Heimkehrerinnen, Katharina, lief zu ihrer winzig kleinen Schwester Toni, die unter den Platanen auf einer steinernen Stufe vor dem Brunnen spielte. Der Brunnen und alle Platanen waren ja wohl längst zerschmettert, doch die Kinder vermißten gar nichts zum Spielen, denn auch ihre letzte Stunde hatte geschlagen in den Kellern der umstehenden Häuser. Dabei kam auch die kleine Toni in dem Haus um, das sie von ihrem Vater geerbt hatte, mit einem Töchterlein, winzig wie sie heute, die das Wasser aus dikken Backen blies. Auch Katharina, die große Schwester, die sie jetzt am Schopf packte, und die Mutter und die Tante in der offenen Haustür, die beide mit Küssen begrüßten, sie sollten alle noch miteinander im Keller des väterlichen Hauses umkommen. Katharinas Mann, Tapezierer, Nachfolger des Vaters, half währenddessen Frankreich besetzen. Er hielt sich mit seinem kurzen Schnurrbart, seinemTapeziererdaumen für den Angehörigen eines Volkes, das stärker ist als die anderen Völker – bis ihn die Nachricht ereilte, daß sein Haus und seine Familie zermalmt worden waren. Die kleine Schwester drehte sich noch einmal um und spritzte auch mich mit dem letzten Wasser, das sie noch in der Backe aufgespeichert hatte. Ich lief den Rest des Weges allein. In der Flachsmarktstraße traf ich die bleiche Liese Möbius, auch ein Mädchen aus meiner Klasse, die wegen einer Lungenentzündung seit zwei Monaten keine Ausflüge mitmachen konnte. Jetzt hatte das Abendläuten der Christhofskirche sie von daheim weggelockt. Sie rannte an mir vorbei mit ihren zwei baumelnden, langen braunen Zöpfen, einen Zwicker in ihrem kleinen Gesicht, behend, als renne sie auf einen Spielplatz statt zur Abendmesse. Sie bettelte später bei ihren Eltern, mit Lotte auf Nonnenwerth ins Kloster eintreten zu dürfen. Als Lotte allein die Erlaubnis bekam, wurde Liese Lehrerin in einer Volksschule unserer Stadt. Ich sah sie noch manchmal zur Messe laufen mit ihrem bleichen, spitzen Gesichtlein, wie heute den Zwicker vorgeklemmt. Sie wurde von der Nazibehörde geringschätzig behandelt wegen ihrer Glaubenstreue, doch auch die Versetzung in eine geringe Schule für Schwachbegabte störte sie gar nicht, weil sie durch ihren Glauben an Verfolgungen aller Art gewöhnt war. Auch wurden die rabiatesten Naziweiber, die tückischsten, spöttischsten Nachbarn überaus sanft und mild, als sie beim Fliegerangriff um Liese herum im Keller saßen. Den Älteren kam dabei in den Kopf, daß sie schon einmal mit derselben Nachbarin Liese im selben Kellerloch gehockt hatten, als im ersten Krieg die ersten Geschosse krachten. Sie rückten jetzt dicht an die verachtete kleine Lehrerin, als ob die durch ihren Glauben und ihre Ruhe schon einmal den Tod beschwichtigt hätte. Die Frechsten und Spottlustigsten waren sogar geneigt, etwas von dem Glauben der kleinen Lehrerin Liese abzubekommen, die immer in ihren Augen verschüchtert und ängstlich gewesen war, doch jetzt wieder getröstet und zuversichtlich unter all den grauweißen Fratzen im künstlichen Kellerlicht hockte bei dem Bombenabwurf, der diesmal die Stadt fast gänzlich zerstörte, auch sie selbst und ihre gläubig-ungläubigen Nachbarinnen.

Die Läden waren gerade geschlossen worden. Ich lief durch die Flachsmarktstraße durch ein Gewimmel heimkehrender Menschen. Sie freuten sich, daß der Tag zu Ende war und eine geruhsame Nacht bevorstand. Wie ihre Häuser noch unversehrt waren von Geschossen, von der ersten großen Probe 1914 bis 1918 sowie von den jüngsten Haupttreffern, so waren auch ihre behaglichen, durch und durch vertrauten, mageren und dicklichen, schnurr- und vollbärtigen, warzigen und glatten Gesichter unversehrt von der Schuld ihrer Kinder und von dem Wissen dieser Schuld und Zusehen und Dulden dieser Schuld aus Feigheit vor der Macht des Staates. Dabei sollten sie doch bald genug bekommen an aufgeblähter Staatsmacht, an großspurigen Befehlen. Oder hatten sie gar Geschmack daran gefunden, dieser Bäcker mit dem gezwirbelten Schnurrbart und dem runden Bäuchlein, Ecke Flachsmarkt, wo wir immer den Streuselkuchen kauften, oder der Trambahnschaffner, der eben an uns vorbeibimmelte? Oder hatte der Friede dieses Abends mit den hastigen Schritten der Heimkehrenden, mit Glockengeläut, mit Feierabendtuten entlegener Fabriken, die bescheidene Behaglichkeit des alltäglichen Werktags, die ich jetzt wie ein Labsal genoß, für alle die Kinder etwas Widriges an sich, so daß sie bald die Kriegsberichte ihrer Väter begierig einsogen, sich aus dem bemehlten oder bestaubten Arbeitskittel in Uniformen hineinsehnten?

Ich hatte wieder einen Anflug vor Angst, in meine

eigene Straße zu biegen, als ob ich ahnen würde, daß sie zerstört war. Die Ahnung verflog bald. Denn schon in der letzten Strecke der Bauhofstraße konnte ich wie immer meinen Lieblingsweg heimgehen, unter den beiden großen Eschen, die sich von der rechten und linken Seite der Straße wie ein Triumphbogen spannten, sich gegenseitig berührend, unzerstört, unzerstörbar. Ich sah auch schon die weißen, roten und blauen Kreisrunde von Blumenbeeten aus Geranien und Begonien in dem Rasen, die meine Straße durchkreuzten. Wie ich hinzutrat, wehte ein Abendwind, wie ich so stark noch keinen auf meinen Schläfen gespürt hatte, aus den Rotdornbäumen eine Wolke von Blättern, die mir zuerst von der Sonne beglänzt schienen, in Wirklichkeit aber sonnenrot gefärbt waren. Es war mir wie immer nach Tagesausflügen zumute, als hätte ich schon geraume Zeit nicht mehr das Sausen des Windes vom Rhein her, in meiner eigenen Straße eingefangen, angehört. Ich war durch und durch müde, so daß ich froh war, endlich vor dem Hause zu stehen. Nur kam es mir unerträglich schwer vor, die Treppe hinaufzusteigen. Ich sah bis zum zweiten Stock hinauf, in dem unsere Wohnung lag. Meine Mutter stand schon auf der kleinen, mit Geranienkästen verzierten Veranda über der Straße. Sie wartete schon auf mich. Wie jung sie doch aussah, die Mutter, viel jünger als ich. Wie dunkel ihr glattes Haar war, mit meinem verglichen. Meins wurde ja schon bald grau, während durch ihres noch keine sichtbaren grauen Strähnen liefen. Sie stand vergnügt und aufrecht da, bestimmt zu arbeitsreichem Familienleben, mit den gewöhnlichen Freuden und Lasten des Alltags, nicht zu einem qualvollen, grausamen Ende in einem abgelegenen

Dorf, wohin sie von Hitler verbannt worden war. Jetzt erkannte sie mich und winkte, als sei ich verreist gewesen. So lachte und winkte sie immer nach Ausflügen. Ich lief so schnell ich nur konnte ins Treppenhaus.

Ich stutzte vor dem ersten Treppenabsatz. Ich war plötzlich viel zu müde, rasch hochzusteigen, wie ich noch eben gewollt hatte. Der graublaue Nebel von Müdigkeit hüllte alles ein. Dabei war es um mich herum hell und heiß, nicht dämmerig wie sonst in Treppenhäusern. Ich zwang mich zu meiner Mutter hinauf, die Treppe, vor Dunst unübersehbar, erschien mir unerreichbar hoch, unbezwingbar steil, als steige sie eine Bergwand hinauf. Vielleicht war meine Mutter schon in den Flur gegangen und wartete an der Treppentür. Doch mir versagten die Beine. Ich hatte nur als ganz kleines Kind eine ähnliche Bangnis gespürt, ein Verhängnis könnte mich am Wiedersehen hindern. Ich stellte mir vor, wie sie umsonst auf mich wartete, nur ein paar Stufen getrennt. Dann fiel mir zum Trost ein, falls ich hier aus Erschöpfung zusammenbreche, mein Vater könnte mich doch sofort finden. Er war gar nicht tot, denn er kam gleich heim, es war ja Feierabend. Er liebte nur, länger als meiner Mutter lieb war, an den Straßenecken mit seinen Nachbarn herumzuschwatzen.

Man klapperte schon mit den Tellern zum Abendessen. Ich hörte hinter sämtlichen Türen das Klatschen von Händen auf Teig in vertrautem Rhythmus, daß man auf diese Art Pfannkuchen buk, befremdete mich: die zähe Masse, statt sie auszurollen, zwischen zwei Händen plattzuschlagen. Ich hörte zugleich vom Hof her das zügellose Schreien von Truthähnen und wunderte mich, wieso man plötzlich im Hof Truthähne züchtete.

Ich wollte mich umsehen, doch blendete mich zuerst das überaus starke Licht aus den Hoffenstern. Die Stufen waren verschwommen von Dunst, das Treppenhaus weitete sich überall in einer unbezwingbaren Tiefe wie ein Abgrund. Dann ballten sich in Fensternischen Wolken zusammen, die ziemlich schnell den Abgrund ausfüllten. Ich dachte noch schwach: Wie schade, ich hätte mich gar zu gern von der Mutter umarmen lassen. Wenn ich zu müd bin, hinaufzusteigen, wo nehme ich da die Kräfte her, um mein höher gelegenes Ursprungsdorf zu erreichen, in dem man mich zur Nacht erwartet? Die Sonne brannte noch immer stark, ihr Licht brannte nie schneidender, als wenn es schräg gerichtet war. Mir war es wie immer fremd, daß es hier keine Dämmerung gibt, sondern immer nur jähen Übergang von Tag zu Nacht. Ich nahm mich zusammen und schritt jetzt kräftiger aus, obwohl der Anstieg in einem unbezwinglichen Abgrund verloren war. Das Treppengeländer drehte und wölbte sich zu einem mächtigen, pfähleartigen Zaun aus Orgelkakteen. Ich konnte nicht mehr unterscheiden, was Bergkämme und was Wolkenzüge waren. Ich fand den Weg zu der Kneipe, wo ich nach dem Abstieg aus dem höher gelegenen Dorf gegessen hatte. Der Hund war weggelaufen. Zwei Truthähne, die vorhin noch nicht dagewesen waren, weideten jetzt auf dem Weg. Mein Wirt hockte noch immer vor dem Haus, und neben ihm hockte ein Freund oder ein Verwandter, genau wie er, erstarrt von Nachdenken oder von gar nichts. Zu ihren Füßen hockten einträchtig die Schatten ihrer Hüte. Mein Wirt machte keine Bewegung, als ich zurückkam, ich war es nicht wert, ich war schon in die gewöhnlichen Sinneseindrücke eingereiht. Ich war jetzt zu müde, nur noch einen Schritt zu machen, ich setzte mich vor meinen alten Tisch. Ich wollte in die Berge zurück, sobald ich ein wenig ausgeschnauft hatte. Ich fragte mich, wie ich die Zeit verbringen sollte, heute und morgen, hier und dort, denn ich spürte jetzt einen unermeßlichen Strom von Zeit, unbezwingbar wie die Luft. Man hat uns nun einmal von klein auf angewöhnt, statt uns der Zeit demütig zu ergeben, sie auf irgendeine Weise zu bewältigen. Plötzlich fiel mir der Auftrag meiner Lehrerin wieder ein, den Schulausflug sorgfältig zu beschreiben. Ich wollte gleich morgen oder noch heute abend, wenn meine Müdigkeit vergangen war, die befohlene Aufgabe machen.

Das Argonautenschiff

Die Gäste sahen offen oder verstohlen zu dem Fremden hinüber, der allein in einem Winkel saß, ohne sich in ihr Gespräch zu mischen. Was war denn das für ein Mann, der plötzlich hier eingedrungen war? Die Kneipe lag wie eine Höhle in einer der vielen Gassen, die sich um die Berge herum bis zum Meer schlängelten. Sie war auch wie eine Höhle mit Waffen und goldenem Gefunkel ausgefüllt, mit wilden und listigen, räuberhaften Gesichtern. Zahllose fremde Schiffe lagen jahraus, jahrein drunten im Hafen. Ihre Mannschaften sagten sich untereinander in entlegenen Gegenden: »So, dahin wollt ihr. Wenn ihr wirklich dort ankommt, vergeßt diese Kneipe nicht!« Die Ältesten setzten hinzu: »Sie war in unserer Jugend berühmt. Gibt es sie immer noch?« Und Junge, die gerade von dort kamen, antworteten: »Gewiß. Warum soll es sie nicht mehr geben? – Die Stadt war zwar zusammengeschossen. Man hat aber doch in den Trümmern irgendwo etwas trinken müssen.«

Die Gäste stritten, in welcher Sprache ihnen der Fremde antworten könnte, denn unerträglich gleichmütig, unbewegt saß er da mit seinem strahlenden Kopf, um seine Schultern ein goldgelbes, schwarzgesprenkeltes Fell. Das Sonderbarste an seiner Erscheinung war: Obwohl er ihnen bestürzend fremd vorkam, hatte doch jeder bei seinem Anblick das Gefühl, schon einmal irgendwo auf ihn gestoßen zu sein, und sei es auch vor langem gewesen, vielleicht als Kind, vielleicht nur auf einen Augenblick.

Die Tochter des Wirts wagte zuerst die Erkundung. Es war nicht sicher, ob der Wirt sie mit Recht seine Tochter nannte. Sie stand in jedem Fall seiner Wirtschaft vorzüglich vor. Die Hände, mit denen sie Gläser und Flaschen richtete, streiften die Gäste flüchtig wie Blätter. Ihr kleines weißes Gesicht erinnerte die Seefahrer, die aus dem Osten oder aus dem Süden kamen, an die Magnolien und Zitronenblüten ihrer verlassenen Gärten, und solche, die aus dem Norden kamen, an Schneeflocken. Sie war an die sechzehn Jahre. Ihr glattes schwarzes Haar unter dem frischen Taschentuch war mit einem bunten Wollstrang in einen Zopf geflochten. Sie trug oft Ohrringe. Die schenkte ihr ein junger Mensch aus der Stadt. Er saß jeden Abend an demselben Platz in der Schenke. Er galt als ihr Bräutigam.

Das Mädchen fragte den Fremden in ihrer Sprache, die die einzige war, die sie kannte, wie ihm der Wein geschmeckt hätte. Der Fremde erwiderte lächelnd zu aller Erstaunen nicht nur in derselben Sprache, sondern in der Mundart der Stadt, er habe ihm vorzüglich geschmeckt. Er bat noch einmal genau um den gleichen.

Das Mädchen erzählte bald den neugierigen Gästen, der fremde Mann heiße Jason, er sei hier geboren, aber schon früh in der Welt herumgekommen. Er sei der Kapitän eines großes Schiffes gewesen, das Schiff sei im Schwarzen Meer gestrandet. Er sei an Erfahrungen und auch an Geldmitteln reich; er setzte sein Seefahrerleben fort. Er sei nur hierhergekommen, um seine Vaterstadt wiederzusehen.

Das Mädchen brachte dem Jason Wein und stellte dabei die Fragen, die man ihr auftrug. Ob er die Herberge schon gekannt habe? Gewiß, er hätte auch früher hier manchmal getrunken. Ob er sie verändert finde? Keine Spur von verändert. Die ganze Welt habe sich zwar inzwischen verändert, die Stadt selbst habe manche starke Veränderung aufzuweisen. Die Kneipe aber, die sei dieselbe geblieben. »Und auch der Wein«, sagte Jason, er legte die Hand zugleich auf das Glas und die Hand des Mädchens.

Er verschluckte noch rechtzeitig den Satz: »Auch du bist dieselbe geblieben.« Er brauchte ihr nicht ein Geheimnis zu verraten, das doch offen vor aller Augen lag. Das Goldene Vlies auf seinen Schultern! Der Raub aus dem Tempel von Kolchis!

Das sechzehnjährige Mädchen konnte unmöglich dasselbe sein. Ein kleines weißes Gesicht erinnerte ihn zwar, sooft er herkam, an die Zitronenblüten und Magnolien der südlichen und östlichen Gärten, die er durchstreift hatte, oder an die Schneeflocken seiner Nordlandfahrten. Ein blutjunges Mädchen, das zu Recht oder zu Unrecht als die Tochter des Wirtes galt, hatte hier von jeher vorzüglich die Gäste bedient. Ihre Ohrringe hatten geklimpert. Ein eifersüchtiger Bräutigam hatte ihr Gebaren verfolgt wie dieser da, der ihn finster betrachtete.

Er fühlte, das Mädchen umkreiste ihn, obwohl sie die Gäste in allen Winkeln bediente. Sie kam in immer engeren Kreisen, in immer kürzeren Abständen um seinen Tisch herum. Sie goß ihm sein Glas zum drittenmal voll. Sie redete leise auf ihn ein, sie schloß manchmal ihre Augen, als ob sein Anblick sie blende. Er sagte ganz erstaunliche und ganz gewöhnliche Sachen. Er sagte: »Was ich auf der weiten Welt nicht gefunden habe, das finde ich plötzlich daheim.« Er sagte: »Ein Mädchen wie du kann gar keinen Falschen wählen. Sie braucht nicht nach Herkunft, nicht nach Zukunft zu fragen. Sie kann wie die Sonne selbst keinen Falschen wählen.« Je tiefer die Nacht sank, desto dichter wurde der Qualm. Betrunkene Gäste zischten und gurgelten absonderliche Gebete und Flüche und Schiffahrtsbefehle in allen Sprachen, und manche riefen gequält oder glücklich einen Namen, der ihrem Gott oder ihrer Liebschaft oder ihrer Mutter gehörte, oder sie fingen ein Lied an, das sogar hier noch niemand gehört hatte. Bis plötzlich, auf wenige Minuten, das erste, das flachste Tageslicht durch eine Kellerluke hereindrang. Die Sonne rückte dann wieder über die Luke, sie schien nicht mehr in die Kneipe, die Gäste fühlten sich wieder in ihrer Höhle vor dem Sonnengott sicher, mit ihren Beschwörungen, ihren ungezügelten Träumen.

Das Mädchen lief unterdes so rasch von einem Tisch zum anderen, daß die Gäste hinter ihr her ins Leere griffen. Sie kam immer dichter an Jason vorbei. Sie berührte seine Schulter. Sein Vlies schützte ihn wie ein Panzer vor allem, was einen Menschen bedroht. Es ließ zugleich wie eine Haut jeden Freudenschimmer in sein Inneres herein.

Jason stand auf; er folgte ihr in eine tiefere Wölbung, von dort aus durch eine Seitentür in den Hof und schließlich in ihre kleine Kammer, in der es nach Kräutern und Leinen roch.

Das Mädchen legte den Kopf an seine Brust. Sie steckte ihn unter sein Fell. Sie fühlte sich dabei sicher wie nie. Sie zog den Kopf ahnungslos wieder heraus.

Sie rannte ein wenig später durch die Schenke, um

Wein in ihre Kammer zu bringen. Rasch, rasch, damit auch kein Augenblick verlorengehe. Die Wirtschaft war leer, die Schiffer waren zum Hafen gezogen. Der dicke Qualm, die Pfützen, die Reste von Mahlzeiten, Schalen und Scherben, das alles erschien ihr widerwärtig.

Der Mann, der als ihr Bräutigam galt, saß noch auf seinem alten Platz. Er sagte finster: »Was suchst du?« Wie elend war er, wie kläglich! Sie sagte: »Laß mich!« Und dann nur noch »Oh!«. Und kehrte um und lief ohne Wein zurück. Sie sah noch den goldenen Schimmer um Jasons Schultern. Er stand aufrecht da. Er wich einen Schritt von ihr zurück. Sein Blick war sofort auf den Horngriff des Messers gefallen, das ihr in der Brust stak. Ein derber Horngriff, wie er den meisten Einheimischen im Gürtel oder im Stiefel stak. Sie war schon zusammengebrochen. Es nützte nichts, wenn er das Messer herauszog. Ein Strudel Blut schoß dann aus dem Schnitt – ihm aber war nichts so zuwider wie ein Fleck auf seinem Goldenen Vlies. Obwohl er im voraus wußte, daß es nichts auf sich hatte, wenn ihn die Stadtpolizei ergriff und durch das Volk vor den Richter schleppte. Dabei belustigte ihn die amtliche Umständlichkeit, die mit jedem Urteil verbunden war, es mochte mit Strafe oder mit Freispruch enden. Wie überflüssig das alles war! Wie all diese Menschen Zeit verschwendeten! Nicht seine Zeit, ihre eigene! Denn seine war grenzenlos. Sie hätten ihm auch nichts anhaben können, wenn er schuldig gewesen wäre. Er wäre sicher entkommen. Durch einen Zufall oder durch Wunder? Darüber sollten sich die gewöhnlichen Menschen den Kopf zerbrechen. Für ihn kam es auf dasselbe heraus.

Das alles war ihm schon oft geschehen. Er war zuerst verwundert gewesen, wie alle Menschen um ihn herum zugrunde gingen, an Pest, an Schiffbruch, Krieg oder Mord und manchmal einfach am Alter. Er hatte sich daran gewöhnt. Er war jetzt beinahe eifersüchtig auf den eifersüchtigen Messerstecher. Der konnte sich einbilden, ihm sei etwas Unerhörtes geschehen. Sein Leben sei ihm zerschlagen worden. Und seine Rache sei unerhört. Er, Jason, hätte ihm sagen können: Das hat es alles schon oft in derselben Schenke gegeben. Das wächst alles nach. Genauso liebliche Mädchen, genau solche Zöpfe, in die ein bunter Wollstrang geflochten ist, genau solche Messer mit Horngriffen.

Er lief durch die leere Schenke. Er trat in den Sonnenschein. Er stieg bergauf, bis er wieder das Meer erblickte smaragdgrün und unbefleckbar. Die junge runde Sonne am Himmel sah wie das grelle, verflachte Spiegelbild der tiefen unirdischen Sonne aus, die in dem Wasser glühte. Er stieg schneller. Das Land fiel hinter der Stadt ab, es zog ihn durch das schmale bebaute Tal auf den nächsten Gebirgskamm und wieder von dort hinab in die nächste Bucht. Er ließ bald eine zackige, rosakahle Bergkette zwischen sich und der Stadt. Die einzelnen Menschen, die in den Pflanzungen schnitten und pflückten und wässerten, drehten sich nicht nach ihm um. Wenn einmal eine Pfeife ertönte, dann galt sie einem verirrten Bock, dem sie einen Streifen Weideland zeigte. Er kam an einzelnen Ansiedlungen vorüber und manchmal an verlassenen Tempeln oder an einer Mischung von beidem; denn ein Säulenstumpf war ein guter Grundstock für alle Art Wohnung und Stall, und wo schon ein Götterbild stand, brauchte man keines neu zu schnitzen.

Zwei Reiter überholten ihn. Der eine war ein alter strammer Mann, der andere ein Knabe. Sie trugen die

Kleidung vornehmer Leute. Die Pferde waren von edler Rasse, sie waren gesattelt wie die Pferde vornehmer Leute. Der Knabe drehte sich zweimal nach Jason um. Als Jason kurz darauf an einem schönen Landhaus vorbeikam, waren die Diener bereits mit den Pferden beschäftigt. Der Knabe stand müßig dabei. Er sah ihm neugierig-schmerzlich entgegen. Jason verstand sich auf den Blick solcher Knaben. Sie trafen ihn auf der ganzen Welt. Der Knabe gefiel ihm gut. Er war scheu, aber sicher kühn in Gefahren, beinahe kränklich, aber zäh. Jason wartete, bis sie allein waren. Er fragte: »Ist das hier dein Haus?« – »Ja, leider«, sagte der Knabe, »es ist das Landhaus meiner Familie.«

Jason erkannte in dem frischen Mauerwerk den Türbalken wieder, den man auch schon in seiner Jugend bei jedem Umbau erhalten hatte. Er sagte: »Warum sagst du: Leider, ja. Bist du nicht gern hier? Willst du weg?« Der Knabe erwiderte, was er selbst als Knabe erwidert hätte: »Mein Vater ist tot, meine Mutter schwach, mein Onkel ist hart und böse. Das ganze Leben hier ist mir zuwider. Ich ginge lieber heute als morgen.« Jason sagte: »Dann geh!« – »Wie soll ich das anstellen? Jeder kennt mich. Niemand gibt mir Obdach gegen den Willen des Onkels.« – »Ich nehme dich mit, wenn du willst. Dein Onkel geht mich nichts an.« Und als der Junge aufstrahlte, fuhr er fort: »Wenn du nicht von der Sorte bist, die sich erst lange besinnt, Abschied und Handgepäck braucht, geh noch heute zum Hafen hinunter. Da liegt ein Schiff, das gestern ankam.« – »Ich habe es aus dem Fenster gesehen. Ich dachte mir, wenn das meins werden könnte! Das denke ich aber bei jedem Schiff.« – »Und läßt dich zu dem Zweiten Steuermann bringen. Du wirst ihn erkennen, seine Nase ist eingeschlagen. Ihm sagst du, ich hätte dich geschickt, der Mann mit dem goldenen Fell.« – »Das tue ich«, sagte der Knabe, und Jason war sicher, er tat es.

Er ging die niedrige, roh, aber genau aus Geröll errichtete Mauer entlang, die alle Felder und Gärten umgab, die zu dem Landhaus gehörten. Sie füllten die ganze Breite des Tales aus, gerade an der Stelle, über der die Sonne am längsten stand, als hätte der Hausherr alle Bergschatten mit dem Geröll zusammen aus seiner Pflanzung geschaufelt. Er hatte von jeher alle Leute in seinem Dienst nach einem Unwetter oder Bergsturz bis zum äußersten eingesetzt, um die verschütteten Halden zu reinigen. Dann war das weggeräumte Geröll, dadurch sogar das ganze Unwetter seiner Grenzscheide noch zugute gekommen.

Die kleinen Anwesen lagen verstreut, zum Teil schon wieder verwahrlost über dem steilen Bergkamm, wo etwas verwertbare Erde geblieben war. Jason war durstig. Er fragte an einer Tür nach Most oder nach Wasser.

Ein mächtiger Baum, der allen Stürmen gewachsen war, umkrallte mit seinen Wurzeln das Häuschen, er hielt auch die Gartenerde zusammen und alles, was darin wuchs. Die kleine Stube war nicht gastlich, sie war ordentlich, aber freudlos-kahl. Ein mürrischer Lümmel von Mann rief seiner Frau zu: »Bist du taub, hörst du nicht? Er will trinken!« Er stampfte mit einem Fuß auf, als er mit einer Hand einlud.

Die junge Frau mußte geweint haben, bevor Jason gekommen war. Ihr glattes, nicht unschönes Gesicht war wie die Stube, ganz freudlos. Jason sagte, sobald sie allein waren: »Ist das seine Art, mit dir umzugehen?« Er fuhr fort, weil sie schwieg: »Warum läßt du dir das gefallen?«

Sie deutete auf die Wiege in einer Ecke der Stube, sie sagte: »Wir haben nun mal einen Sohn. Was uns ist, wird ihm sein. Soll ich alles verkommen lassen? Mein Mann ist ein Trunkenbold. Wenn ich nicht arbeite, Tag und Nacht, wird für den Sohn nichts mehr bleiben.«

Jason sagte: »Pack ihn doch auf, den Sohn, und geh.«

Die Frau sah ihn verwundert an. In ihrem Gesicht entstand ein schmerzlicher Schimmer. Sie schüttelte langsam den Kopf. »Wohin? Wie? Mit wem?«

»Zum Beispiel mit mir«, sagte Jason, »sobald dein Mann in die Stube zurückkommt, sind wir fort.«

Die Frau lachte auf, wenn auch freudlos. Ihr Lachen machte sie aber jung und freudeversprechend. Sie antwortete: »So etwas denkt man vielleicht einmal, aber man tut es nicht. Ich sage dir doch, ich bleibe des Kindes wegen.«

»Es wird aber hier in dieser Luft genauso schlecht werden wie sein Vater.« – »Möglich. Meine Schwiegermutter hat auch nichts zu lachen gehabt. Ich weinte schon, als die Väter auf unserer Heirat bestanden, weil ihre Äcker zusammenstießen.« – »Nun, dann leb wohl«, sagte Jason.

Sie starrte ihm nach, bis ihr Mann zurückkam. Er fuhr sie an: »Was gaffst du?« Sie sagte frecher als sonst: »Du hast doch wohl die Luft nicht gepachtet?« Sie brachte ihm aber unaufgefordert zu trinken. Das wunderte ihn. Er fragte sich, was in den paar Minuten mit ihr geschehen sei. Er ahnte nicht, daß sie plötzlich auf einen Einfall gekommen war. Ja, sollte er trinken und trinken. Bis alles verkam. Bis das Erbteil an gierige Nachbarn fiel. Ihr kam ein Bruder in den Sinn, der schon vor Jahren in ein entlegenes Land gezogen war.

Der würde sie aufnehmen. Dieser fremde Mensch mit dem gelben Fell würde sich ihrer nicht mehr erinnern, wenn sie ihn plötzlich irgendwo in der Fremde anspräche. Warum sollte sie nicht noch einmal auf ihn stoßen? Alles war möglich.

Jason war schon so hoch gestiegen, daß er wieder das Meer durch einen Bergspalt schimmern sah. Auf dem Kamm war es einsam. Die nächste Bucht war viel breiter. Sie griff tiefer ins Land ein. Sie war von Schiffen erfüllt wie von Schwärmen von Vögeln, die Lasten und Warenballen aus Lagerhäusern aufpickten wie Futter aus Näpfen. Er hatte noch einen weiten Weg vor sich, hinunter in das Gewimmel. Die Abhänge waren mit Mais und Korn und Wein bepflanzt.

Ein Wald lag zwischen dem Bergkamm und den Feldern.

Der Wind roch nach Meer und nach Bäumen. Wie geizig, wie engherzig war die Erde eingeteilt, mit dem Himmel verglichen, der sich darüberwölbte. Die Wolken fügten sich nicht für eine Minute, sie teilten sich nie ein, sie beschränkten sich nie auf ein einziges Bild, sie verwandelten sich viel schneller, als jemand denken konnte, bald in Gebirge, bald in Fabeltiere; einmal wuchsen sie götterhaft, einmal wie Pflanzen. Ihre Schatten jagten über den Kleinkram, der genau eingeteilt war.

Auf einmal kam ein alter Mann zwischen den Steinblöcken an Jason heran. Er war kein Hirt. Er sah wie ein Gärtner aus mit einem Tragkorb voll Pflanzen. »Ach, du bist das also.«

Jason sagte: »Was sonst?« – »Ich habe mir nicht erklären können, was plötzlich zwischen den Felsen leuchtet. Von weitem blinkt dein Fell wie Metall in der Sonne.« –

»Was treibst denn du hier?« – »Ich bin der Wächter. Ich muß dort unten unseren Wald bewachen.« – »Was gibt es denn daran zu bewachen?« – »Du weißt vielleicht nicht, weil du von außerhalb kommst, daß unser Wald von den Menschen geschont und geachtet wird wie ein Heiligtum. Sie halten dort Feste ab und eine Art Gottesdienst nach einer alten Sitte. Ich sammele seltene Blumen und lege sie vor den Bäumen nieder, die unsere heiligen Wahrzeichen tragen.«

»Ich kann dich ein Stück begleiten«, sagte Jason, »erzähle! Was sind das für Bäume, von denen du sprichst? Was sind das für Wahrzeichen?« – »Weißt du wirklich nicht, was es mit unserem Wald auf sich hat? Er ist den Göttern geweiht. Dort wurden schon in alten Zeiten an einzelnen Bäumen berühmte seltsame Schiffe aufgehängt, die den Ruhm des Landes begründet haben. Heute sind zwar nur noch ein paar Stücke der Schiffe übrig. Ihr Holz ist mit der Zeit morsch geworden. Das allerberühmteste Schiff ist noch recht gut erhalten. Du hast vielleicht schon von ihm gehört. Es heißt die *Argo*. Es ist nur ein Wrack. Du kannst aber nicht davorstehen, ohne daß du vor Ehrfurcht zitterst.«

»Was hat es denn mit der Argo auf sich?«

»Wie, weißt du das wirklich auch nicht? Hier weiß jedes Kind darüber Bescheid. Kühne Männer des Landes unternahmen auf diesem Schiff eine Fahrt, die vorher noch niemand gewagt hatte. Über das Schwarze Meer, zu einer unbekannten, nie vorher betretenen Küste. Man nannte sie Argonauten. Man sagt, die Göttin Pallas Athene selbst hätte beim Bau des Schiffes geholfen.«

»Sind sie zurückgekommen?«

»Ich weiß nicht recht«, sagte der Alte, »wahrscheinlich

nicht, da nur das Wrack angespült worden ist. Viele haben inzwischen dasselbe gewagt. Landeten an der fremden Küste, kamen zurück. Das Schicksal war ihnen günstig.«

»Ich verstehe nicht, was du da erzählst. Das sind doch alles Sagen und Märchen. Du sprichst von Menschen und Göttern und ganz zuletzt noch etwas vom Schicksal. Beim ersten Schiff, sagst du, hat eine Göttin geholfen. Es ist aber wahrscheinlich untergegangen, meinst du. Die nächsten Schiffe, die gewöhnliche Schiffe gewesen sind, kamen glücklich zurück. Was stellst du dir dabei vor?«

»In alten Zeiten, sogar noch in meiner eigenen Jugend, glaubten die Menschen in diesem Land an Götter. Gewiß, sie haben auch einzelne, besonders starke Menschen beinahe wie Götter verehrt – –«

Der Alte fuhr fort, weil Jason schwieg, so daß er den Eindruck hatte, sein Begleiter verstünde ihn nicht: »Es war aber doch ein ungeheurer Unterschied zwischen Menschen und Göttern.

Stärker als Menschen und Götter, höher als beide, hoch über allem war das Schicksal.

Man stellte sich darunter, wenn ich es richtig verstehe, das Gesetz vor, nach dem alles geschieht. Wir lehnen uns bis zum Tode dagegen auf. Aber die Götter, die weise waren, die halfen ihm, wenn sie Lust dazu hatten, oder sie zogen sich rechtzeitig zurück und überließen es seinem Lauf.

Hast du mich jetzt besser verstanden? Für einen jungen Menschen ist es sicher nicht einfach, mich alten Mann zu verstehen. Heutzutage hört man selten über solche Dinge sprechen.«

»Doch«, sagte Jason, »ich habe selbst früher manchmal darüber nachgedacht. Aber in all den Jahren habe ich niemanden mehr gefunden, der laut und freiwillig darüber spricht. – Bitte, erzähle mir noch etwas von den Argonauten. Wer war ihr Kapitän? Was hat ihn auf diese Fahrt gebracht?«

»Ihr Kapitän soll Jason geheißen haben. Er soll Streit mit seiner Familie bekommen haben. Reiche Leute des Landes. Vielleicht hat ihn sogar sein Onkel aus dem Weg haben wollen. Du wirst aus den alten Sagen nie ganz klug. Also, der junge Jason setzte es sich in den Kopf, ruhmreich oder gar nicht mehr zurückzukommen. Darum wollte er von der fernen Küste eine kostbare Beute mitbringen und sie den Göttern des Landes schenken. Denn die Bewohner der entlegenen Küste hüteten einen Tempelschatz, der ihren eigenen Göttern gehörte, einen besonders kostbaren, himmlische Kräfte verleihenden Schatz, mit dem Namen ›Das Goldene Vlies‹.«

»Nun, und hat er ihn mitgebracht?«

»Meines Erachtens nicht. Die Meinungen darüber sind geteilt. Einige sagen wie ich: An dem heiligen Baum ist nur das Wrack zur Erinnerung aufgehängt. Das bedeutet, der Kapitän ist mit der ganzen Mannschaft zugrunde gegangen. Andere behaupten, das Goldene Vlies sei irgendwo unter dem Baum vergraben. Das ist nicht festzustellen. Die Menschen, wenn sie auch heutzutage nicht mehr so fest wie früher in ihrem Glauben sind, haben doch noch zu viel Verehrung für den Glauben der Väter, um aus Neugier in der geweihten Erde herumzustochern. Aber jetzt habe ich alter Mann dir genug vorgequasselt. Sieh dir alles selbst an. Vielleicht sehen wir uns auf dem Rückweg wieder.«

Es war schattig und kühl in dem Wald. Solche Stille wie hier war nirgends. Auch der Wald sprach die Sprache der Stille. Er bewegte leise die Zweige, und er siebte das Licht zu Sonnenstaub. An diesem Ort waren auch die Vögel und Pilze heilig. Sie sahen den Eindringling ernst an, als ob sie wüßten, daß er es niemals wagen würde, sie zu verletzen.

Was für ein sonderbarer Brauch, dachte Jason, wenn er an einem Baum vorbeikam, der mit den Ästen einzelne Stücke eines verwitterten Fahrzeugs umklammert hielt. Was meine Landsleute doch für Einfälle hatten! Ein besonders mächtiger Baum trug ein Stück Schiffsrumpf mitsamt der vermoderten Galionsfigur. Jason erkannte die Argo sofort, wenn er sie auch noch nie von unten gesehen hatte. Es lief ihm bei dem Wiedersehen kalt den Rücken herunter. Wirklich, der Alte hatte recht. Wenn es auch Jasons eigenes Schiff war, er mußte vor Ehrfurcht zittern. Er erkannte sogar das Stück Planke wieder, das die Göttin Pallas Athene selbst im geheimen eingefügt hatte, wie die Priester behaupteten. Und sein Onkel hatte die Priester für ihre Gebete reich beschenkt. Er hatte an nichts gespart, was die Abfahrt seines verhaßten Neffen und Erben beschleunigte. Die Mutter hatte geweint.

Jason legte sich auf die Erde unter den Baum. Wenn er das Meer auch über alles liebte, heute tat es ihm wohl, nur Grün und Sonnengesprenkel um sich zu haben. Heute tat ihm der Waldgeruch wohler als die beißende Seeluft. Er war müde von dem Weg in die Berge. Er warf sein Fell ab, um die Erde warm unter den Schultern zu spüren. Er sah hinauf zu dem Schiff, das, mit Seilen an die Äste gebunden, unmerklich im Winde schwankte.

Meine Mutter, so dachte er, hat damals geweint. Sie hat darauf gedrungen, mit mir zum Orakel zu fahren, aber ihre Gebete und Opfer haben nur die Auskunft erwirkt, die sie am meisten fürchtete: »Er wird mit seinem Schiff zugrunde gehen.«

Er aber hatte sich gar nichts aus dem Orakel gemacht.»Weil ich nicht an Orakel glaube«, hatte er seine Mutter getröstet. – Weil ich fest daran glaube, hatte er sich im geheimen gesagt. – Also, er brauchte die kleinen Schliche und Schutzmaßnahmen gar nicht erst anzuwenden.

Wenn er noch so vorsichtig fahren würde, wäre sein Untergang vom Schicksal bestimmt. Er hätte keine Gebete und Opfer gebraucht, um noch einmal das Gesetz zu erfahren, das jede Regung, jede Faser seines Lebens beherrschte. Ihm war die Planke, die die Göttin Pallas Athene eingefügt haben sollte, wie ein Siegel unter diesem Orakelspruch. Er liebte das Schiff, bevor es noch fertig im Hafen lag. Wie sich die Segel zum erstenmal strafften, legte sich auch sein Herz zur heiligen tödlichen Fahrt vor den Wind. Die Menschen drehten sich in den Straßen nach ihm um. »Das ist der vermessene Kapitän.«

Er hatte aber das Ziel bei der Abfahrt schon fast vergessen. Er dachte gar nicht darüber nach. Er würde wahrscheinlich vorher stranden. Weil er das nicht verhindern konnte, schonte er weder sich noch das Schiff. Wenn sich die Mannschaft im Sturm bangte, bekämpfte er ihre Todesfurcht, indem er sie mit der Behauptung der Priester tröstete: Pallas Athene hätte selbst auf der Werft, ein weißer Schimmer in einer heiligen Nacht, mit fliegenden, silberdröhnenden Hammerschlägen den Bau der Argo vollendet. An einem solchen Schiff müßten die

Stürme doch abprallen! Er selbst aber glaubte im stillen, daß weder Mut noch Todesfurcht das Schicksal abwenden könnte; denn es war stärker als Götter und Menschen. Es drohte ihm nicht. Es lähmte ihn nicht. Es brachte nur Himmel und Meer mit seinem Innern in Einklang. Es war nichts anderes als das Gesetz seines Lebens und Sterbens. Es konnte schon bei diesem Sturm eingreifen und genausogut erst beim nächsten.

Jason reckte sich auf der warmen Erde. War er auch tief vertraut mit dem Meer, mit seinen Tücken und Stürmen, es tat ihm auf einmal gut, nichts mehr von ihm zu sehen. Statt dessen beherbergte ihn die Erde schweigend und anspruchslos im stillen Nachmittagslicht – wie die Mutter, verglichen mit der Geliebten. Er nahm einen Halm von Zittergras zwischen zwei Finger, aber er wagte nicht, ihn zu knicken. Es rauschte stärker im Baum. Das unbestimmte Dröhnen vom Meer her ging ihn heute nicht das geringste an. Was sich dort auch für ein Unwetter zusammenballte, das war seine Sache nicht. Er steckte den Halm zwischen die Zähne.

Das Licht, das auf dem Meer vor dem Unwetter etwas tückisch Grelles, etwas schlau Scharfes an sich hat, fiel mit dem sinkenden Tag schräg und genau, aber sanft durch das Geäst, um noch einmal die geheimsten Winkel zu trösten. Die Blätter glänzten, die ihm auf die bloße Brust gefallen waren, als könnte man das Goldene Vlies auch aus gewöhnlichen Stücken der besonnten Abendwelt zusammenfügen.

Sie hatten damals auf ihrem Schiff Argo zahllose Irrfahrten überstanden. Der Kiel, der jetzt sein Gesicht beschattete, hatte manchmal so hoch in die Luft geragt, daß sie den Tod mit der nächsten Welle erwarteten. Gebändigt, zum puren Sinnbild des Seefahrergeistes gezähmt, schwankte die Argo leise an den mächtigen Ästen. Ihr morsches Holz knackte. Sie war sicher verankert. Die Wurzel des Baumes reichte wohl bis ins Innere der Erde.

Sie hatten damals auf ihrem böse zugerichteten, aber immer noch festen Schiff auf der anderen Seite des Meeres, an der sagenumwobenen Küste, Anker geworfen. Sie hatten auf einem fernen Berg die Umrisse eines seltsamen Tempels erspäht. Der fahle Abendschein über dem einsamen Land war ihnen wie ein Schimmer des Goldenen Vlieses vorgekommen, das dieser Tempel behütete. Er hatte sich angeboten, dorthin allein als Kundschafter aufzubrechen. Inzwischen sollten seine Gefährten die Argo bewachen. Sein Angebot schien tollkühn. Er hatte sich dabei nur gesagt: Ich kann ja doch erst auf der Heimfahrt mit meinem Schiff zugrunde gehen. Der Tempel der fremden Götter war aus zahllosen Säulen gebaut, die so dicht und so dünn und so gleichmäßig standen wie Schilfrohr und unerklärlich summten und silbern vom Mondlicht beschlagen waren. Sie glichen in nichts den Säulen der eigenen Götter. Sie waren schwarz, aus Vulkanstein. Er glaubte nicht, daß die Panther, die in den Höfen und Säulengängen als einzige Lebewesen wie Priester umherschlichen, ihm etwas anhaben könnten. Er war durch etwas anderes beunruhigt. Er spürte längst einen Blick auf sich haften, bevor er wußte, wem er gehörte. Die Priesterin dieses Tempels war ihm durch alle Säulengänge gefolgt. Sie glich einer schwarzen Blume, sie glich nichts, was er jemals gesehen hatte, sie glich nichts, worauf er jemals in Träumen verfallen war.

Sie hatte ihm dann bei allem, zu allem geholfen. Kein Mord und kein Zauber war ihr unausführbar erschienen, um ihm bei dem Raub zu helfen und dann sein Leben zu retten. Den eigenen Göttern war sie, aus Liebe zu ihm, dem Fremden, untreu geworden, ihm aber widerlich treu. Sie hatte ihm das Goldene Vlies verschafft, anstatt es zu hüten. Die Wellen bei ihrer gemeinsamen Flucht mit Kinderblut zu beschwichtigen, das war für sie nur ein Taschenspielerkunststück gewesen, nur eine Abart von Zauber.

Er hatte damals, den Vorsprung der Küste umsegelnd,sein Schiff, die Argo, erreichen wollen. Er hatte es scheinbar aus der Entfernung erkannt. Er hatte, erst näher kommend, gemerkt, daß das Schiff auf dem alten Landungsplatz gar nicht sein eigenes war. Die Argo war nach vergeblichem Warten abgefahren. Inzwischen hatten sich andere kühne Seefahrer hergewagt. Das Gerücht seines Mißgeschicks hatte sie eher gereizt als abgeschreckt.

Seit ihn das geraubte Vlies vor Zeit und Unbill schützte, waren für ihn ein paar erregende Stunden, in Wirklichkeit Jahre vergangen. Er sah sich zum erstenmal Medea, seine Geliebte, gründlich an. Die Liebe war zuerst zu rasend gewesen, der erste Anblick hatte ihn bis zu dieser Sekunde selbst verzaubert. Er stellte verwundert fest: Aus der kindlichen, beerenäugigen Zauberin war eine erwachsene Hexe geworden.

Als er auf einmal verstand, daß ihn das Schicksal sich selbst überließ wie die Argo, die ohne ihn weitergezogen war, da hörte er auf, an das Schicksal zu glauben. Er glaubte auch nicht mehr an die Götter. Und an die Menschen erst recht nicht mehr.

Wenn sich der Wind legte, summte sofort ein Schwarm Mücken um die Galionsfigur. Er konnte von der Erde aus sehen, wie sie von Luft und Regen verzehrt war. Wenn eine Wolke über die Sonne jagte, schien sie undeutlich und finster auf ihn herunterzusehen. Er hätte jetzt aufstehen müssen, um die Stadt vor Anbruch des Unwetters zu erreichen. Er war schläfrig wie ein Kind. Er fühlte sich hier aller Seemannspflicht, aller Befehlsgewalt enthoben.

Sie hatten damals zur Heimfahrt ein schäbiges Fischerboot gestohlen. Sie hatten darin, seine Hexe und er, alle möglichen Fährnisse gut überstanden. Seine Mutter war tot. Sein Onkel war über die unerwartete Heimkehr erbost. Er mußte, wie es das Volk verlangte, die einzige Tochter mit Jason vermählen. Jason war am Verzweifeln, als seine schwarze Hexe in ihrer Eifersucht alles vernichtete, das Fest, die Braut und die Gäste, sogar ihre eigenen Kinder und ihre eigene Würde und Ehre. Er war aber später auch über ihren Tod am Verzweifeln, wie bei der Rückkehr über den Tod seiner Mutter. So viele Opfer, wie ihm diese beiden Frauen gebracht hatten, waren unwiederholbar, unwiederbringlich. Das übrige ließ sich aufholen, das hatte er längst verstanden. Das Goldene Vlies war seine zweite Haut geworden. Es war ihm nicht eingefallen, die Beute im eigenen Tempel niederzulegen, wie es sein Onkel den Priestern versprochen hatte. Das war ohnedies nur ein Vorwand gewesen, um seinen Neffen loszuwerden.

Die Argo hätte er gern noch einmal wiedergesehen. Was seine alte Mannschaft anging, die kühnen Gefährten seiner echten, seiner begrenzten Jugend, die waren immer von neuem durch ebenso kühne Gefährten zu ersetzen – seiner ewigen, unverkürzbaren Jugend.

Es war dabei kein Schicksal im Spiel und keine Vorsehung. Es war alles Zufall. Es gab dabei kein Gesetz. Es gab dabei keinen verborgenen Weg mit einem Ziel, das in den Sagen die klugen Menschen an einem Faden erreichen, den sie auch in der Verwirrung nicht aus der Hand lassen.

Jetzt schwankte die Argo, und ihr Schatten war kalt. Denn eine Wolke nach der anderen jagte über die Sonne. Es sprühte Schaum von Akazienblüten. Die Stricke ächzten wie Taue. Das morsche Schiffsholz knackte in allen Fugen, und auch das lebendige Holz des Baumes stöhnte. Jason dachte: Ich sollte mir eine Bleibe suchen, bevor der alte Wächter zurückkommt. Er dehnte sich aber und wickelte sich in sein Fell.

Es gab auf einmal viel mehr Vögel im Wald. Sie flüchteten sogar in die Spalte zwischen dem Schiffsrumpf und der Galionsfigur. Ein Ast schwang hoch, weil eins der Seile gerissen war, und gelbe Wogen von Blättern stoben über den Mann am Boden. Die Vögel stießen zuerst in die Baumkrone, dann verzogen sie sich so tief wie möglich, noch tiefer als vorher; sie duckten sich in ihrer Verstörtheit gegen den Menschen im Gras.

Vielleicht hätte Jason doch noch aufspringen können. Er verschränkte aber die Arme unter dem Kopf, und sein Gesicht war so kühn, wie es nur in seiner echten Jugend auf dem brüllenden Meer im Augenblick der höchsten Gefahr gewesen war. Der Sturm brach an. Er sprengte die letzten Seile mit einem Stoß, der ganze Schiffsrumpf krachte über Jason zusammen. Der ging mit seinem Schiff zugrunde, wie es das Volk seit langem in Liedern und Märchen erzählte.

Der Führer

Alles war umsonst. Gebete in Kirchen und in Moscheen, umsonst. Beschwörungen, Anrufungen längst vergeßner, sich selbst überlassener Götter – umsonst. Und auch der letzte Widerstand mit Messern und Zähnen – umsonst. Die Feigheit war genauso umsonst. Verstecken, Abwarten, alles umsonst. Umsonst Versprechungen, Hoffnungen, unerwartete Hochherzigkeit von Unbekannten. Ob der Vater gestern mit Pflügen begonnen hatte oder der Vorvater vor zweitausend Jahren – umsonst. Umsonst trugen Männer, welche dem Tod wie dem Leben kalt, ohne Blinzeln ins Auge sahen, eiserne Löwenkrallen in ihren Gürteln, ihr Mut war umsonst, und der Löwe wachte umsonst in der Hauptstadt vor dem Palast. Die Eroberer ritten auf seinem Rücken, rissen johlend an seiner Mähne. Alles war unbegreiflich geworden, was vorher gewesen. Das ganze Leben, weil es auf einmal umsonst war. Das einfache Gestern und Vorgestern, das jedem klar war, und die zweitausend Jahre, die einige Männer zurücksehen konnten, unbegreifliches, nebliges, dennoch wirkliches Leben, eigenes Dasein von jeher – eins so umsonst wie das andere. Wenn es keine Zukunft mehr gibt, ist das Vergangene umsonst gewesen.

Die fremden Eroberer, als sie begriffen, daß man auch nicht mit den schlauesten Waffen in das Innere des Landes eindringen konnte, hatten aus ihren Flugzeugen

Giftgase in die Berge und Schluchten geschickt. Daran war erstickt, was nicht bereits verblutet war. Und wenn die Menschen, auch die Gerechten unter ihnen, die von jeher an Gut und Böse glaubten, auch die geweihten Priester, so wild und reißend geworden waren wie ihrer Berge Löwen und Tiger, sie mußten jetzt dran glauben, sie erstickten.

Unter dem Schutz der italienischen Truppe, die gegen nichts mehr zu schützen brauchte – die Hyänen heulten schon nutzlos, denn das Kriegsfleisch war aufgefressen –, waren in eine unglaubliche Ferne, steilgrade herauf und hinunter, nach Äthiopien hinein geschwind Straßen geschlagen worden. Schon waren auf den Schiffen nicht mehr bloß Soldaten gekommen, sondern auch Bauern, landgierige Wehrbauern, und ihre in den Bäuchen der Schiffe mitgebrachten Maschinen gleißten in der Sonne. Und die Wehrbauern, so geschickt wie sie gierig waren, fingen sofort an zu roden. Sie bauten Mais und Korn, sie pflanzten Kaffeestauden; Bergarbeiter, die mit ihnen gekommen waren, gruben nach Gold und vielerlei Art Metall.

Zu den Einheimischen sagten all diese Leute sanft oder drohend, barsch oder freundlich: »Tu dies, tu das!« Denn sie waren die Eroberer.

Drei Geologen, der älteste hatte den Rang eines Obersten, die beiden jüngeren standen im Hauptmannsrang, waren ziemlich erschöpft an ihrem vorläufigen Ziel, einem großen befestigten Lager am Fluß, angekommen. Das Lager war aus einer verlassenen Ortschaft entstanden – einigen Rundhütten und Resten von Häusern unbekannter Bestimmung, die wohl zu einem Kloster und seinen Nebengebäuden gehört hatten. Schon bei dem ersten Vorstoß hatte man alles leer und unbewohnt gefunden, einige bei der Flucht zurückgebliebene Schätze, Schmuck, Ikone und Schnitzereien, waren von sachverständigen Offizieren teils heimbefördert, teils für den Staat beschlagnahmt worden.

An den Gesteinsproben jener ersten Expedition vor zwei Jahren hatte sich erwiesen, daß die dem Krieg vorangegangenen Beurteilungen der Institute von Rom und Bologna und Turin und anderer Stellen richtig waren. Sie bestätigten die alten Berichte über erstaunliche Vorkommen von Gold und Silber und Eisen und Blei und Kupfer und Schwefel und die portugiesischen Chroniken »Mehr Gold als in Peru«, »Mehr Leute an Schmelzöfen als Schmiede in Portugal«, »Mehr Gold als Eisen bei uns«. –

Es hieß in den Gutachten und den daraus folgenden Anordnungen: »Für Goldablagerung strukturell günstige Wasserläufe und Anschwemmungen, die aus goldführenden Quarzadern stammen, lassen wertvolle Lagerstätten vermuten.«

Sie waren vor einigen Tagen zu fünft in Addis Abeba angekommen. Der Turiner Professor war mit seinem Assistenten und dem Stab, der sie erwartet hatte, in der Stadt geblieben. Alles war vorbereitet, sie richteten ihr Institut ein. Sie rechneten damit, daß man in wenigen Wochen mit der Arbeit beginnen könne. Auch die Nebenstraße für den Transport würde dann angelegt sein, die von der bereits fertigen Autobahn abbog.

Die drei Geologen, die jetzt an dem befestigten Ausgangspunkt ihrer künftigen Unternehmungen angelangt waren, hießen Tommaso Rossi, Giacomo Vecchio und Gino Candoglio. Auf der fertigen Autostraße, die wie ein Fließband Mensch und Gut von Station zu Station beförderte, waren sie heruntergeglitten über mehrere ineinandergeschobene Hochplateaus. Am Nachthimmel waren die Sterne in Schweifen und Kreisel mitgesaust.

Zuerst schien die Erde grenzenlos wie der Himmel in grünlichem und silbrigem Dunst. Fast plötzlich entstand ihr Rand, die Kette von Schneebergen. Die Sterne waren verblaßt. Bevor die Sonne hochstieg, strahlte sie durch das Gebirge wie durch Kristall.

Die Fahrt war rasch verlaufen – nach der Autouhr, aber nicht nach der Strecke gemessen, die sie noch vor sich hatten. Zwischen den Hochplateaus und den Schneebergen lagen noch immer goldgraue und grüngraue Schwaden, ein unfaßbares Zwischenreich. In diesen Minuten war das Allerfernste, die Schneeberge, deutlich, aber das Zwischenreich undurchdringlich.

An einigen Stellen der Autobahn hatten sie während der größten Hitze ihre Fahrt unterbrochen. Militär und Straßenarbeiter hatten sie stürmisch in ihren Camps bewillkommt. Sie waren bewirtet worden, sie hatten getrunken, mit Hochrufen auf den Führer und auf ihren eigenen Wagemut. Die Zelte hatten sie abgeschirmt gegen das Land und gegen die Gluthitze und nachts gegen die rasenden Sterne.

Es gab ein im Ausbau begriffenes Fort, vorerst ein Camp mit einigen Bunkern, da, wo die Nebenstraße von der Autobahn abbog. Man hatte ihnen geraten, die Nebenstraße bis zum Plateau herunter zu fahren und dann zu reiten bis zu ihrem Bestimmungsort. Der sei vor der Besatzung eine Art Kloster gewesen, nach den Begriffen der Eingeborenen; es gäbe dort einen alten Mann, der ein paar Brocken italienisch verstehe, einige italienische Priester seien schon ziemlich lange dort untergebracht.

Die Nebenstraße hatte fast plötzlich aufgehört: Das Band war abgerollt. Straßenarbeiter hatten gelacht und gewinkt und geschrien. Man hatte den Offizieren Pferde gegeben und einen eingeborenen Führer, der jede Woche herauf und hinunter ritt; ein Trupp eingeborener Träger war ihnen gefolgt.

Die drei italienischen Geologen waren gute Reiter, sie hatten ihr Erstaunen versteckt, als sei es ihrer unwürdig. Erst recht ihr Schwindelgefühl, als sie die ganze Tiefe des Abgrunds verstanden, die unglaublichen Mondschatten. Am Himmel gab es, als man ritt, keine rasenden Sterne mehr mit komethaften Schweifen, die Sterne zuckten nur manchmal auf. So plötzlich, wie sie in ihren unermeßlichen Himmel gestiegen waren, so plötzlich fielen sie in ihn zurück.

Der eingeborene Führer hatte die Pferde genau gekannt, und die Pferde kannten genau den Weg. Die drei Italiener hatten bitteren Speichel geschluckt auf den geflochtenen Brücken über die Bergrisse weg. Sie wären verloren gewesen, wenn sie hinuntergeblickt hätten.

Dann hatte sich der zerklüftete Berg zusammengezogen, die Erde hatte sich geglättet. Der goldene und violette Dampf war verflogen zwischen Nacht und Morgen. Die Abhänge waren auf einmal bestellt von Menschenhand, die Sonne flutete, angstverheilend. Aus runden und eckigen Hütten war Rauch gestiegen und manchmal, zu ihrem Glück, ein italienisches Lied. Sie warfen die Köpfe zurück, sie waren froh und stolz.

Da alles im voraus richtig berechnet war, kamen sie vormittags an. Holzwände schirmten sie ab wie Zelte.

Der Priester empfing sie, sie küßten ihm nacheinander die Hand. Ein Alter, der Ato, von dem man in den Camps gesprochen hatte, machte freundlich den Wirt. Ein Knabe ging ihm zur Hand; der führte sie später zu ihren Lagerstätten. Er steckte schweigend und rasch und geschickt Moskitonetze auf. Er machte ihnen vor mit schönen länglichen Händen, mit leichter Stimme, als sei ihm verboten, laut zu sprechen, wie sie nach ihm verlangen könnten. Er käme alsbald herbeigelaufen. Er stellte ihnen auch eine kleine Glocke bereit, aus Metall, in die die Apostel eingraviert waren.

Als der Knabe fort war, sagte Rossi: »Habt ihr gemerkt, wie schön der war?« Vecchio erwiderte lachend: »Darauf gab ich nicht acht.« –

»Ich kann verstehen«, sagte Rossi, »daß Engel auf allen Bildern aller Maler Knaben in diesem Alter sind.« Vecchio unterbrach ihn: »Durchaus nicht auf allen …« – Sie stritten ein wenig. Candoglio sagte auf einmal: »Das Glöckchen, das muß aus dem Kloster stammen, das ist aus Gold.« Es ging von Hand zu Hand, mit erstaunten Rufen. Dann schlüpften sie unter ihre Moskitonetze.

Der folgende Tag war ein Ruhetag. Sie besprachen über den Karten den Weg, der sie an die vorgeschriebenen Stellen in ihr Gebiet führen würde. Dabei zeigte es sich, daß man einige Stunden am Ufer stromabwärts reiten mußte, um dann in eine Schlucht einzubiegen.

Nachts traf zu Fuß und mit Maultieren ihr Trupp eingeborener Träger ein. Italienisches Militär, das schon vor zwei Jahren die erste Expedition mitgemacht hatte, würde auch die ihre begleiten. Sie könnten fortwährend Radioverbindung mit dem Kloster und mit dem Camp an der Abzweigung der Autostraße halten. Die Station hieß immer noch »Kloster«, obwohl es verbrannt war und an seiner Stelle die neue feste Raststätte stand.

Man wandte sich mit einigen Fragen, den Weg betreffend, an den Alten, den Ato, der ihnen Essen und Trinken brachte. Dabei half ihm der Knabe. Der gab auch Auskunft in einem Gemisch Italienisch-Amharisch. Rossi legte den Arm um seine Schulter, er fragte seine Freunde rasch: »Habt ihr schon mal so was Schönes gesehen?« Und wirklich, jetzt, da sie ausgeruht waren und Muße hatten zum Betrachten, bestätigten sie: Der Junge war wirklich beinah vollkommen. Ein Schimmer Gold aus der Haut heraus, aus dem Haar, aus den Augen. Und dieser niemals geknickte Schwung in jeder seiner Bewegungen von den Brauen bis in die Fingerspitzen.

Als die Sonne hochstieg und Vecchio vorschlug, ein paar Stunden zu schlafen, machte der junge Ato dem Rossi mit dem Finger ein Zeichen. Das hatte sich Rossi vielleicht auch nur eingebildet. Der Knabe wich ihm sanft aus. Aber er führte ihn, und sie standen schließlich in einer Kammer, einer Vorratskammer nach den Gerüchen. Er brachte zu Rossis Verwunderung verschiedene Dinge zum Vorschein, woher sie stammten, war nicht recht klar. Buchleisten, ein Glöckchen, das dem Glöckchen mit den Aposteln in ihrem Zimmer glich, geäderte Steine, ein Beutelchen Goldsand. Vielleicht von der ersten Expedition, die dieser Knabe, wie sich erwies, auch mitgemacht hatte. Sicher nicht als Träger, vor drei Jahren war er dazu noch zu schwach gewesen, vielleicht als Gehilfe des Führers, wenn er ortskundig war. Er schüttelte nur den Kopf auf Fragen. Als Rossi heftig in ihn drang, wich er zurück. Er glich einem erzürnten, von den Brauen bis zu den Zehen abflugbereiten Engel.

Als Rossi ihn beruhigte und ihn langsam und streng ausfragte, kam schließlich heraus, er wisse, woher der Goldsand stamme, er sei selbst in der Nähe des Fundorts daheim, er könne Rossi und seine Freunde dorthin bringen. Morgen, am Nachmittag, könnten sie aufbrechen und in der zweiten Nacht zurück sein.

Auf einmal stand der alte Ato in der Tür. Er herrschte den Knaben an mit überstürzten Worten. Der senkte die Augen, wie es Rossi vorkam, mit Schuldbewußtsein. Des Alten Gesicht, als er sich Rossi zuwandte, war bereits wieder freundlich, still.

Rossi weckte seine Gefährten, die sich zeitig gelegt hatten. Er hätte den Eindruck, dieser Knabe sei bereit, ihnen zu helfen hinter dem Rücken des Alten. Der Alte käme ihm nicht so gewogen vor, wie man in den Camps behauptet hatte. Rossi, der die Landessprache am besten beherrschte, bekam den Auftrag, das Nötige mit dem jungen Ato vorzubereiten.

Am frühen Morgen aber war der Knabe nicht gleich zu finden. Als Rossi seinen Plan schon halb aufgab und dennoch unruhig wartend im Hof mit Soldaten schwatzte, tauchte er plötzlich auf. Er machte eine Bewegung mit Hand und Zeigefinger, wie es seine Gewohnheit war, Rossi kam sie zart und anmutig vor. Vecchio und Candoglio waren schon übereingekommen, das Beste, was man sich vorstellen könne, sei ein selbständiges Unternehmen außer dem geplanten. Der Junge stamme wahrscheinlich aus einem der Dörfer, in denen seit langem Goldwäscherei betrieben werde. Auf jeden Fall schade es nichts, auszuprobieren, was er zu zeigen hätte, um so mehr, als sie rechtzeitig zurückgekehrt seien zu der vorbereiteten Expedition. Sie würden die Vorkehrungen treffen, die man von ihnen erwartete; gleichzeitig hofften sie auf überraschende Fundorte.

Sie ritten nachmittags weg. Der junge Ato hatte den Mundvorrat gerichtet. Der Fluß, obwohl er breit war, wirkte um diese Jahreszeit bergbachartig mit viel Geröll.

Candoglio wußte hier und überall Bescheid, durch beharrliches Studium. Am gegenüberliegenden Ufer des Flusses, behauptete er, wohnten fast nur Mohammedaner. Der Fluß sei rot gewesen von den Kämpfen zwischen Mohammedanern und Abessiniern bis zur Ankunft der Italiener.

Nach ungefähr einer Stunde, es war noch längst nicht Nacht, erreichten sie ein Camp, das letzte am Ufer, das einzige auf ihrer Strecke. Der Knabe bedeutete ihnen, hier die Pferde zurückzulassen; es sei viel leichter, zu Fuß in die Berge zu steigen; sie könnten die Pferde auf ihrem Rückweg abholen.

Die drei besprachen sich kurz. Der Knabe war auch auf dieser Station bekannt. Die Soldaten lachten mit ihm. Er lächelte. Die Offiziere nahmen zusammen ein kurzes, vergnügliches Abendessen.

Vom ersten Bergeinschnitt an ging der Knabe voraus. Er sah sich dauernd um. Der Anstieg war einfach, er ging rasch vor sich. Der Knabe schlug früh eine Rast vor. Sie legten sich auf einen Bergvorsprung, ein wenig erschöpft von der ungewohnt leichten Luft. Der Berggipfel neigte sich über sie, berührte fast die gegenüberliegende Felswand. Aus dem Boden der Schlucht wuchsen einzelne Felsen heraus. Sie suchten unwillkürlich den Sinn ihrer Formen. Doch all die Zerklüftung war sinnlos.

Der Knabe bedeutete ihnen, herunterzusteigen. Die Luft war rotgold geworden und grüngold in ihrem Untergangsdunst.

Die Schneebergkette am Rand der Erde leuchtete auf. Plötzlich war alles erloschen. Der Dunst war todgrau und todviolett. In einigen Felsen hingen noch immer ein paar Lichtfetzen. Der Knabe wartete, bis auch dieser Tag zu Ende ging. Der Abstieg war unsicher in dem Gemenge von Mondschatten. – Er wartete darum die Frühe ab und suchte mit grenzenloser Geduld den besten Weg. Er selbst stieg mehrmals wieder herauf, er bedeutete Vecchio, der wohl der Geschickteste war, ihm gleich zu folgen. Seine Schulter bot er als Treppe an, um auf den tieferen Vorsprung zu gelangen. Dann kam er wieder herauf, bot seine Schulter dem Nächsten an, bis alle drei etwas tiefer abgesetzt waren. Er verlor nichts an Leichtigkeit, an Geduld, er streckte sich erst aus auf dem nächsten Vorsprung, holte Atem, war dann gleich wieder bereit zum Abstieg, bereit, jeden dabei zu stützen.

Rossi legte sich neben ihn, er fragte ihn nach dem nächsten Weg. »Wir müssen herunter und dann noch mal mit dem Bach hinauf, es gibt keinen anderen Zugang.« Er fügte mit seinem Lächeln hinzu: »Es gibt keine Brücke, man kann nicht fliegen.« Rossi legte die Hand auf seine Schulter, die im Dunkel ein wenig schimmerte. Der Knabe wich zurück, drehte ihm langsam das Gesicht zu, und er sah ihn groß an. In seinen Augen war ein ernster, aufmerksamer Glanz.

Rossi rückte näher an ihn heran, da sprang der Knabe auf, er rief italienisch: »Voran!« Er sprang mit Leichtigkeit auf den nächsten Felsvorsprung. Rossi trat zuerst auf seine Schulter. Der Knabe half sofort den beiden anderen.

Der Abstieg ging weiter vor sich, langsam, bedächtig. Rossi empfand keine Müdigkeit mehr. Der junge Ato, immer wenn er ihm näher kam, machte den nächsten Sprung, oder er drehte den Kopf nach einem der beiden Gefährten. Vecchio legte sich plötzlich hin. Der junge Ato sagte: »Hier nicht.« Er führte sie beharrlich an einen anderen Ort; sie legten sich dort alle vier. Im Mondlicht erkannten die drei, daß sie ungefähr auf der Höhe der Felsen lagen, die aus der Schlucht wuchsen, und über ihnen ragten Berggipfel, und einzelne Sterne rissen sich los und kreiselten. Die drei beherrschten mit Mühe ihr Schwindelgefühl. Rossi rückte so nah wie möglich an den jungen Ato heran. Der sprang plötzlich auf, lief weg, kam erst nach Minuten zurück. Mit Wasser vom nahen Bergbach. Er sagte: »Wir müssen den Bergbach entlang. Dort unten. Ihr könnt ihn jetzt sehen.«

Sie aßen etwas; auf alle Fälle umsichtig eingeteilt. Rossi schob dem Knaben einen Happen in den Mund. Er spürte die Zähne an seinen Fingerspitzen.

Das letzte Stück Abstieg war rasch getan. »Und nun«, sagte der junge Ato, »den Bach entlang, heraus aus der Schlucht.« Sie stampften, zuerst recht im Genuß ihres Gleichgewichts, auf dem sichren Boden der Schlucht dahin. Im Mondschatten der Bergwand standen die einzelnen Felsen, dachlos, wie Bruchstücke eines ausgebrannten Palastes.

Sie stiegen, dem Knaben gehorchend, nochmals hoch mit dem Bach. Die Gegenwand war weniger steil als die Wand, die sie heruntergestiegen waren. Hier gab es auch einzelne grüne Stellen, auch Bäume mit nackten Wurzeln, verzweifelt nach Erde suchend, die in einem Unwetter abgebröckelt war. Sie kamen auf einen breiten grasigen Vorsprung. Sie sahen endlich wieder ins Weite. Sie atmeten auf. Der Knabe wandte sich gegen die Berge; er rief: »Dort ist die Quelle!«

Sie fragten sich untereinander, wie es möglich sein könne, zur ausgemachten Stunde ins Kloster zurückzukehren. Rossi fragte den Jungen. Der schüttelte ernst den Kopf. »Erst morgen.« Candoglio, ganz außer sich, fing heftig zu schimpfen an. Der Knabe senkte die Augen. Rossi wandte sich an seine Freunde: »Er versteht nichts von Zeit.« Candoglio bekam einen Wutanfall. Er griff nach der Schulter des Jungen. Er schüttelte ihn. Rossi hielt ihn zurück. Die Sterne waren schon am Verblassen. Die Luft war grauviolett, und plötzlich war der Tag da mit seinem bestürzenden Licht. Die Ebene, die jetzt unter ihnen lag, war unbestellt, unbestellbar. Zahllose Steinbrocken waren blindlings darauf geworfen, als sei ein Gebirge zerschmettert worden. Und wie sie sich umsahen, stieg ein neues, ein unbekanntes Gebirge hoch, heillos bis ins Innere zerklüftet. Candoglio herrschte den Jungen an: »Wohin?« Der sagte ruhig: »Das war mein Bach noch nicht. Es war ein anderer Bach. Kommt mit.«

»Er hat sich im Weg geirrt«, sagte Rossi zu seinen Gefährten. Und er hinderte wieder Candoglio, sich auf den Jungen zu stürzen. Er packte ihn aber selbst an den Schultern und rüttelte ihn und zwang ihn, ihm in die Augen zu sehen. »Hast du dich verlaufen?« Der Knabe erwiderte leise: »Ja.« Er fügte hinzu: »Wir müssen noch einmal herunter.«

Die drei berieten sich. »Wir sind zu spät«, sagte Vecchio. »Wir müssen herunter auf jeden Fall.« Rossi entschied: »Zuerst essen und schlafen.«

Er gab dem Knaben nur einen Rest aus der Fleischbüchse. Ihr eigener Vorrat war schon zusammengeschmolzen. Er schickte den Knaben barsch nach Wasser, dann streckte er sich neben ihm aus. Er sagte: »Ich bin auf dich böse.« Der junge Ato sagte: »Verzeiht.«

Sie kehrten zurück in die Schlucht, die sie gestern durchquert hatten. Lebhaft sagte der junge Ato: »Dort ist es!«

Sie berieten sich, zurück oder noch mal versuchen? – »Dort! dort!« wiederholte der Knabe. Die drei sagten sich, auf jeden Fall müsse der gemeinsame Aufbruch aus dem Kloster verschoben werden. Da man sich schon einmal auf diesen Versuch eingelassen habe, sei es besser, die Angaben des Knaben zu prüfen.

Sie stiegen mit ihm in entgegengesetzter Richtung. Es gab wieder Rastzeit auf einem Vorsprung. Zu essen hatten sie nichts mehr, bis auf die Notration aus Würfeln und Pillen. Der junge Ato sah ihnen zu beim Schlucken. Alle warfen sich hin. Nur der Knabe blieb aufrecht sitzen. Er weckte sie. Er sagte nicht: dort; er sagte: »Hier.« Er trieb sie förmlich bergauf. Rossi war von neuem erregt, sowohl durch die Stärkungsmittel, die er geschluckt hatte, als durch die sichere Hoffnung, jetzt kämen sie an. Candoglio folgte verbissen, stumm, gewandt; er war mehr als die anderen an sonderbare, schwierige Abenteuer gewöhnt. Vecchio war bereits erschöpft. Seine Anstrengung war ausschließlich darauf gerichtet, die anderen nichts davon merken zu lassen.

Ein schmaler, doch bodenloser Riß war plötzlich zwischen dem jungen Ato und den drei Italienern, als hätte ein riesenhaftes Messer den Fels gespalten, den sie erklettern mußten. Und Vecchio, obwohl man den Spalt mit einem gespreizten Bein überqueren konnte, wagte es nicht; er hockte sich hin. Der Knabe, um ihm zu zeigen, wie lächerlich seine Angst sei vor diesem abgrundtiefen, aber nur messerbreiten Riß, sprang mehrmals hinüber und zurück. Candoglio befahl dann dem Vecchio streng: »Los!« Endlich wagte Vecchio den Schritt über den dünnen Abgrund. Er hockte sich zitternd auf der anderen Seite nieder, sein Blick war starr.

Jetzt packte Candoglio den Knaben hart an der Schulter, ehe es Rossi verhindern konnte. Er befahl ihm, falls er des Weges nicht vollkommen sicher sei, sie auf der kürzesten Strecke hinunter zu der Station zu bringen, an der sie die Pferde gelassen hatten.

Der junge Ato machte sich los, indem er die Schultern zusammenzog. Er sah Candoglio voll an, er sagte deutlich: »Sei ruhig, ich bin sicher.«

Rossi redete noch einmal sanft auf ihn ein. Der junge Ato erwiderte, ja, er hätte sich mehrmals selbst mit seinem Vater und seinen Brüdern und seinem ganzen Dorf an der Goldwäscherei beteiligt, sie würden, bevor die Sonne steige, an Ort und Stelle sein. – Warum er die Stelle nicht schon vor zwei Jahren der Expedition mitgeteilt hätte? – »Ich wußte nicht, was diese Leute wollten.«

Er stieg voran; er machte gleich kehrt, um ihnen zu helfen. Rossi und Candoglio mühten sich um den Vecchio, der war schlapp, ein Hindernis. Auf einmal sperrte Vecchio den Mund auf, sein Gesicht war verzerrt, er zeigte auf eine Wölbung der kahlen Bergkuppe, die sie umgehen mußten. Seinem Blick folgend, sah zuerst Rossi, dann auch Candoglio im Morgenlicht in den Stein gehauene Gesichter mit Bärten und Brauen, ja ganze Gestalten. Am Schwert und am Schlüssel erkannte man Paulus und Petrus. Ein Apostel trat nach dem andren aus der Bergwand. Vielleicht hatte Vecchio sie angesteckt mit seinem Schreck. Der junge Ato war gar nicht erschreckt, er nickte. Rossi und Candoglio berieten sich. Kein Zweifel, daß dieser Junge sich eines solchen Ortes erinnern mußte. Rossi fragte ihn aus. Ein Wallfahrtsort. Er zeigte ihnen den Anstieg. Sie hätten zwar gern hier den Mittag verschlafen, jetzt war es aber Vecchio, der durchaus weg wollte. Er drehte den Kopf nach den Aposteln, als sei er dazu gezwungen. Er wollte weg, und er konnte nicht weg.

Zuerst war der Abstieg leicht. Bei jedem Durchblick lag die Wüste unter ihnen, bedeckt mit durcheinandergeworfenen Klötzen. Der junge Ato hockte sich hin, zwei Meter von ihnen entfernt, den Kopf in den Händen. Plötzlich sprang er auf, er faßte Rossi an der Hand. »Wir sind gleich da!«

Sie rafften sich auf, aber sein »gleich« war quälend lang, an ihrer Erschöpfung gemessen. Sie legten sich in ein Bachbett, es war ganz ausgetrocknet. Der Knabe rief: »Kommt! Kommt!« Rossi raffte sich auf, er glaubte, jetzt seien sie angelangt. Sie waren aber nur auf dem Weg. Der junge Ato sagte: »Richtiger Weg.« Das Bachbett verlor sich im Geröll.

Über den Steinwust zu ihren Füßen flutete goldgrau und goldgrün und violett das maßlose Abendlicht. Es färbte sogar ihre Fingerspitzen. Vecchio schrie: »Zurück!« Der Knabe sah ihn ruhig an. Er sagte ernst: »Nein, hier entlang.« Er sagte zu Rossi, an den er sich jetzt freiwillig schmiegte: »Wir sind gleich da.« Er beschrieb ihm den Weg: das trockene Bachbett entlang.

Vecchio war störrisch, er konnte und wollte nicht weiter. Candoglio schrie ihn an: »Schwächling!« Die Wut nahm ihm Kraft.

Der junge Ato sah aufmerksam zu. Er trieb sie noch einmal alle an mit seinen leichten lockenden Händen.

Alle drei krochen oder kletterten hinter ihm her. Allzu steil war die Strecke nicht, erst als sie sich lagerten, nahmen sie wahr, wie abschüssig, dicht an der Bergwand vorbei ihr Weg sie geführt hatte, rund um die Kuppel herum. Sie verzehrten den größten Teil ihrer Notration.

Der junge Ato, die Arme über den Knien verschränkt, betrachtete die Schlafenden. Dann betrachtete er den Himmel, auf dem noch ein hellroter Streifen verglühte wie eine beharrliche Leidenschaft. Sein Gesicht war gequält, als schmerze ihn der Abschied des Tages. Man sah schon die Kette Schneeberge aus ihrem eigenen Licht am Rande der Erde glänzen. In der jähen Dunkelheit sprangen die Sterne auf. Der junge Ato weckte den Rossi. Zuerst begriff der nicht, wo er war, herausgerissen aus seinem ohnmachtsschweren Schlaf. Dann sah er in das Gesicht des Knaben. Mit leichtem Lächeln, mit etwas starren, glänzenden Augen erschien ihm der Knabe so schön, als ob er noch träume. Er lächelte selbst, er faßte nach der ausgestreckten Hand, er ließ sich hochziehen. Sie weckten zuerst den Candoglio, der war ziemlich rasch auf den Beinen. Sein Zorn war auch mit ihm erwacht; er befahl: »Nichts wie herunter!« Der Knabe, der diesmal Candoglios Zorn ertrug, ohne die Augen zu senken, erklärte: »Sofort.« Er fügte hinzu: »Wir sind ganz nah.« – »Nichts wie herunter!« schrie ihn Candoglio an. Er senkte aber sogleich die Stimme, weil ihm das Schreien zuviel Kraft nahm. »Auf dem kürzesten Weg!« Der Knabe sagte: »Mein Weg ist der kürzeste.«

Sie weckten Vecchio mit großer Mühe. Als der ganz wach war, fing er zu weinen an. Candoglio befahl ihm hart, die Tablette zu zerkauen, die er heimlich verwahrt hatte. Wirklich, Vecchio raffte sich auf, als er begriff, es ging endgültig heim.

Sie machten einen unerwartet steilen Abstieg. Doch dazu fanden sie noch einmal Kraft, weil sie sich sagten, je steiler, je schneller. Sie hielten an einem tiefen Bergriß, vielleicht der gleiche, den sie zuerst überquert hatten. Nein, doch nicht, dieser war enger, auf seinem Boden hätten die Felsen nicht Platz gefunden. Es war finster; sie tasteten sich hinter dem Rücken des jungen Ato zwischen den Steinwänden fort, einer hinter dem anderen. Sie landeten auf einer Plattform. Wurzeln hatten sich festgekrallt, die waren so hoch geklettert wie ihre Bäume, die aus der tieferen Plattform wuchsen.

Der junge Ato ließ diesmal keinen in Wut oder Verzweiflung geraten. Er ließ niemand zum Schlafen kommen. Mit ungebrochener Leichtigkeit kletterte er auf die tiefere Plattform, und seine Schulter diente wieder als Stiege, er versicherte: »Jetzt sind wir da.«

Alle verstummten, als er sie in einen Bergriß führte, er sagte nochmals: »Der letzte, dann sind wir da.« War draußen noch Nacht? Schon Tag? Sie folgten ihm, weil er sie führte. Denn diesmal war der Riß zwar so eng wie der vorige, er verlief aber nicht gerade, sondern im Zickzack. Atos Stimme hielt sie im Dunkeln zusammen. Manchmal berührte Rossi seinen Rücken. Candoglio ging zwischen Rossi und Vecchio. Der heulte laut auf,

auf sein Geheul kam ein Echo, er erschrak. Candoglio haßte das Echo auf seine Flüche, so daß er verstummte. Endlich wurde es hell, sogar beißend hell.

Es gab auf dem blankkahlen, kaum bewaldeten, heillos zerklüfteten Abhang einen winzigen Vorsprung, auf den sie sich legten. Sie drückten sich eng zusammen unter dem überhängenden Felsen, weil das Tageslicht biß. Auch wenn sie sich umblickten, sie waren viel zu erschöpft, als daß sie der Abgrund, armbreit entfernt, gekümmert hätte. Es gab keine Plattform mehr unter ihnen, kein bewohnbares Land, keinen Fluß. Kein Halm wuchs aus der Wüste. Als seien die Berge übereinander gestürzt und hätten sich gegenseitig zermalmt, lag drunten ein Felsbrocken neben dem anderen, soweit ihre Augen reichten. Der Berg, aus dem sie gestiegen waren, sprang steil aus der Wüste, bis ins Innere zerklüftet, aber herrisch und unangreifbar.

Candoglio hatte Atem geschöpft, er stieß mühsam hervor: »Nur weiter!« Der junge Ato führte sie langsam die Bergwand entlang auf den nächsten schmalen Vorsprung. Er legte sich diesmal zuerst. Candoglio stieß hervor: »Weiter!« Der Knabe richtete sich halb auf. Er sagte: »Wir sind da.«

Candoglio glaubte zu schreien: »Was heißt das?« Der junge Ato sagte, Candoglio im Auge behaltend: »Wir bleiben.« Candoglio glaubte zu schreien: »Wieso? Wozu?« Der Knabe sagte: »Wir sind da. Wir bleiben.«

»Wie? Was?« schrie Candoglio. »Bist du verrückt?« Der Knabe zog den Blick von ihm ab. Er schwieg.

»Was sollen wir hier?« fragte Rossi.

»Nichts«, sagte der Knabe.

»Was soll denn das heißen? Nichts?«

»Nichts. Es ist aus.«

Candoglio herrschte Rossi an: »Wir müssen zurück. Sofort. Sag du ihm, was ihm passiert!«

Rossi, der stark zu zittern begonnen hatte, redete auf den Knaben ein: »Bring uns zurück! Sofort! Hörst du? Versteh doch. Er wird dich erschießen.«

Der Knabe sah Rossi voll an, ohne zu lächeln. Er regte sich nicht, als sich Candoglio auf ihn stürzte. Er brauchte sich auch nicht zu wehren. Rossi packte Candoglio. »Tu ihm nichts an! Nur er kann uns führen!«

Vecchio war ihrem Streit gefolgt, zuerst vor Angst gelähmt. Dann kam er Rossi zu Hilfe, er rief: »Candoglio, tu ihm nichts an! Er kennt den Weg!«

Candoglio, dem Rossi die Arme zurückhielt, drohte: »Du führst uns sofort hinunter! Sonst knall ich dich ab! Du wirst da hinunterrollen, Hyänen werden dich fressen!« Er vergaß, daß der Knabe kein Wort verstand. Vecchio schüttelte sich vor Lachen. »Uns alle, Candoglio, uns alle!« Rossi sprach amharisch, sanft, eindringlich: »Verstehst du denn nicht, mein Junge? Man vermißt uns doch schon im Camp. Man sucht uns. Mit Patrouillen. Mit Flugzeugen.« Der Knabe sah ihn fest an: Wer soll uns hier finden?

Candoglio fing von neuem an, rasend vor Wut: »Er muß uns hinunterbringen. Er muß.« Er stürzte sich auf den Knaben, Rossi verbrauchte die letzte Kraft, ihn zurückzuhalten.

Der Knabe war unmerklich gegen die Felswand gerutscht. Auch hier war nur sein Kopf im Schatten. Die drei lagen erschöpft auf dem schmalen Vorsprung. Rossi richtete sich noch einmal auf. »Hör doch, mein Junge, führ uns zurück«, und er schlang die Arme um ihn. Der Knabe zog sich leicht in sich selbst zusammen. Mit leeren Armen lag Rossi da.

Vecchio schoß in die Luft. Er schrie: »Damit sie uns finden!« Rossi half dem Candoglio, den Vecchio zu bändigen.

Schließlich waren sie verstummt. Der Schatten auf ihrem Vorsprung war etwas breiter geworden. Der junge Ato sah auf die drei herunter. Die hatten sich ausgetobt. Die gaben Ruhe.

Er sah über die Erde, schon fing ihr Schneesaum zu glänzen an. Die Steinklötze, die auf der Wüste lagen, blindlings hingeschleudert, verfärbten sich und lösten sich auf, sie wurden im Abenddunst so weich wie Wolken. Er sah durch all die Schleier durch, die die Nacht vom Tag trennen. Es glühte noch einmal auf in Goldrot und Goldgrün und Violett, in Haß und Verzweiflung und auch in Triumph. Das Ende fing an zu rauschen. Die Sterne sprangen in den Himmel. Er hatte kaum gestaunt, da war ihr Glanz schon wieder matt, sie fielen zurück in den unermeßlichen Himmel. Es ward Morgen. Der letzte Tag.

Hymnen an die Nacht

Gunnar Decker

Ich habe Hochachtung vor jenen Männern, die sich nachts in einem Museum einschließen lassen, um bequem, und zur verbotenen Zeit, ein Frauenbildnis betrachten zu können, das sie mit der Blendlaterne anleuchten. Notwendigerweise wissen sie nachher viel mehr von dieser Frau als wir. Möglicherweise will das Leben wie eine chiffrierte Botschaft entziffert werden.

André Breton, »Nadja«

Novalis hat es in seinen »Hymnen an die Nacht« bereits ausgesprochen: zu viel Licht macht blind. Erst wenn des »Lichtes Fessel« reißt und die »Dämmerungsschauer« über uns hereinbrechen, beginnen wir die Welt anders wahrzunehmen. In ihren Verdunkelungsvarianten. Die Perspektive des plötzlichen Lichtwechsels erweitert die Wirklichkeit des Tages um die Dimension ihrer nächtlichen Möglichkeiten. Novalis spricht von »Nachtbegeisterung«, die eine rein ästhetische ist, weil in ihr Dinge sichtbar werden, die sich im hellen Licht nicht zeigen. Vor dieser romantischen Möglichkeit plötzlicher Verdunkelung, in der sich eine neue Welt eröffnet, steht jeder moderne Künstler: Des Nachts eingeschlossen mit einer Blendlaterne vor einem Bild im menschenleeren Museum – um anders zu sehen. Dafür muss er einiges riskieren. Moderne Kunst ist gefährlich, sie beginnt immer mit einem Einbruch ins Museum.

Auch Anna Seghers trat 1924 als Autorin auf, nachdem sie in ein Museum eingebrochen war. Sie hatte Rembrandt aus dem historistischen Missverständnis befreit, und das hatte Folgen für ihre Kunst. Im Grunde hat sie immer nur ihre »Hymnen an die Nacht« geschrieben, mit denen sie die poetischen Möglichkeiten des Nächtlichen gegen eine Art von Dunkelheit verteidigte, die nur schwarz ist. Wie sind Licht und Dunkel in der Welt verteilt? Und was leuchtet tief in uns? Es gibt eine Dämmerung, in der die Konturen deutlicher hervortreten als im grellen Licht, »blessed twilight« (»gesegnetes Zwielicht«) nennt Charles Dickens das. Unter einer Radierung von Rembrandt lesen wir: »In media noctis vim suam lux exerit« (»In der Mitte der Nacht verbreitet das Licht seine Kraft.«). Wenn das Licht einen Sinn haben soll, dann muss es der Dunkelheit ein Opfer bringen. Licht, das das Dunkel durchdringt, nimmt es in sich auf. Wozu wäre das Licht da, wenn nicht, um das Dunkel zu erleuchten? (Das ist die elementarste Form des Verstehens.)

»Nachthelle« ist ein Begriff der deutschen Romantik (»Die Nachtwachen des Bonaventura«). Ohne ihn sind Leben und Schreiben der Anna Seghers nicht zu verstehen. Nachthelle und deutsche Romantik? Der Bezug scheint weit hergeholt, um über Anna Seghers nachzudenken. Aber er führt an die Quellen ihres Selbstverständnisses. 1924, in dem Jahr, in dem sie in Heidelberg ihre Doktorarbeit »Jude und Judentum im Werke Rembrandts« verteidigt, erscheint ihre erste Erzählung in der Weihnachtsbeilage der »Frankfurter Zeitung«. Sie heißt »Die Toten auf der Insel Djal«, und die Autorin nennt sich Antje Seghers, nach einem weithin unbekannten

Zeitgenossen Rembrandts, dem holländischen Maler und Radierer Hercules Seghers. Ein bedeutungsvolles Pseudonym. An Rembrandt versagt die Wissenschaft, versagen alle herkömmlichen Maßstäbe. Allgegenwärtig zu Seghers' Studentenzeit ist Julius Langbehns Werk »Rembrandt als Erzieher«, das mit der Figur des »Rembrandtdeutschen« einen völkisch-antisemitischen Mythos in die Welt setzt. Mit katastrophalen Fernwirkungen, denn Langbehns Buch wird – im Unterschied zu anderen Machwerken dieser Art – nicht nur in hunderttausend Exemplaren verbreitet, sondern auch gelesen. Doch das ästhetische Problem, das hier ins Demagogische gewendet ist, liegt in der Luft. Also wird Rembrandt auch für Anna Seghers zum »Erzieher«: Bei ihm findet sie den Mythos als Bild der Zeit. Wie ein Licht durchdringt er langsam von innen her die Malerei. Rembrandts Kunst verändert ihre Wahrnehmung entscheidender als die politische Konversion, die sie unter dem Einfluss ihres Mannes, des ungarischen Kommunisten und Philosophen László Radványi, vollzieht. Sie geht ein in die Substanz ihres Schreibens. In Seghers' Dissertation heißt es über Rembrandts Porträts jüdischer Gestalten: »Er malt diese Gesichter, wie er einen dunklen Hinterhof oder eine öde und unscheinbare Landschaft gemalt hat, die noch niemand vor ihm in seinem Reichtum von Ausdruck sehen konnte und den man erst im Bilde wiedererkennt.«

So erwächst Seghers' Werk mitten aus Joseph Conrads »Herz der Finsternis«, es will sich das Geheimnis ästhetischer Überwältigung nicht stehlen lassen von denen, die niedriger Gesinnung sind. Also dennoch Rembrandt, dennoch Mystik und Mythos, dennoch Legenden. In dem Maler des 17. Jahrhunderts entdeckt sie den modernen Künstler, der sich von der Gesellschaft nicht zum repräsentativen, dekorativen Klassiker funktionalisieren lässt. Sogar der kluge Jacob Burckhardt fühlte sich Ende des 19. Jahrhunderts noch abgestoßen von Rembrandts »gräßlich Barbarischem« und dessen »Unfähigkeit, den Menschenleib normal zu bilden«. Vincent van Gogh hingegen verehrte das Werk des Meisters zur gleichen Zeit als ein Evangelium. Über die »Judenbraut« schreibt er seinem Bruder Theo: »Rembrandt aber geht so tief ins Mysterium, daß er Dinge sagt, für die es in keiner Sprache Worte gibt.« Das war es, was die junge Seghers, die passionierte Kafka- und Dostojewski-Leserin, zu Rembrandt hinzog. An seinem Maßstab sollte sie das Gelingen und Scheitern der Kunst immer messen.

»Die schönsten Sagen vom Räuber Woynok« (1936) zeigen auf sinnbildliche Weise den Widerspruch von Anarchie und Disziplin, von Freiheit und Ordnung, von rebellierendem Einzelnen und repressiver Gemeinschaft. Der junge Woynok, ein überzeugter Einzelgänger, fühlt sich »unter Räubern« fremd, das Lagerfeuer, das die anderen glücklich macht, erzeugt in ihm »nach einem geheimen, selbst ihm verborgenen Gesetz« nur Trauer. Gruschek, notorisch misstrauischer Hauptmann einer vierzigköpfigen Bande, wittert in ihm sofort den Anarchisten, der die Räuberordnung gefährdet. Woynoks Schicksal ist damit besiegelt. Dem Angriff von Gruscheks Männern versucht er vergeblich zuvorzukommen. Genüsslich gibt Gruschek seinen zynischen Führungsstil preis: »Im geheimen habe ich oft bedauert, daß ich nicht manchen ganz einfach mit diesem oder jenem meiner Leute austauschen konnte, der abgeknabbert war und bereits entbehrlich. [...] Aber gestern, als deine Lunte eine Lücke in meine Bande riß, habe ich wieder an diese frischen, tatdurstigen Bauernburschen denken müssen, und da war es in meiner Macht gelegen, die Lücke dorthin zu verschieben, wo Auffrischung längst not tat.« Was die Kontrahenten eint, ist die unheilvolle Gabe des Vergessens – sie erleichtert das tägliche Morden. Am Ende wird auch der Außenseiter auf elende Weise totgeschlagen, wenn auch nicht von Gruschek, sondern von »rechtschaffenden« Bauern. Doch Woynok kehrt wieder: als Legende. Welch eine Parabel auf den mythischen Untergrund allen politischen Handelns gelang Anna Seghers hier! Sie findet Bilder von einer erstaunlichen Leuchtkraft: Landschaften, deren Schönheit das Schreckliche kontrastiert, das sich in ihnen abspielt. Man braucht eine Weile, um zu begreifen, dass die Schönheit den Schrecken nicht ausschließt, sondern seine Wirkung bis ins Unerträgliche steigert. Gottfried Benn hat gesagt, der Weg zu Conrads »Herz der Finsternis« führe übers Meer. Die Gefahr des Schiffbruchs lauert dabei überall. Der Schiffbrüchige, der nicht weiß, wo es ihn an Land spült – das ist die Ankunft des Odysseus im 20. Jahrhundert. Anna Seghers hat ihn in ihrem Werk mit einem Transit-Visum ausgestattet. Ihre dunkel leuchtenden, sich surreal weitenden und plötzlich scharf abgeschnittenen Erzählungen spielen mit dem Moment des Verstummens. Alle moderne Kunst, das weiß die Seghers, geht ins Exil, in die Fremde. Was sie von dort mitbringt, ist für die ewig Sesshaften oftmals unverständlich. Ihre Erzählungen, die frühen wie die späten, besitzen jene Präzision im

Vagen, die dauerhaft beunruhigt. Der offene Horizont ist auch der Abgrund, in den wir jederzeit stürzen können.

»Jans muß sterben«, eine lange unbekannte Erzählung aus dem Nachlass, beschreibt ein Elend, das über das soziale hinausgeht. Die frühen Erzählungen der Seghers sind sämtlich Erforschungen einer kleinbürgerlichen Welt kurz vor dem Absturz in die völlige Proletarisierung. Diskrete Blicke in den Abgrund. Das erinnert an Dostojewskis »Arme Leute« und »Erniedrigte und Beleidigte«. Immer geht es zuerst um verlorenes Prestige – und darum, dass man eher stirbt, als sich die eigene Not einzugestehen. »Feste Riegel hatte dieser Martin Jansen vor sein Herz gelegt, große Schätze von Angst und Qual konnte er darin beherbergen, ohne daß gleich alles herausbrach und alle behelligte.« Und das alles ist in ein Zwielicht getaucht, das dem Leser die Sinne schärft. Da sind überall dunkle Ecken, die plötzliche Gefahr bergen. Es ist dieselbe unheimliche Atmosphäre, die bei Kafka, Melville, Poe und Conrad im Vertrautesten einen Abgrund öffnet. Man kann davor fliehen und sich vom Licht des Klassizismus bescheinen lassen, aber modern ist, wer den Abgrund sieht. Anna Seghers vermag es, ihn darzustellen, wie jener Blick in das Kleinbürgerzimmer zeigt, in dem der kranke Jans mit dem Tode kämpft – und zugleich gegen die Gleichgültigkeit der anderen, die ungerührt zuschauen. Während der Elende um sein Leben ringt, verwandelt er sich in etwas, das ihn über die Krankheit erhebt, in eine Traumgestalt, deren poetische Bildmächtigkeit die Figur unsterblich macht: »Aber das Zimmer war immer noch dunkel, und der süßliche Geruch war immer noch da, und Jans lag mit eingezogenen Beinen und offenem Mund und runden Augäpfeln, wie ein uralter verschrumpfter Zwerggreis, wie ein böser kleiner Zauberer, mit seinen dürren Fingern unverständliche Zeichen in die Luft malend und rätselhafte dünne Klagelaute pfeifend.«

In der Erzählung »Die Ziegler« (1927/28) vollzieht sich hingegen der unaufhaltsame Untergang einer Familie. Aber nicht als plötzlicher Absturz, sondern als langsames Versinken: »Menschen und Möbel füllten das Zimmer mit schwerer Dunkelheit [...] Das bleischwere Zimmer war immer tiefer in die Nacht gesunken.« Die Not bekommt etwas geradezu Obszönes: »Da, wo der Hunger gewesen war, war jetzt etwas Klebriges, Widerwärtiges.«

Das Motiv eines hoffnungslosen Sichverlaufens in einem Labyrinth, in dem sich ein Urteilsspruch vollzieht, dominiert die späte Erzählung »Der Führer« (1965) aus dem Erzählzyklus »Die Kraft der Schwachen«. Der Junge, der die fremden Besatzer in die Wüste führt – in dem Wissen, dass auch er dabei umkommen wird –, hat so gar nichts Heroisches. Seine Tat erscheint als letzter Beweis einer mit tödlicher List bewahrten Würde. Die landschaftliche Schönheit, die Anna Seghers mit großer Kunst entwirft, kontrastiert mit dem Unheil, dass hier eine Gruppe von Menschen einem elenden Tod entgegengeht. Es ist frappierend, mit welcher Selbstverständlichkeit sich die Seghers einer »Ästhetik des Schreckens« bedient, die von Rembrandts »Nachthelle« über Novalis' »Hymnen an die Nacht« und Conrads »Herz der Finsternis« bis zu Bretons Surrealismus weist: »Er sah über die Erde, schon fing ihr Schneesaum zu glänzen an. Die Steinklötze, die auf der Wüste lagen, blindlings hingeschleudert, verfärbten sich und lösten sich auf, sie wurden im Abenddunst so weich wie Wolken. Er sah durch all die Schleier durch, die die Nacht vom Tag trennten. Es glühte noch einmal auf in Goldrot und Goldgrün und Violett, in Haß und Verzweiflung und auch in Triumph. Das Ende fing an zu rauschen. Die Sterne sprangen in den Himmel. Er hatte kaum gestaunt, da war ihr Glanz schon wieder matt, sie fielen zurück in den unermeßlichen Himmel. Es ward Morgen. Der letzte Tag.«

Mit dem »Ausflug der toten Mädchen« (1943/44), in Mexiko nach einem schweren Verkehrsunfall geschrieben (da hat Anna Seghers bereits erfahren, dass ihre Mutter in ein Lager bei Lublin deportiert wurde und dort umkam), gelingt ihr ein bedrückender Totentanz. Ein Schulausflug aus den Mainzer Kindertagen, erzählt in dem Wissen um das, was aus den Freundinnen von damals geworden ist – Opfer und Täter der Nazis. Gab es etwas dazwischen in diesen Zeiten, in denen sich jeder entscheiden musste? Warum wurden die einen zu Tätern, die anderen zu Opfern? Warum verrät die hübsche Marianne ihre beste Freundin Leni? Über Marianne lesen wir: »Man sah ihr ebensowenig wie einer Blume Zeichen von Herzlosigkeit an, von Verschulden oder Gewissenskälte.« Alle Antworten, die man geben kann, beantworten doch nichts: »Als jetzt der Dampfer seinen Anlegebogen machte und Kinder und Strolche sich müßig zu unserer Ankunft drängten, schienen wir nicht nach einem Ausflug, sondern nach jahrelanger Reise heimzukehren. Kein Loch, kein Brandschaden hafteten dieser vertrauten winkligen, wimmligen Stadt an, so daß sich meine Beunruhigung legte und ich mich daheim fühlte.«

Ist Anna Seghers je heimgekehrt? Über Mexiko heißt es im »Ausflug der toten Mädchen«: »Mir war es wie immer fremd, daß es hier keine Dämmerung gibt, sondern immer nur jähen Übergang von Tag zu Nacht.« Sie ist zurückgekehrt – in die vertraute Dämmerung. Darin verborgen: Jason aus dem »Argonautenschiff« (1948), sie selbst eine Transit-Reisende unter uns. Das Goldene Vlies, dem Leben geraubt, ihre wundervoll nachthellen Erzählungen, als Beute mit sich tragend, vermutlich glücklich in ihrem Unglück.

Biographische Notiz

Anna Seghers wurde am 19. November 1900 als Netty Reiling in Mainz geboren; sie war das einzige Kind des jüdischen Kunsthändlers Isidor Reiling und seiner Frau Hedwig geb. Fuld. Nach Absolvierung der höheren Mädchenschule in Mainz begann sie 1920 ein Studium der Kunstgeschichte und Sinologie in Heidelberg und Köln, das sie 1924 mit der Promotion abschloss. 1925 heiratete sie den Ungarn László Radványi, mit dem sie zwei Kinder hatte. 1928 erschien »Aufstand der Fischer von St. Barbara«; für ihr literarisches Debüt erhielt sie noch im selben Jahr den Kleist-Preis. Nach der Machtübernahme der Nazis floh sie nach Paris, 1941 ging sie von Marseille ins mexikanische Exil, wo u. a. die Erzählung »Der Ausflug der toten Mädchen« entstand und ihr berühmtester Roman »Das siebte Kreuz« 1942 erschien. 1947 kehrte sie nach Berlin zurück, im gleichen Jahr wurde ihr der Georg-Büchner-Preis verliehen. Von 1952 bis 1978 war sie Präsidentin des Schriftstellerverbandes der DDR. Anna Seghers starb am 1. Juni 1983 in Berlin.

Textnachweis

Anna Seghers, Gesammelte Werke in Einzelausgaben, Berlin und Weimar 1977, Band IX, X und XII.

Aus: *Anna Seghers, Werkausgabe, hg. von Helen Fehervary und Bernhard Spies, Bd II/5: Erzählungen 1958 bis 1966, Berlin 2007:* Der Führer

Aus: *Jans muß sterben und andere Geschichten, Berlin 2005:* Jans muß sterben